문학의 선율,

음악의 서술

문학의 선율, 음악의 서술

위 화

문현선 옮김

푸른숲

일러두기

1   이 책은 중국 譯林出版社에서 2017년 출간한 《文學或者音樂》을 대본으로 번역하였으나, 대본에 실린 글 중 이미 한국어로 번역되어 출간(《우리는 거대한 차이 속에 살고 있다》, 문학동네, 2016)된 글 7편은 싣지 않았습니다. 싣지 않은 7편은 다음과 같습니다―'슈테판 츠바이크는 한 치수 작은 도스토옙스키다', '지크프리트 렌츠의 《독일어 시간》', '아르비드 팔크식 생활', '작가의 역량', '이언 매큐언 후유증', '기억 상실의 개인성과 사회성', '두 학자의 초상'. 단, 이미 절판된 책(《영혼의 식사》, 휴머니스트, 2008)에 실렸던 글 '회상과 회상록'은 살려 실었습니다.

2   장편소설, 소설집 등 서명書名은 《 》, 잡지, 신문, 중편소설, 단편소설, 악곡 등은 〈 〉로 묶었습니다.

3   서명과 작품명 중 국내에 번역되어 출간된 것은 한국어판 제목을 기준으로 표기했습니다. 국내에 아직 번역되지 않은 책이나 작품의 제목은 본 도서의 번역 대본인 중국어판 원서의 것을 번역해 쓰고, 원제를 알 수 없는 경우를 제외하고 한자와 로마자로 원제를 병기했습니다. 한국어 제목이 여러 가지인 경우 주석에 밝혔습니다.

4   본문의 주는 모두 옮긴이의 것입니다.

추천의 글

신형철(문학평론가)

　　예술가의 산문이 언제나 읽을 만한 것은 아니다. 이력을 나열하고 취향을 전시하고 편견을 고집하는 글들도 많다. 그러나 일가를 이룬 장인들의 산문은 대체로 기대를 배반하지 않는다. 지난한 숙련의 나날을 지불해야만 되돌려 받을 수 있는 경험적 통찰들이 정직하게 글을 떠받치기 때문이다. 생을 헐어 쓴 글의 힘이다. 강연록《글쓰기의 감옥에서 발견한 것》에 이어《문학의 선율, 음악의 서술》역시 그렇다.

　　문학과 음악을 넘나들며 자신에게 필요한 테크닉을 정신없이 빨아들였던 청년기 위화를, 오랜 수업시대를 끝내고 이

제 막 예술가로서의 자립을 성취한 30대 후반의 위화가 회고한다. 담담한 자신감이 배어 있는 이 뜨거운 기록을 읽노라면, 선배들로부터 제대로 영향을 받을 줄 안다는 것 자체가 하나의 능력임을, 또 이미 극복된 영향만이 이토록 가지런히 정리되어 또 하나의 문학이 될 수 있는 것임을 깨닫게 된다.

수년 전, 동시대 중국을 반성적으로 성찰한 그의 원숙한 산문을 처음 읽고 경탄한 이후로 나는 위화 산문의 팬인데, 그 경탄의 까닭도 이번에 자각했다. "포크너는 자신의 서술에서 무엇이 필요한지 알았다. 그건 정확성과 힘이었다." 위화가 그의 문학적 스승에게서 배운 것이 바로 이 "정확성과 힘"이다. 소설만이 아니라 산문도 그렇다. 이 책에서부터 시작하면 될 것이다. 위화의 산문은 그의 다른 일가 一家이다.

화성과 비익조

작가들은 왜 자기 책에 서문을 쓸까? 책에서 그렇게 많은 말을 하고도 여전히 미진해 다른 각도에서 또 말하고 싶은 것일까? 아니면 "독자에게 몇 말씀 해주세요"라는 편집자의 요청 때문일까? 편집자는 작가의 해석이 독자들에게 도움이 되길 바라서 그렇게 요청하지만 사실 독자에게 작가의 해석은 사족일 뿐이다.

어쨌든 이 고루한 작업이 지금까지도 유행이라니 나도 대세를 따를 수밖에 없겠다. 다만 문학 및 음악과 관련된 이 책에 대해 내가 또 무슨 말을 할 수 있겠는가? 문학과 음악이 내게 미친 영향이나 내가 받아들인 부분은 본문 속에 이미

적나라하게 밝혀놓았다. 이제 실오라기 하나 남지 않은 상태인데 무엇을 더 벗을 수 있겠는가? 없다. 그렇다면 외투를 걸쳐보자. 비유의 외투가 가장 적합할 듯싶다.

예나 지금이나 나는 음악 서술 속의 화성和聲이 참 부럽다. 높낮이가 제각각인 소리가 여러 악기에서 동시에 연주될 때면 그 소리가 얼마나 오묘하고 얼마나 요원한지. 심지어 작곡가마다 달라서 슈베르트의 화성에서는 높낮이 다른 소리들이 서로에게 호의적이지만 메시앙의 화성에서는 서로 경쟁하는 듯하다. 그리고 호의적이든 경쟁적이든 그들은 한데 어우러져 같은 방향으로 전진한다. 소설가 중에도 실험 정신이 강한 사람들은 언어 서술에서 화성을 추구하며 동일한 시간대에 다채로운 서술을 시도한다. 그럴 때 화성에 가장 근접한 방식은 대구를 이루는 문장과 단락이다. 하지만 그래봐야 근접할 뿐이지, 화성을 이룰 수는 없다. 아무리 뛰어난 문장과 단락이라 해도 동일한 시간대에 구현될 수는 없기 때문이다. 다시 말해 이어지는 각각의 시간 속에서 하나씩 드러날 수밖에 없다.

그렇다고 주눅들 필요는 없다. 언어로 쓰인 작품에서는 개방성이 열독의 방식과 화성을 결정짓는다. 한꺼번에 연주되는 음표의 활기찬 움직임과 달리, 글자는 한 줄 한 줄 조용하게 배열돼 있다. 잠에 빠진 듯 조용하고 꿈처럼 기이하면서 다양하다. 그런데 독서는 겉으로만 조용해 보이지, 사실은 거세게 일렁이는 물결 같다. 이것이 바로 독서의 화성이다. 독자는 누구나 자기만의 경험과 느낌으로 책을 읽는다. 각각의 세밀한 순간과 상황, 이야기를 읽을 때 독자는 자기 경험 속 세밀한 순간과 상황, 이야기를 소환하거나 예전에 다른 서술 작품을 읽고 남은 소소한 기억을 떠올린다. 이런 독서는 작품의 원뜻에 겹겹의 연상을 더하고 동조를 하든, 반박을 하든 다채로운 시간으로 거듭난다. 이런 의미에서 보면 나만의 독서에 관한 이 책도 나만의 화성에 관한 책이라고 할 수 있다.

나는 내가 여기에서 무엇을 했는지 잘 알고 있다. 통속적인 표현을 빌리자면 공깃밥을 먹으면서 밥솥을 들여다보았다. 나는 오랫동안 내 이야기를 풀고 남의 이야기를 들었다.

이 밥솥을 들여다보는 책에서 나는 비평가가 아니라 독자, 혹은 청중의 한 사람일 뿐이다. 그리고 밥솥 안의 것이 밥공기 안의 것보다 매력적이기 때문에 이 글들을 썼다.

《산해경山海經》에 나오는 만만蠻蠻이 떠올랐다. 전설 속의 이 새는 눈도 하나, 날개도 하나라 혼자서는 날 수 없다. 다른 만만과 짝을 이루어야만 두 눈과 날개를 갖춘 뒤 '의기투합' 해 날아오를 수 있다. 만만은 비익조比翼鳥라는 조금 더 보편적인 이름도 가지고 있다. 처음에는 서문 제목을 '화성과 만만'이라고 정했는데 만만이라고 하면 날개와 눈이 한 짝씩밖에 없는 새를 곧바로 떠올리기 힘들 것 같았다. 밖에서 뛰어노는 아이의 아명처럼 모호하게 느껴져, 단번에 의미를 알 수 있는 비익조를 선택했다. 그렇지만 문장에서는 상상력을 자극하는 친밀한 이름인 만만을 사용하겠다.

나는 텍스트와 독서 행위를 각각 만만이라고 말하고 싶다. 둘이 의기투합하기 전까지 텍스트는 죽어 있고 독서는 공허하다. 텍스트의 만만이 독서의 만만을 찾고 독서의 만만 역시 텍스트의 만만을 찾아야만 두 마리 만만은 한 몸이 된 뒤 나란히 날개를 펼치며 날아오를 수 있다.

이 책은 한 마리 만만의 이야기라고 할 수 있다. 한없이 넓은 하늘에 무수히 많은 만만이 의기투합해 날아다니고 있다. 서로 몸을 붙인 채로 며칠 혹은 몇 달을 비행하다가 어느 순간 헤어져 아래로 떨어지기 시작한다. 하지만 수직낙하가 아니라 활공하며 떨어지기 때문에 금방 분리된 또 다른 만만을 만나 날개를 나란히 붙이고 날아오를 수 있다. 그런 다음 또 헤어져 하강하다가 또 만나서 몸을 합친 뒤 비상한다. 매 차례의 하강은 새로운 날개를 찾아 비상하기 위한 과정이다. 안심하시길, 만만은 땅으로 떨어지지 않을 것이다. 하늘은 충분히 높고 상대를 찾는 만만은 하늘 가득 널려 있다.

<u>2017년 6월 21일</u>

차례

스스로에 대한 믿음

예전에 깊이 매료되었던 구절이 둘 있다. 하나는 미국 작가 아이작 싱어의 형이 했던 말로, 일찌감치 작가의 길에 들어서고도 훗날 완전히 잊힌 그는 "견해는 언젠가 진부해지지만 사실은 영원히 진부해지지 않는다"라고 동생에게 말했다. 다른 하나는 어느 고대 그리스인의 "운명의 견해는 우리보다 정확하다"라는 구절이다.

여기에서 그들은 '견해'를 부정하면서 그에 상응하는 강력한 명분을 찾는다. 싱어의 가족은 매우 현실적으로 '사실'을 강조하고 고대 그리스인은 알 수 없는 대상을 신뢰하며 '운명'이라고 부른다. 그들의 공통점은 '사실'과 '운명'이 '견해'

보다 훨씬 넓다고 보는 데에 있다. 말하자면 가을처럼 말이다. 그렇다면 '견해'는 무엇일까? 그들 눈에는 나뭇잎 한 장에 불과한 듯싶다. 사람들은 끊임없이 자기 견해를 밝히려하고 여기에서 교만함이 싹트는지, 일엽지추一葉知秋가 비유에 불과하다는 걸 잊어버린 채 나뭇잎 한 장이 떨어지는 것만 봐도 가을의 도래를 알 수 있다고 정말로 믿어버린다.

나중에 몽테뉴 책을 읽었더니, 찬탄이 절로 나오는 이 작가도 "자기 능력으로 사물의 옳고 그름을 판단하는 것은 어리석은 짓이다"라고 말하고 있었다. 그는 또 "왜 우리 자신의 견해가 늘 모순으로 가득하다고 생각하지 않는가? 어제까지는 신조信條였다가 오늘은 거짓말로 전락하는 경우가 얼마나 많던가?"라고 말하고 '견해'는 호기심과 허영심의 장난일 때가 많으며 "호기심은 우리를 쓸데없는 참견으로 이끌고 허영심은 우리가 미해결 문제를 남기지 못하게 만든다"라고 귀띔해주었다.

4백 년 뒤 수많은 저명인사가 몽테뉴의 말을 입증했다. 1943년 아이비엠IBM의 이사장 토머스 왓슨은 자신만만하게

"컴퓨터 다섯 대면 세계 시장 전부를 만족시킬 수 있다"라고 말했다. 무성영화 시대에 엄청난 부를 축적한 해리 워너는 1927년 "대체 누가 배우의 목소리를 듣고 싶어 하겠는가?"라는 확신을 피력했다. 몽테뉴와 같은 프랑스인으로 고등군사학교 교장이자 제1차 세계대전 연합군 총사령관이었던 페르디낭 포슈는 당시 막 등장한 비행기에 호감을 보이면서도 "비행기는 재미있는 장난감일 뿐 군사적인 가치는 하나도 없다"라고 말했다.

나는 몽테뉴가 좋아할 만한 증언이 이보다 훨씬 많다는 사실을 잘 알고 있다. 그런데 이들 증인의 잘못은 생각 없이 내키는 대로 말한 것도 아니고, 잘 모르는 일에 대해 무책임하게 말한 것도 아니다. 그들은 자신이 가장 잘 아는 일에 대해서 언급했다. 토머스 왓슨이든 해리 워너든, 혹은 포슈 총사령관이든 전부 의문의 여지 없이 상술한 견해에서 권위를 가지고 있었다. 문제는 바로 여기, 권위가 자부심을 부추겼다는 데에 있다. 그들은 우쭐함에 빠져 평상심을 잃어버린 채 미래에 대한 견해를 토로했다. 그런데 그들은 미래를 시간의 전방적前方的 확장으로만 인식했을 뿐, 그 외에는 아무것도 몰랐다. 1899년 미국 특허청장이 "세상에 발명될 수 있는 것은 모두 발명되었다"라는 이유로 사무실을 허물라고 명령한 것처럼 말이다. 재미있게도 그들이 몰랐던 미래는 그들을 확실히 기억해 여러 언어의 간행물 틈새에서 그들을 영원한 웃음거리로 만들었다.

모르는 일은 이야기하지 말라고 많은 사람이 자주 충고한다. 이 말은 신중하고 겸허한 품성을 대표하는 듯 보이고 성공으로 나아가는 이정표로 여겨질 때도 많다. 물론 견해는 조심스럽게 밝히는 게 좋지만, 문제는 사람들이 자기가 아는지 모르는지를 어떻게 판단하는가에 있다. 사실 자신이 모르는 일에 대해 대대적으로 떠드는 사람은 극소수에 불과하다. 보통은 자신이 아는 사물에 대해 자기도 잘 모르는 견해를 밝히고, 심지어 기꺼이 밝히려 한다. 이는 지식에서 나온 자신감이 아니겠는가?

대학에서 서양철학을 전공하고 장사꾼으로 성공한 친구가 한 명 있다. 어느 날 그가 꽤 흥미로운 견해를 들려주었다.

"내 머리는 연못, 다른 사람들 책은 돌멩이와 같아. 돌멩이를 연못으로 던지면 물기둥이 솟구치지, 돌멩이는 솟구치지 않아." 마지막에 그는 "그러니까 남의 지식은 내 머릿속에 아무리 많이 담겨도 남의 것일 뿐 내 것일 수 없다는 말이야"라고 결론지었다.

대학 시절 공부를 싫어했던 친구는 선생님이 꾸중하시자 그렇게 대꾸했다는 거였다. 지금 다시 떠올려 보니 재미있을 뿐만 아니라 나름 설득력도 있지만 반박을 피하기에는 역시 역부족이다.

친구의 말이 시사하는 바는 분명하다. 쉽게 견해를 밝히는 사람은 남의 지식을 잘못 받아들이고 과거의 지식을 미래의 것으로 오해하기 쉽다. 그런 다음 그들은 웃음거리가 되어 끊임없이 회자된다.

뛰어난 견해들은 늘 우회적으로 드러난다. 그리스인은 운명의 견해로 삶의 견해를 대신했고, 아이작 싱어의 형, 그 실패한 작가는 "사실만은 진부해지지 않는다"는 것을 증명하지 못했지만, 동생 아이작 싱어는 아무렇게나 뱉은 형의 말을 의심 없이 신뢰해 성공적인 모범 사례를 남겼다. 싱어의 작품은 확실히 그렇다.

그들에게 진정한 '견해'란 무엇일까? 남들이 길을 선택할 때 그들은 길목, 그러니까 교차로나 사거리의 길목을 선택한 듯싶다. '견해'를 부정할 때도 사실 그들은 '견해'를 선택한 셈이다. 견해가 완전히 없기란 불가능하므로 이 점은 누구나 인정할 것이다. 두 눈이 실명한 사람도 똑같이 걸을 수 있는데 이해력을 갖춘 사람이 어떻게 판단을 포기할 수 있겠는가?

그렇다면 진정한 '견해'는 확정할 수 없는 것이거나 마음 깊은 곳의 망설임이어야 한다고 봐야 하지 않을까. 정말 그렇다면 견해는 침묵이다. 하지만 그리스인, 싱어의 형, 당연히 몽테뉴까지 포함해 모든 사람이 소리를 낸다.

몽테뉴 등이 남들과 다른 점은 약속이라도 한 듯 회의주의 입장을 선택했다는 것이다. 그들은 마치 "어떤 명제이든 그 맞은편에는 다른 명제가 존재한다"라고 믿는 듯하다.

그 외에도 이러한 입장을 믿는 사람들이 또 있다. 작년, 즉

1996년에 존스라는 아가씨가 미국 오하이오주의 개인 재단에서 제정한 '순결상'을 받았다. 수상 이유는 아주 단순하게도 존스의 나이와 그녀의 처녀막 나이가 똑같이 서른여덟 살이라는 것이었다. 존스는 수상하러 연단에 올랐을 때 "제가 받은 상은 '처녀상' 따위가 아닙니다. 저는 평생 남자를 혐오하고 적대시해서 서른여덟 살이 될 때까지 처녀막을 지켰을 뿐입니다. 따라서 이 5만 달러는 남성 적대상이라고 해야 합니다"라고 말했다.

정력이 남아도는 남자가 만든 그 상은 성적으로 문란한 시대의 순결한 처녀에게 주어져야 마땅했지만 결국 그들의 최대 적이라 할 수 있는, 성의 존재를 소멸시키려는 존스의 수중에 떨어졌다. 그 호사가 남자들에게 성의 부재는 성적 문란보다 훨씬 끔찍할 테니 치명적인 타격이었다. 재미있는 것은, 그들이 뜻밖에도 완벽한 결합을 이루었다는 사실이다.

여기에서 우리 삶의 견해가 얼마나 다양한지 알 수 있다. 완전히 대립된 견해가 영욕을 함께하며 공존하는 이상 나머지 견해도 그들만의 자격을 얻어야 한다.

밀란 쿤데라는 《웃음과 망각의 책》에서 철학 교수를 통해 "제임스 조이스 이래로 우리는 우리 삶의 최대 모험이 모험의 부재에 있음을 알고 있다……"라고 말했다.

이 구절은 무척 큰 호응을 받았으며 어느 프랑스 소설의 머리말에 인용되기도 했다. 이 구절에서 드러나는 견해는 문장 구조만큼이나 매끄럽고, 반대자는 물론 찬성자까지 어리둥절하게 만들 수 있다는 장점을 가지고 있다. 철학 교수의 말을 모방하자면, 이 구절이 의미하는 가장 중요한 견해는 견해의 부재라 할 수 있다.

몇 년 뒤 밀란 쿤데라는 《배신당한 유언들》에서 예전에 했던 말을 다시 언급하며 말했다. "……이건 정교한 헛소리에 불과하다. 70년대 당시 나는 구조주의와 정신분석의 찌꺼기로 점철된 대학가의 헛소리를 주위에서 수도 없이 들었다."

또한 이러한 견해들은 무언가를 밝히기 위해서나 설득하기 위해서 존재하는 게 아니라 오로지 재미를 위해서만 존재해 놀이처럼 보일 때도 있다. 보르헤스의 단편 〈틀뢴, 우크바르, 오르비스 테르티우스〉를 보면 서술자와 그의 친구는 어떤 격언의 출처를 찾는 것으로 시작해 결국에는 환상의 세계에 들어간다. 그들을 이끈 격언은 '거울과 성교性交는 두 가지 모두 사람의 수를 늘리기 때문에 혐오스럽다'였다.

우크바르의 이교도 지도자 입에서 나온 이 격언은 확실히 종교적인 암시 같아서 뒤쪽에 금기의 기둥이 솟아 있을 것만 같다. 하지만 시간이 흐르고 상황이 변하면서 격언은 구절로서의 독립성을 갖게 된다. 격언의 배경을 따지지 않고 단순하게 바라볼 때 우리는 어느새 구절의 기묘한 매력에 빠져 견해의 합리성을 따지지 않게 되는 것이다.

따라서 수많은 견해에 시시콜콜 따지듯 접근해서는 안 된다. 운명의 견해는 우리보다 정확하고 견해는 언젠가 진부해지기 때문이다. 지금까지 나는 그 말을 믿었고 스스로를 그들 중 한 명이라고 생각해왔다. 나는 작가로서 무엇이 필요한지 알고 있다. 그건 "나는 긍정 못지않게 의심을 좋아한다"는 단테의 말로 대변할 수 있다.

어느새 15년 동안 글을 썼다. 아주 오래됐다고 할 수는 없지만 글쓰기는 확실히 사람, 특히 허구의 서술에 능한 사람을 바꾸어놓을 수 있는 듯하다. 오랜 창작 기간 동안 나는 갈수록 약하고 소심하며 우유부단해졌다. 보통 극복해야 한다고 여겨지는 결점들은 하나같이 나를 떠나지 않고 사람들이 찬미하는 강인함과 과감함, 용맹은 내 허구의 글에서만 가능해졌다. 사유의 훈련은 한 걸음 한 걸음 나를 깊은 의심으로 밀어 넣어 나는 점점 이성의 능력을 잃고 부끄러움에 내 생각을 감히 말로 옮기지 못하게 되었다. 하지만 또 다른 능력은 건장하게 자라났다. 나는 단추가 땅에 떨어지는 소리와 굴러가는 모양을 정확하게 알 수 있게 되었다. 내게 그것은 대통령의 죽음보다도 중요하다.

　마지막으로 작가로서의 견해에 대해 말하고 싶다. 이를 위해 다시 보르헤스를 인용하자면, 그의 감동적인 단편 〈죽지 않는 사람들〉 속 "몇 가지 언어를 유창하게 말해서 프랑스어를 재빨리 영어로, 다시 종잡을 수 없는 살로니카식 에스파냐어와 마카오식 포르투갈어로 전환할 수 있는" 그 초췌한 사람은 이미 몇 세기를 살아왔다. 수백 년 전 그는 사막에서 천신만고 끝에, 죽음마저 초월하게 만드는 비밀의 강과 강기

숲에 위치한 죽지 않는 사람들의 도시(사실은 혈거인의 폐허)를 발견했다.

보르헤스는 소설에서 "나는 며칠 동안 계속 물을 찾지 못했다. 지독한 태양과 갈증, 갈증에 대한 공포가 하루를 참을 수 없이 길게 늘여놓았다"라고 썼다. 이 구절이 감탄스러운 이유는 '갈증' 뒤에 그보다 더 두려운 '갈증에 대한 공포'가 있다고 말하기 때문이다.

나는 이것이 바로 작가의 견해라고 믿는다.

1997년 10월 18일

윌리엄 포크너

내게는 《소리와 분노》가 두 권 있다. 한 권은 1984년 판본으로 인민폐 1.55위안에 8만7천5백 권이 출판됐고 다른 한 권은 1995년 판본으로 정가 18.4위안에 1만 권이 출판됐다. 그 11년 사이 우리는 《소리와 분노》의 정가와 출판 부수처럼 다양한 변화를 겪었고 많은 사물이 완전히 새로운 양상을 띠게 되었다. 물론 변하지 않은 사실도 있다. 《소리와 분노》두 권 모두 상하이역문上海譯文출판사에서 나왔고 뛰어난 학자이자 번역가인 리원쥔李文俊이 번역했다는 점이다. 이 변함없는 사실은 과거의 시대가 실은 지나가지 않고 우리의 현재와 중첩되어 있으며, 과거는 그때를 함께한 우리가 지난날을 추억할 때 달달함이나 아릿함에 빠지도록 존재하는 게 아니라 그때 그랬던 것처럼 우리의 이해와 판단에 영향을 미치기 위해 존재한다고 암시하는 듯하다. 똑같은 이치에서 윌리엄 포크너는 영원하다.

이 기묘한 작가는 타인의 글쓰기에 가르침을 줄 수 있는 몇 안 되는 작가이다. 그의 서술은 기교로 가득한 동시에 보이지 않게 은폐되어 있다. 특히 중단편소설은 심드렁하게 담뱃대를 물고 있는 그의 유명한 사진처럼, 언뜻 보면 서술자가 내키는 대로 작업한 듯 허술해 보이지만 실상은 전혀 그렇지 않다. 윌리엄 포크너는 랜덤하우스의 로버트 하스에게 보낸 편지에서 "……심혈을 기울여서 쓰고 반복 수정해야만 제대로 완성할 수 있습니다……"라고 썼다. 이것이 바로 윌리엄 포크너이다. 그가 심혈을 기울이고 반복 수정해 완성한 작품은 전혀 수정을 거치지 않은 듯 보인다. 마치 열여덟 편의 장편소설과 수많은 중단편소설을 단숨에 완성한 뒤 옥스퍼드나 멤피스에서 빈둥빈둥, 심지어 맨발로 돌아다니는 것처럼 느껴진다.

솜씨가 뛰어난 목공들을 보면 일할 때 하나같이 무심한 표정과 태도를 유지하지, 전혀 진지해 보이지 않는다. 제자들만 땀방울이 송골송골 맺힌 이마와 긴장된 손으로 자신의 부지런함과 성실함을 내보일 뿐이다. 윌리엄 포크너도 비슷하다. 기교 수준이 아니라 입신의 경지에 이른 서술의 능수능란함이 그의 혈관과 근육, 눈빛, 느낌과 상상, 열정으로 자리 잡았고 충분한 자각과 지혜를 통해 서술의 질서를 유지하기 때문에 그는 서술에서 저급한 실수를 한 번도 저지르지 않았다. 또한 돌발적이고 멋진 문장 구조나 미사여구에 현혹되지도 않았다. 그는 그런 구조나 글귀가 양 가죽을 뒤집어쓴 늑대와 같아서, 써봐야 자신의 서술을 어색하고 우스꽝스럽게 만들 뿐임을 순식간에 간파했다. 포크너는 자신의 서술에서 무엇이 필요한지 잘 알았다. 그건 정확성과 힘이었다. 전투 때 탄알이 노리는 것이 모자의 흔들리는 깃털 장식이 아니라 심장인 것처럼 말이다.

윌리엄 포크너의 작품은 삶처럼 소박하다. 산속의 돌이나 물가의 비탈, 먼지 날리는 도로, 미시시피강의 범람하는 홍

수, 저녁 식탁과 술 중개상의 위스키 같고 활짝 열려 땀을 내보내는 모공이나 담뱃재 묻은 입술 비슷하다. 그의 작품에는 아름다운 것과 추한 것, 아름답지도 추하지도 않은 것 등 모든 것이 들어 있다. 다시 말해 향수도 없고 군더더기 화장이나 치장도 없이 맨발로 어슬렁거리는 듯하다.《내가 죽어 누워 있을 때》의 "'여기는 캐시, 주얼, 바더만, 듀이 델이오'라고 아버지는 비열하면서도 당당하게, 의치까지 전부 갖춘 채 말했지만 우리를 똑바로 쳐다보지는 못했다. '와서 번드런 부인에게 인사해라' 아버지가 말했다"라는 멋진 마무리와 꼭 닮았다. 포크너는 이런 작가이다. 그의 뛰어난 문장은 우리를 매혹하고 감탄시키는 동시에 그것들 자체가 삶이기 때문에 우리는 그런 근사한 문장들이 우리 삶과 별 차이가 없음을 발견하게 된다. 그는 시종일관 삶과 나란하고자 했고 문학이 삶보다 대단할 수 없음을 증명한 매우 드문 작가이다.

1997년 8월 15일

후안 룰포

가르시아 마르케스는 '후안 룰포를 회상하며Nostalgia de Juan Rulfo'라는 감동적인 글에서 이렇게 말했다. "후안 룰포의 작품을 깊이 이해하자 내가 계속 책을 쓰기 위해 찾아야 했던 길을 발견할 수 있었다. ……그의 작품은 3백 페이지도 되지 않지만 우리가 알고 있는 소포클레스의 작품처럼 광대해 보인다. 나는 그도 영원히 쇠하지 않으리라 믿는다."

이 말은 최소 두 가지 의문에 대한 답을 제시해준다. 첫째, 작가는 다른 작가에게 어떤 의미인가? 말할 필요도 없이 이것은 문학에서 가장 기묘한 경험에 속한다. 1961년 7월 2일, 어니스트 헤밍웨이가 엽총으로 자살한 바로 그날, 가르시아 마르케스는 떠돌이 생활을 이어가던 중 멕시코의 후안 룰포가 살았던 도시에 도착했다. 파리에서 힘겨운 3년을 견디고 뉴욕에서 여덟 달을 보낸 뒤 서른두 살로 접어들었을 때였다. 아내 메르세데스와 함께였고 아이는 아직 어렸다. 그는 멕시코에서 일자리를 찾았다. 가르시아 마르케스는 스스로 라틴아메리카 문학을 잘 알고 있으니 당연히 멕시코 문학도 꽤 이해한다고 생각했지만 후안 룰포는 알지 못했다. 멕시코에서 만난 동료와 친구들은 모두 후안 룰포의 작품을 알면서도 딱히 소개해주지 않았다. 당시 가르시아 마르케스는 이미 《썩은 잎》을 출판했고 《아무도 대령에게 편지하지 않다》와 《암흑의 시대La mala hora》,《마마 그란데의 장례식Los funerales de la Mamá Grande》 세 권의 출판을 앞두고 있었다. 이미 천재성을 드러내기 시작한 때였다. 하지만 작가만은 자신의 상태가 어떤지 잘 알았다. 벗어날 구멍이 없는 막다른 골목에 들어선 듯 창작이 불가능해져 불행한 시간을 보내고 있었다. 바로 그때 친구 알바로 무티스가 책 한 꾸러미를 들고 찾아와서는 제일 얇은 책을 꺼내 그에게 건넸다. 《뻬드로 빠라모》였다. 그 불면의 밤에 가르시아 마르케스는 후안 룰포를 만났다.

문학에서 가장 감동적인 만남이 아니었을까. 물론 장 폴 사르트르가 파리의 어느 공원 의자에서 카프카를 읽고 보르헤스가 오스카 와일드를, 알베르 카뮈가 윌리엄 포크너를, 보들레르가 앨런 포를, 유진 오닐이 스트린드베리를, 서머싯 몸이 도스토옙스키를 읽었을 때도 있다. 특히 장 폴 사르트르는 카프카 이름의 모음과 자음 조합을 비웃었다가 작품을 모두 읽은 뒤 스스로를 비웃어야 했다.

문학은 이렇게 계승된다. 프랑스인과 오스트리아인, 혹은 영국인과 러시아인으로 각자 살아가는 시간과 공간이 다르고 언어와 옷차림이 달라도, 또 다른 여자와 남자를 사랑해도, 각자의 운명이 달라도 그렇다. 이런 이유들 때문에 설령 함께 앉을 기회가 생겨도 그들이 서로를 알아볼 가능성은 거의 없다. 하지만 하나의 이유, 오직 하나의 이유 때문에 그들은 시공간을 초월하고 죽음과 편견을 넘어 상대의 얼굴에서 스스로의 형상을 찾고 상대의 가슴에서 자신의 심장 소리를 들을 수 있다. 때때로 문학은 완전히 다른 두 사람을 하나로 만들기도 한다. 그래서 한 콜롬비아 사람과 멕시코 사람의 갑작스러운 조우는 신이라고 해도 막을 수 없었다. 가르시아 마르케스는 마침내 막다른 골목에서 벗어날 수 있는 출구를 찾았다. 《뻬드로 빠라모》는 한 줄기 빛이었다. 아주 미약한 빛이었지만 한 사람을 절체절명의 위기에서 되살리기에는 충분했다.

어떤 작가의 창작이 다른 작가의 창작에 영향을 미치는 것은 이미 문학 속 글쓰기의 연속성으로 자리 잡아, 오래전부터 내려오는 감정과 사상에 지속성을 부여한다. 여기에는 누가 이익을 얻는가의 문제도 없고 누가 가려지는가의 문제도 없다. 문학 속의 영향은 식물에게 쏟아지는 햇살 같다. 식물은 햇살을 필요로 하지만 스스로 햇살이 되기를 바라지는 않는다. 그저 식물의 방식으로 건장하게 자라나려 할 뿐이다. 물론 식물의 성장에 햇살이 꼭 필요한 요소라는 것도 분명하다. 작가의 창작도 이와 비슷하다. 다른 작가의 영향은 끊임없이 스스로를 발견해 창작의 독립성을 공고히 하는 동시에 문학을 확장시키기 위해 필요하다. 또한 독자들이 오늘날 작가의 글쓰기를 이해하는 한편 과거 작가의 글쓰기를 더 잘 이해할 수 있도록 돕기도 한다. 문학은 길처럼 양방향성을 지녀서 독서의 여정은 후안 룰포를 지나 가르시아 마르케스의 정거장에 이르기도 하지만 거꾸로 가르시아 마르케스를 지나 후안 룰포에게 이를 수도 있다. 서로 독립된 두 작가는 독립된 두 지역과 같고, 둘을 연결하는 정신적 길을 통해 영향을 주고받으며 각자의 능력을 키워나간다.

'후안 룰포를 회상하며'에서 가르시아 마르케스는 이 작가의 작품이 3백 페이지도 되지 않지만 소포클레스의 작품처럼 광대하다고 말했다. 과감하게도 셰익스피어보다 훨씬 놀라운 작품 수를 자랑하는 작가로 자신의 비유를 완성한 것이다. 여기에서 가르시아 마르케스는 작품의 광대함과 작품의 수가 일치하는 것은 아니라는 문학계의 오랜 진실을 지적했다.

E. M. 포스터도 T. S. 엘리엇을 이런 식으로 언급했다. 윌리엄 포크너는 셔우드 앤더슨을, 아이작 싱어는 브루노 슐츠를, 존 업다이크는 보르헤스를 이렇게 언급했다. 사람들

은 이들 작가의 극히 적은 작품으로 어떻게 무한한 독서를
할 수 있는지에 대해 의문을 표하곤 한다. 예전에 새뮤얼 테
일러 콜리지는 독서 방식에 네 종류가 있다고 제시했다. 첫
째는 내용을 아주 쉽게 체내로 흡수하고 아주 쉽게 내보내
는 '스펀지'식 독서, 둘째는 한 권씩 연이어 읽지만 모래시계
에서 한바탕 모래를 흘려보내는 것처럼 끝나는 '모래시계'
식 독서, 셋째는 폭넓게 읽은 뒤 머리에 단편적인 기억만 남
는 '여과기'식 독서였다. 그리고 넷째가 바로 콜리지가 바라
는 독서 방식, 즉 자신도 혜택을 얻을 뿐만 아니라 타인도 자
기 지식을 활용할 수 있도록 만드는 독서였다. 하지만 이런
독자는 콜리지의 눈에 '찬란한 보석처럼 귀하고 드문 사람'
이었다. 가르시아 마르케스는 콜리지가 꿈꾸었던 '찬란한 보
석'이 틀림없다.

콜리지는 난제를 독서에 남겨놓은 뒤, 어휘를 경솔하게
대하는 태도도 비난했다. 그런 비난은 한편으로 세간에 유
행하는 독서 방식에 불만을 표하면서 다른 한편으로 무책임
한 글쓰기도 내버려두지 않겠다는 입장이라, 상당히 애매해

보였다. 사실 근원은 경솔하게 어휘를 대하는 창작자와 그런 악습이 시대마다 성행한다는 데에 있었다. 후안 룰포가 뛰어난 글쓰기로 영생을 얻을 때 또 다른 부류의 작가는 문학에 해를 끼치는 글을 썼고, 그런 글쓰기의 악습 또한 사멸을 넘어 대대로 전해졌다. 이것이 바로 가르시아 마르케스가 작품의 광활함과 수량을 구별하려는 이유이자 콜리지가 열정적으로 네 번째 독서 방식을 찾았던 이유이다.

가르시아 마르케스는 그 글에서 "누군가 카를로스 벨로에게 내가 《뻬드로 빠라모》의 단락을 전부 외울 수 있다고 말했을 때 나는 여전히 후안 룰포의 작품에 빠져 있었다. 사실 내 수준은 그런 정도가 아니었다. 나는 책 전체를 암송할 수 있을 뿐만 아니라 거의 완벽하게 거꾸로 외울 수도 있었다. 게다가 어느 이야기가 내가 읽은 책의 몇 페이지에 있는지도 알았고 인물 각각의 특징도 세세하게 전부 꿰뚫고 있었다"라고 썼다.

그러니 어떤 식의 독서가 마르케스처럼 지속적이고 정성스러우며 심도 깊고 폭넓을 수 있겠는가? 자기 작품이라면 마르케스도 완벽하게 거꾸로 외우기는 힘들었을 것이다. 콜리지의 미진함을 넘어 가르시아 마르케스는 훨씬 현실적으로 독서란 한도 끝도 없이 넓다는 사실을 지적했다. 마르케스에게는 전체이든 부분이든 결국《뻬드로 빠라모》를 읽는 부단한 과정이었고 그것은 어떤 의미에서 한 차례 한 차례 글쓰기의 과정이 되어 "인물 각각의 특징도 세세하게 꿰뚫을" 수 있었다. 가르시아 마르케스의 독서는《뻬드로 빠라모》를 끊임없이 따라 쓰고 읽게 하는 또 다른 펜이 되었다. 다만 종이가 아니라 사상과 감정의 강물에 써 들어갔다. 그런 다음 그는 펜을 바꿔 들고 완전히 독립된 방식으로《백년의 고독》*을 써 내려갔다. 이번에는 종이였다.

실제로 후안 룰포는《뻬드로 빠라모》와《불타는 평원》에서 글쓰기란 영원히 끝나지 않는다는 사실을 보여주었다. 이는 다른 모든 걸작에서도 발견할 수 있는 사실일 것이다. 버나드 베런슨이 헤밍웨이의《노인과 바다》를 "상징으로 충만

●　　　《백년 동안의 고독》이라는 번역제를 붙인 판본도 있다.

하지 않은 곳이 없다"라고 칭찬한 것처럼 후안 룰포의 《뻬드로 빠라모》도 똑같은 특성을 가지고 있다. 작품은 완성됐지만 글쓰기는 완성되지 않았다는 점이 《뻬드로 빠라모》의 가장 중요한 특성이 아닐까. 고작 백여 페이지에 불과한 이 작품은 각각의 소절 뒤로 얼마든지 서술을 가미해 천 페이지까지, 아니 끝도 없이 늘릴 수 있어 보인다. 하지만 누구도 《뻬드로 빠라모》를 계속 서술할 수는 없다. 심지어 후안 룰포 자신도 계속할 수 없었다. 이 책은 영원히 완성을 기다리지만 영원히 완성될 수 없는 책이다. 그러면서도 아무런 제약 없이 활짝 열린 책이다.

후안 룰포의 경계 없는 창작은 가르시아 마르케스의 독서 경계도 허물어버렸기 때문에 마르케스는 《뻬드로 빠라모》를 외울 수 있었다. 또한 후안 룰포의 글쓰기가 완성되지 않은 것처럼 마르케스의 독서 역시 매번 끝난 뒤에도 그 자신의 창작처럼 완성되지 않았다. 이제 가르시아 마르케스가 왜 후안 룰포의 작품에서 소포클레스 같은 광대함을 읽어냈는지 이해할 수 있을 것이다. 얇은 책 속에서 무한한 독서를 경험했기 때문이다. 아울러 마르케스가 왜 흔히 언급되는 고전 작가들과 달리 후안 룰포는 광범위하게 읽힐 운명을 가졌다고 보았는지도 이해할 수 있을 것이다.

1998년 12월 6일

따뜻하면서 만감이 교차하는 여정

나는 늘 가와바타 야스나리와 카프카의 이름을 나란히 둔다. 그들을 반드시 붙여놓아야 해서가 아니라 내 개인적인 습관 때문이다. 1980년 겨울 〈이즈의 무희〉를 처음 읽었던 때를 잊을 수가 없다. 당시 스무 살이었던 나는 저장浙江성 닝보寧波의 융장甬江 근처에 있는 어두운 아파트에서 가와바타를 만났다. 그로부터 5년 뒤 마찬가지로 겨울의 강가인 저장성 하이옌海鹽의 강변 집에서 카프카를 읽었다. 그들을 동시에 읽지 않아서 얼마나 감사한지 모른다. 당시 나는 젊고 무지해서, 스타일이 지나치게 다른 작품이라면 독서의 방향을 잃고 거부했을 가능성이 크다. 내가 보기에 문학에서

가와바타 야스나리는 무한한 부드러움의 상징이고 카프카는 극단적 날카로움의 상징이다. 가와바타 야스나리가 서술에서 응시를 통해 영혼과 사물의 거리를 단축시킨다면 카프카는 절단으로 그 거리를 넓힌다. 가와바타 야스나리가 육체의 미궁이라면 카프카는 심리의 지옥이며, 가와바타 야스나리가 만개한 양귀비꽃처럼 혼곤한 잠으로 이끈다면 카프카는 혈관에 헤로인을 투입한 듯 강렬한 흥분을 일으킨다. 우리의 문학은 이렇듯 상반된 유언遺言을 모두 수용하는 동시에 그 광활함이 때로는 보이지 않게 일치한다는 사실도 넌지시 암시한다. 가와바타 야스나리는 어머니가 죽은 딸을 응시할 때의 심정을 "딸의 얼굴에 평생 처음으로 화장을 해놓으니 시집가는 신부 같았다"라고 묘사했다. 비슷하게 죽음에서 다시 살아나는 예는 카프카의 작품에서도 찾아볼 수 있다. 〈시골 의사〉에서 환자 몸의 썩어가는 상처를 살펴보던 의사가 빨간 장미꽃을 발견하는 것이다.

내게 그건 완전히 새로운 체험이었다. 삶이 죽음 뒤에 등장하고 꽃이 썩어가는 상처에서 피어났다. 대립 중인 사물이 완화의 과정 없이 곧장 결합한 뒤 다중의 성격을 동시에 드러냈다. 내적인 이유에서 비롯된 듯했다. 나는 위대한 작가의 내면에는 한계도, 생사의 간극도 없으며 그곳에서는 미추와 선악의 구분 없이 모든 사물이 평등한 방식으로 어우러진다는 것을 깨달았다. 그들은 자기 내면에 충실해 글을 쓸 때도 한계가 없었다. 그래서 생과 사, 꽃과 상처가 동시에 그들 펜에서 등장해 서술과 화음을 이룰 수 있었다.

나는 한때 가와바타 야스나리의 묘사, 가느다란 실로 연결해놓은 디테일에 매료되었다. 세세한 부분을 묘사하는 방식 말이다. 가와바타 야스나리의 서술 속 시선은 얼마나 치밀한지 물건의 무늬 하나도 놓치지 않는 듯하지만 동시에 아무 데도 닿지 않는 듯해서, 나는 가까이 있는 듯도 하고 떨어져 있는 듯도 한 묘사가 감각의 방식에 속한다고 생각했다. 가와바타 야스나리는 눈빛과 내적 파동으로 사물을 어루만지지, 손으로 건드리는 경우는 극히 드물었다. 그래서 그는 끊임없이 디테일을 드러내는 한편 끊임없이 뭔가를 숨겼다. 숨겨진 것이 더 매력적인 법이라 독서 방향은 접근 불가의 상태에 가까워졌다. 뒤쪽에 신비한 공간이 있고 그 경계 없는 공간은 무한히 확장될 수 있을 뿐만 아니라 언제든 축소될 수도 있어서였다. 우리는 왜 독서를 마친 뒤 생각에 잠길까? 그 신비한 공간에 들어가 계속 나아가야 하기 때문이다. 이러한 특성은 카프카와 마르케스 및 기타 여러 작가들에서도 찾아볼 수 있고, 내가 〈화요일의 시에스타La siesta del martes〉에 빠졌던 이유이기도 하다.

가르시아 마르케스는 논쟁의 여지가 없는 대가大家로 생전에 이미 영예를 얻었다.《백년의 고독》으로 호방하고 자유로운 작가의 우상, 무궁무진한 상상력의 대명사가 되었지만 사실 마르케스는 비밀스럽고 조심스럽게 서술을 절제했다. 바로 그런 양자 간의 격렬한 대립이 마르케스를 위대하게 만들었다. 절제의 재능이 잘 드러난 〈화요일의 시에스타〉는 어느 시대에서든 일어날 수 있는 이야기라서 어느 시대의 작가이든 써 내려갈 수 있는 이야기이기도 하다. 내 말은 고전적인 주제, 아들에 대한 어머니의 사랑을 다룬다는 뜻이다. 아들이 도둑질을 하다가 총에 맞아 죽은 사실은 어떤 어머니라도 안절부절못하게 만들 일이다. 하지만 이미 시들어버린 꽃과 하나뿐인 딸을 데리고 먼 길을 지나 낯선 곳에 와서 아들의 무덤을 바라보는 어머니는 너무나 침착하다. 마르케스의 서술은 간결하면서 담담하고 인물과 장면들은 영화를 보는 듯하다. 그는 모든 것을 마주한 어머니의 침착함만 묘사하지만 그 뒷면에 숨겨진 무한한 비통함과 드넓은 사랑도 고스란히 전달된다. 신부는 왜 여인 앞에서 불안해할까? 시든 꽃은 왜 우리를 전율케 만들까? 마르케스가 던진 질문은 매우 명료하고 질문 뒤의 대답도 명료하기 때문에 우리는 스스로 느꼈다고 인식하는 동시에 그 느낌이 한참 부족하다고 생각하게 된다.

카프카의 작품으로는 〈유형지에서〉를 골랐다. 이 충격적인 이야기는 버려진 장교와 버려진 처형 기계를 다루는데 이들의 관계는 살짝 변질된 애정 관계 같기도 하다. 혹은 둘이 역사를 공유하고 있어서 누구라도 하나가 빠지면 둘이 동시에 사라질 듯 보이기도 한다. 그건 영광과 행복으로 가득한 역사라 해야 할 것이다. 이야기는 그들의 밀월蜜月이 끝나고 소멸 앞에서 쇠락해가는 시간을 다룬다. 카프카의 서술자인 탐험가는 장교에게 과거를 회상할 기회를 주고, 현장에는 봉두난발에 입을 크게 벌리고 있는 처형 직전의 병사와 호송을 맡은 병사 둘이 있다. 카프카는 시작부터 독자를 불가사의한 장면 속으로 던져놓는 〈변신〉과 달리 정상적인 시작을 선사한 뒤 불가사의한 방향으로 발전시킨다. 시간이 흐르면서 기계의 모든 부분에 이름을 붙인 장교는 탐험가에게 "아랫부분은 '침대'라고 부르고 윗부분은 '제도기', 중간의 위아래 이동이 가능한 부분은 '써레'라고 합니다"라고 소개한다. 거친 목화와 펠트로 특별 제작한 재갈도 있다. 특히 사형수의 입에 쑤셔 넣는 재갈은 죄수의 고함을 막는 천재적인 설계이자 카프카의 서술에서 불안을 야기하는 진동음振動音이다. 새로 온 사령관은 처형 기계에 냉담한 태도를 보이며, 낡고 고장 난 부품을 교체하지 않아 재갈에 백여 명의 사형수 침이 잔뜩 묻었고 죽은 자의 냄새가 층층이 스며들어 재갈에 망령이 붙었다고 말한다. 그래서 봉두난발에 입을 벌리고 있던 죄수는 입에 재갈이 들어오자마자 눈을 감으며 구토해 장교가 아끼는 기계를 '돼지우리'처럼 더럽힌다. 카프카는 거침없는 추진력으로 몸에 비수를 찔러 넣듯 나아가고 천천히 솟구치는 피로 그 행동이 얼마나 확실했는지를 증명한다. 그렇듯 카프카의 서술은 세밀하고 단단하고 잔혹하며, 각각의 단락은 진전하는 동시에 완성된 앞 단락을 실증한다. 비수가 들어간 뒤 피가 흘러나오는 것처럼 말이다. 그래서 플롯이 점점 불가사의해지는데도 플롯 자체의 진실성은 약화되기는커녕 오히려 강력해진다. 그런 다음 우리는 장교의 정신 나간 듯하면서도 합리적인 행동을 읽는다. 그는 죄수를 놓아주고 자신이 직접 붕괴되기 직전의 기계를 실험하다가 죽음을 맞는다. 이루어질 수 없는 사랑에 죽음을 택하는 연인처럼 그는 기계와 함께 무너지기를 바란 듯하다. 기괴한 이상을 가진 그 장교 역시 그 끔찍한 재갈을 물어야 했을 때 카프카는 이렇게 묘사한다. "장교는 재갈을 거부하는 듯 보였지만 잠시 주저했을 뿐 이내 체념하고 재갈을 입에 물었다."

내가 〈유형지에서〉를 선택한 이유는 카프카의 이 작품이 서술적으로 가장 명료한 눈금을 가졌기 때문이다. 그러니까 작가가 서술할 때 힘을 주는 지점이 어디인지 확실하다는 의미이다. 이 생각을 종잡을 수 없는 작가, 독자를 두려움과 불안으로 밀어 넣는 예측불허의 작가는 대체 우리에게 무엇을 주려는 것일까? 그는 왜 서술의 벽돌로 황당한 건물을 지을까? 〈유형지에서〉를 읽으면 카프카의 서술에서 뻗어 나온 가지를 분명하게 볼 수 있다. 처형 기계에 대한 세세한 묘사에서 작가는 발자크처럼 정확한 현실감을 드러내고, 이러한 현실감은 플롯의 다른 부분에서도 끊임없이 드러난다. 이렇게 현실적 근거를 가진 묘사가 바로 카프카 플롯의 기반을 이룬다. 원래는 그의 모든 작품이 그렇지만 사람들은 건물의 황당함에만 매료돼 건축자재의 실용성을 홀시한다.

브루노 슐츠의 〈새〉와 후앙 기마랑스 로사의 〈제3의 강둑 A Terceira Margem do Rio〉도 마찬가지이다. 나는 〈새〉 외에 슐츠의 또 다른 단편소설 〈바퀴벌레〉와 〈아버지의 마지막 탈출〉도 선택했다. 그래야만 〈새〉에서 등장하는 아버지의 이미지가 완전해진다고 생각하기 때문이다. 게다가 길이가 모두 짧아서 한 작품의 세 챕터로 볼 수도 있다. 슐츠가 보여주는 '아버지'는 우리 문학에서 가장 유동적인 이미지일 것이다. 그는 사람의 이미지를 가졌을 뿐만 아니라 새와 바퀴벌레, 게의 이미지까지 가지며 끊임없이 죽은 뒤 끊임없이 되돌아온다. 이 광범위한 범주의 아버지에게는 사람의 경계도 없고 동물의 경계도 없다. 유령처럼 떠돌다가 어디든 빌붙기만 하면 그게 무엇이든 생명의 욕망을 발산한다. 그래서 그는 실질적인 생명이며 사람의 생명이라고도 할 수 있다. 슐츠의 묘사는 정확하고 매혹적이라 '아버지'가 사람으로 나타나든 새나 바퀴벌레, 게로 나타나든 그의 동작과 형태는 그 생명이 속한 종족과 완벽하게 일치한다. 여기서 짚고 넘어가야 할 점은 슐츠도 카프카와 마찬가지로 플롯이 불가사의한 환경과 돌발적인 전환에서 도드라질 때 시종일관 견고하고 강력한 서술을 유지하기 때문에 모든 사물이 현실의 촉감과 친근함을 가진다는 것이다. 슐츠의 플롯이 카프카보다 훨씬 자의적이지만 서술의 원칙은 똑같다. 그레고르 잠자와 갑충이 상대의 습관을 가진 것처럼 '아버지'와 바퀴벌레, 혹은 게의 결합도 각자의 특성이 선명하게 유지되면서 조화를 이룬다.

후앙 기마랑스 로사의 〈제3의 강둑〉에서도 아버지의 이미지가 등장한다. 마찬가지로 아버지의 표상에서 벗어난 이미지이지만 그는 동물과 결합하는 대신 자신의 이미지 안에서 점점 멀어지다가 결국에는 인간의 영역을 벗어난다. 재미있는 점은 그가 마지막까지 살아 있는 인간이라는 사실이다. 영영 뭍에 오르지 않는 아버지 때문에 로사의 이야기는 영원히 끝나지 않는 이야기가 된다. 이 브라질 작가의 이야기는 기이한 구석이 전혀 없어서 일상생활과 똑같이 진실해 보이지만 사실은 일상과 완전히 다르다. 가늠하기 어려운 심령의 밤하늘이나 제3의 강가로 인도하기 때문에 독자에게 엄청난 충격을 선사한다. 로사, 슐츠, 카프카의 이야기는 공통적으로 부조리 작품의 존재 방식을 드러낸다. 모두 사람들에게 익숙한 사물 속에서 서술을 완성하지만, 독자는 귀신에 홀린 듯 완전히 낯선 곳에 도달한다. 이들 부조리문학 작가들은 왜 각각의 디테일을 진지하고 현실적으로 묘사할까? 그것은 그들이 구체적 사물의 진실을 말로 표현할 수 없는 예민함과 떨쳐내기 힘든 감각으로 받아들이는 동시에 그들의 내면이 무한히 확장하기 때문이다. 그래서 그들 작품의 형식도 무한대로 확장한다.

카프카와 슐츠 이후 내가 선택한 세 번째 유대인 작가는 아이작 싱어이다. 앞선 두 작가와 마찬가지로 싱어의 인물도 유랑의 운명을 벗어나지 못한다. 그건 사실 민족의 운명이라 할 수 있다. 다만 내적 심연에서 방랑하는 카프카와 슐츠의 인물과 달리 싱어의 인물은 현실의 길을 돌아다닌다. 여기에서 왜 싱어의 인물은 먼지가 날리는 느낌이 강하고 카프카와 슐츠의 인물은 먼지 한 톨 없이 깔끔한지 알 수 있다. 후자의 삶은 깊은 상상 속에 있기 때문이다. 그럼에도 그들은 모두 방향을 잃은 새끼 양이다. 영혼을 뒤흔드는 걸작 〈바보 김펠Gimpel the Fool〉은 김펠의 일생을 고작 수천 자에 담고 있지만, 파도의 물마루로 바다 전체를 묘사해내는 것처럼 거의 전부를 보여준다. 싱어의 서술은 김펠 인생의 몇몇 단면에만 빛을 주고도 그의 모든 인생이 환해지도록 만든다. 백지보다도 하얀 영혼을 가진 김펠은 이름이 바보와 긴밀하게 연결된 탓에 운명마저 기만과 농락의 역사를 써 내려간다. 싱어의 서술은 순박하면서 강력하다. 김펠이 자신을 기만하고 농락하는 사람들을 선량하고 충실하게 대할 때 싱어가 드러내는 것은 사람의 연약한 힘이다. 그리고 이러한 힘은 내면에서 비롯될 뿐만 아니라 아득한 역사를 지니고 있어서 모든 강력한 세력을 이길 수 있다. 이야기의 말미는 특히 감동적이다. 쇠로한 김펠이 "사신이 찾아오면 나는 기꺼이 가겠다. 그곳이 어떤 곳이든 진실될 테니까, 혼란도, 조소도, 사기도 없을 테니까. 신을 찬미하자. 그곳에서는 김펠이라도 속지 않겠지"라고 말한다. 이때 싱어는 신의 시선으로 상황을 살펴본 뒤 때로는 가장 연약한 것이 가장 강대할 수 있노라고 말하는 듯하다. 〈마태오 복음서〉 18장에서 제자들이 예수에게 "하늘나라에서는 누가 가장 위대합니까?" 하고 묻자 예수가 어린이 하나를 불러 그들 가운데 세우고 "하늘나라에서 가장 위대한 사람은 자신을 낮추어 이 어린이와 같이 되는 사람이다"라고 대답하는 일화처럼 말이다.

내가 보기에 루쉰과 보르헤스는 문학에서 명확하고 기민한 사유를 상징하는 작가이다. 루쉰은 우뚝 솟은 산맥처럼 드러내고 보르헤스는 강물처럼 깊이 파고들면서, 두 사람은 일목요연하게 사유를 제시하는 동시에 사유의 두 가지 존재 방식을 보여준다. 문학에서 어떤 사람이 전율을 일으키는 대낮이라면 다른 어떤 사람은 불안을 야기하는 밤과 같다. 전자가 전사라면 후자는 몽상가이다. 여기에서 선택한 작품은 신중한 글쓰기의 전형이자 문학의 골수가 응축된 〈쿵이지〉와 〈남부〉이다. 〈쿵이지〉에서 루쉰은 쿵이지가 처음 술집에 올 때의 모습은 생략하고 다리가 부러진 뒤에야 그가 어떻게 움직이는지를 서술한다. 이는 위대한 작가의 책임과 관련 있다. 쿵이지의 두 다리가 온전했을 때는 그의 등장 방식에 무심할 수 있지만 다리가 부러지면 피할 수 없다. 그래서 우리는 문학 서술의 절창絶唱을 읽게 된다. "갑자기 '술 한 사발만 데워줘'라는 소리가 들려왔다. 무척 낮았지만 아주 익숙한 목소리였다. 그런데 눈을 떠도 사람이 보이지를 않았다. 일어서서 바깥을 내다보자 쿵이지가 탁자 밑 문지방 앞에 앉아 있었다." 목소리가 먼저 들린 뒤에야 사람을 보는 식은 이미 예사롭지 않은 서술 방식이다. "술을 데운 다음 들고 나가서

문지방에 내려놓자" 쿵이지가 동전 네 개를 꺼내고, 그 이후로 전율의 묘사가 등장한다. 루쉰은 "그의 손이 진흙투성이인 것을 보고 그 손으로 기어왔음을 알았다"고 짧게 서술하는 것이다.

이것이 바로 내가 루쉰을 좋아하는 이유이다. 그의 서술은 현실과 맞닿을 때 총탄이 몸에 남는 게 아니라 그대로 뚫고 지나가듯 순간적이면서 강렬하다. 한편, 전사 같은 루쉰과 달리 몽상가인 보르헤스는 미지의 낭만 속에 침잠하는 듯하다. 사실 그의 간결하고 명쾌한 서술에는 이성의 망연함이 자욱하게 깔려 있다. 늘 그러한 미망迷妄에 열중하기 때문에 보르헤스의 인물은 언제나 머리가 맑지만 모호한 운명에 놓인다. 너무나도 허약한 후안 달만이 비수를 집어 들고 결투에 응할 때, 즉 거스를 수 없는 죽음을 맞이할 때 보르헤스는 이성의 미망을 기반으로 현실을 확장시키고 일관된 방식으로 "달만에게는 희망이 없기 때문에 두려움도 없었다"라고 쓴다.

루쉰의 쿵이지가 기억을 응축했다가 현실에 도달한다면

〈남부〉의 후안 달만은 기억을 거슬러 올라가기 위해 노력한다. 서술 방향이 달라서 두 인물은 완전히 다른 길을 걸어간다. 쿵이지의 길은 현실적이고 만질 수 있지만 후안 달만의 길은 신비하고 손에 잡히지 않는다. 쿵이지가 기억에서 나와 현실에 이른다면 후안 달만은 현실에서 출발해 기억으로 돌아간다. 루쉰과 보르헤스는 시간이 상처를 치유할 수 있다고 믿지 않아서, 그들의 인물은 자기의 액운 속에서 멀리로 나아갈 수 있을 뿐이며 그마저도 마지막에는 같은 결과에 이른다. 바로 소실消失이 그들 공동의 운명이다. 여기에서 주목할 점은 현실의 쿵이지와 신비의 후안 달만 모두 비확정적 방식으로 사라진다는 점이다. "내가 지금까지 보지 못했으니 쿵이지는 틀림없이 죽었을 것이다." "달만은 손에 비수를 꽉 쥐고서, 어쩌면 그걸 어떻게 사용하는지조차 모르겠지만, 들판으로 나갔다."

할도르 락스네스의 〈청어〉와 스티븐 크레인의 〈소형 보트〉는 내 첫 독서의 기록이라 할 수 있다. 거기에는 내가 처음 문학에 다가섰을 때의 초조함은 물론, 당시 내가 느꼈던 흥분과 잠 못 들던 밤이 기록돼 있다. 벌써 20년 전의 일이다. 만약 락스네스와 크레인의 두 작품이 없었다면, 또 가와바타 야스나리의 〈이즈의 무희〉가 없었다면 나는 문학의 길로 들어서지 않았을지도 모른다. 한참 뒤 잉마르 베리만의 〈산딸기〉를 보고 나서야 영화가 무엇인지 알았던 것처럼 〈청어〉와 〈소형 보트〉는 20년 전 내게 문학이 무엇인지를 알려주었다. 지금까지도 나는 그들을 무척 좋아한다. 그들 때문에 눈을 떠서가 아니라 그들로 인해 문학의 지속성과 광대함을 깨달았기 때문이다. 이들 두 단편소설은 바다 위와 해변의 어떤 장면을 서술할 뿐이다. 그럼에도 마치 단편소설의 횡단면 분석이론을 증명하듯, 위대한 단편소설은 그 길이를 훨씬 뛰어넘는 위도와 경도를 가진다는 핵심을 보여주는 듯하다. 〈소형 보트〉는 무엇이 서술의 힘인지를 알려준다. 바다 위를 표류하는 작은 보트에서 요리사, 급유원, 기자, 부상당한 선장이 죽음에 저항하며 생명의 해안을 찾는 단조로운 이야기를 스티븐 크레인은 놀라운 재능을 발휘해 1만 자 이상으로 늘리고 섬세하게 엮어 시종일관 흥분을 자아낸다. 락스네스의 〈청어〉는 장대한 서사시가 때로는 간결한 단편소설에서도 등장할 수 있음을 알게 해준다. 바실리 칸딘스키의 "무한정한 빨간색은 머릿속으로만 그려볼 수 있다"라는 말처럼 〈청어〉는 문학의 광활한 특성을 거의 완벽하게 보여준다. 극히 한정된 서술로 상상 속의 빨간색처럼 끝없이 확장되는 무한한 사상과 정감을 표현해내는 것이다.

이것이 문학과 관련된 내 20년 독서사라고 할 수 있다. 물론 여기에서 언급하지 않은 작품이 훨씬 더 많다. 나는 위대한 작품을 읽을 때마다 그들에게 끌려 들어간다. 겁 많은 어린애처럼 조심스럽게 그들의 옷자락을 붙들고 그들의 걸음걸이를 따라 시간의 강을 천천히 걸어간다. 따스하면서 온갖 감정이 뒤섞이는 여정이다. 그들은 나를 이끌어준 뒤 돌아갈 때는 혼자 가라며 등을 떠민다. 돌아온 뒤에야 나는 그들이 영원히 나와 함께 있게 되었음을 깨닫는다.

1999년 4월 30일

보르헤스의 현실

은퇴한 도서관 관장, 두 눈이 보이지 않는 노인, 한 여자의 남편, 작가이자 시인. 늘그막에 보르헤스는 이런 네 가지 신분을 가지고 있었다. 부에노스아이레스의 해안을 떠나 잠시 외국에서 살았던 그는 제네바에서 종점을 찍었다. 삶이 얼마 남지 않은 노인들이 그러듯 보르헤스도 늘그막에 귀환을 선택한 뒤 자신의 바람대로 제네바에서 숨을 거두었다. 1년 뒤 그의 아내는 어느 기자와 인터뷰를 했다.

마리아 코다마가 극심한 슬픔에 빠져서 인터뷰하는 동안 세 번을 울었다고 기자는 괄호로 부연했다. 하지만 코다마는 웃으면서 말하기도 했다. "꿈에서 아버지를 자주 만나는 것처럼 그도 만날 수 있을 거라고 생각해요. 암호, 우리 두 사람만의 새로운 암호가 곧 나오겠지요. 기다릴 필요가 있어요······ 이건 비밀이에요. 그게 금방 나왔고······ 저와 아버지 사이에는 암호가 생겼답니다."

작가로서 보르헤스는 현실과도 암호를 만들었는지, 그를 그리워하는 독자들은 그가 살아 있을 때는 물론 죽은 뒤에도 코다마가 말한 '기다림' 속에서 '비밀'을 간직하고 있는 것 같다. 확실히 비밀스럽다. 사실 보르헤스처럼 글을 쓰는 작가는 극소수에 불과하지 않은가. 그의 작품을 통해 현실을 조망하려 할 때 사람들은 무엇을 볼 수 있을까?

보르헤스는 시간의 강에서 살고 있는 사람처럼 보인다. 그의 서술에서는 늘 고루한 뒷모습이 아득하게 멀어지고, 환상의 목소리가 다가온다. 현실은 덧없이 사라지는 풍경에 불과하다. 그래서 1899년 8월 24일부터 1986년 6월 14일까지 세상에 등장했던 보르헤스라는 이름의 생명이 정말 이렇게 짧은 순간만 존재했을까 하는 의문이 든다. 독서 중에 만나는 보르헤스는 역사처럼 오랫동안 기나긴 삶을 누렸을 것 같다.

돌아가기로 결정했을 때 선택한 곳이 출생지인 부에노스 아이레스가 아니라 제네바였던 것처럼, 보르헤스는 자신의 고향을 수수께끼처럼 가슴 깊은 곳에 감춘 채 수수께끼처럼 현실을 선택함으로써 잠시 머물다 간 시간 속에 고향이 영원히 존재하도록 만들었다.

이는 보르헤스 서술의 전반적인 즐거움으로도 작용한 듯하다. 버두고 푸엔테스와의 담화에서 보르헤스는 "그(보르헤스 자신을 지칭)의 단편소설 가운데 내가 좋아하는 작품은 〈남부〉, 〈울리카〉, 〈모래의 책〉일세"라고 말했다.

〈울리카〉는 눈 속을 거니는 것으로 시작해 여관의 침대에서 끝난다. 보르헤스의 다른 소설과 마찬가지로 플롯이 나뭇잎에 걸린 물방울처럼 단순한 이 소설에는 나이 든 남자와 젊은 여자가 등장한다. 보르헤스는 이 소설을 "내 이야기는 사실, 혹은 최소한 내가 기억하는 사실에 충실하다"라는 이해하기 어려운 문장으로 시작한다.

울리카라는 여자의 성은 무엇일까? 하비에르 오따롤라, 서술 속의 '나'는 알지 못한다. 두 사람은 걸어가면서 이야기를 나누다가 상대의 발음에 빠져든다. 지나치게 빠져들기 때문에 두 사람의 말은 동일한 입에서 나오는 듯하다. 소설은 "오래된 사랑은 어둠 속에서 출렁이고 나는 처음이자 마지막으로 울리카 육체의 이미지를 소유하게 되었다"로 끝난다.

왜 '육체' 뒤에 '이미지'를 붙였을까? 이로 인해 '육체'의 현실은 등장과 동시에 환상으로 바뀌고, 사람들은 보르헤스가 소설 첫머리에 언급했던 '사실에 충실하다'는 말을 믿어도 되는지 의심하게 된다. 사실이 날아가버린 결말이기 때문이다. 그런데 보르헤스는 처음부터 사실에 중점을 두지 않았다. 뛰어난 작가들이 그렇듯 보르헤스도 서술 속 약속을 지키는 사람이 아니었다. 그가 울리카의 육체를 '이미지'라는 어휘로 허구화한 것은 여성의 아름다움을 감상할 줄 몰라서가 아니다. 오히려 그는 이 방면의 전문가로, 이미 다른 작품에서 여성의 육체를 '접근하기 쉬운 신체'로서 충분히 다루었다. 그가 이렇게 한 것은 독자를 현실에서 분리시키기 위함이며 이는 보르헤스의 일관된 서술 방식이었다. 그는 늘 비현실적 처리에 더 많은 관심을 드러냈다.

예의 버두고 푸엔테스와의 담화에서 우리는 두 명의 보르헤스를 만날 수 있다. '나'로서의 보르헤스가 '그'로서의 보르헤스와 이야기를 나누기 때문이다. 재미있게도 그렇게 막역한 친구와의 대화에서 보르헤스는 자신을 언급할 때 시종일관 '나'라는 대명사를 쓰는 대신 다른 사람을 부르듯 '그'라고 말하거나 아예 자기 이름을 부른다. 대화 말미에는 버두고 푸엔테스에게 "우리 두 사람 중 누가 자네와 이야기했는지 모르겠군"이라고까지 한다.

그 부분에서 나는 삶에 속한 보르헤스가 영예에 속한 보르헤스에게 불만을 토로하는 아주 짧고도 유명한 단문 〈보르헤스와 나Borges y yo〉를 떠올렸다. 영예로운 보르헤스 때문에 삶에서의 보르헤스는 호랑이가 호랑이 같지 않고 돌이 돌 같지 않은 것처럼 자신이 자신다울 수 없다며 "나는 그의 책에서보다 다른 무수한 책에서, 지루한 기타 연주 속에서 나 스스로를 훨씬 더 잘 발견할 수 있다"라고 원망한다.

하지만 마지막에 이르면 보르헤스는 또다시 "나는 우리 둘 중에서 누가 이 글을 쓰고 있는지 알 수 없다"라고 덧붙인다.

이것이 바로 의심이다. 혹은 보르헤스의 서술이라고 할 수 있다. 보르헤스는 자신의 시와 이야기, 수필, 심지어 서문의 서술 속에서까지 의심을 잔뜩 퍼뜨린다. 그렇게 해서 그의 서술은 늘 두 가지 방향성을 띤 채 서로를 억누르는 동시에 해방시킨다.

보르헤스가 일생 동안 쓴 별로 많지 않은 작품을 살펴보면 그 자신에 대한 서술을 세 번 발견할 수 있다. 그중 세 번째는 1977년, 이미 시력을 잃은 보르헤스가 1983년 8월 25일에 관해 쓴 이야기에서 찾아볼 수 있다. 그 밤에 관한 이야기에서 예순한 살의 보르헤스는 여든네 살의 보르헤스를 만난다. 나이 든 보르헤스가 말할 때 그보다 살짝 젊은 보르헤스는 녹음기에 담긴 자기 목소리를 듣는 듯한 느낌을 받는다. 또한 나이 든 보르헤스의 지나치게 쇠로한 얼굴에 젊은 보르헤스는 불안해하며 "나는 내 캐리커처인 당신 얼굴이 지겨워"라고 말한다.

"기이한 일이군." 그 목소리가 대꾸한다. "우리는 둘이면서 하나로군……."

이 사실에 두 보르헤스 모두 곤혹스러워하며 꿈이라고 믿지만 "대체 누가 누구를 꿈꾸고 있다고? 나는 내가 꿈에서 자네를 보고 있다는 것을 알아. 그렇지만 자네도 내 꿈을 꾸는지는 모르겠는데?" …… "중요한 것은 한 사람이 꿈을 꾸는지, 두 사람이 서로를 꿈꾸는지를 밝히는 거라고." 재미있게도 그들은 과거를 돌아볼 때 '나'라는 인칭 대신 둘 다 신중하게 '우리'라는 대명사를 사용한다.

다른 작가들과 달리 보르헤스는 의도적으로 독자가 방향을 잃도록 서술함으로써 미궁의 창조자가 되고, 그 일을 무척이나 즐기는 것처럼 보인다. 아주 간결한 이야기에서조차 보르헤스는 무한대의 즐거움을 주는 듯하다가 순식간에 빼앗아버리곤 한다. 그런데 사실 그가 우리에게 주는 즐거움은 자신이 희망했던 것만큼 많지도 않고 그의 우수한 동행들보다 더 많다고도 할 수 없다. 그가 남다른 이유는 서술에 있다. 그의 서술은 늘 확정을 가장할 뿐이지, 영원히 확정적이지 않다. 참을성 있게 그의 이야기를 따라가 우리가 계속해서 기대했던 긍정에 도달해도 곧바로 부정이 뒤따라온다. 다시 시작해야 하지만 미궁 속에 놓인 우리는 출구를 찾을 수 없다. 어쩌면 이것이 바로 보르헤스가 원했던 바일지도 모른다.

또한 이러한 서술은 그의 진짜 신분인 도서관 직원과 맞물린다. 도서관 직원이었기 때문에 그는 자신의 현실을 90만 권의 장서를 기반으로 구축해 다른 모든 작가와 현실적으로 다름을 암시하고, 우리에게 '무한, 혼란과 우주, 범신론과 인성, 시간과 영원, 이상주의와 비현실의 기타 형식'을 선사할 수 있었다. 《미궁의 창조자 보르헤스La expresión de la irrealidad en la obra de Borges》의 저자 아나 마리아 바렌체아는 "이 작가의 작품은 비현실에 대한 표현이라는 한 가지 방면만 다룬다"라고 말했다.

아마도 정확한 표현일 것이다. 보르헤스의 이야기는 늘 판단을 어렵게 만든다. 진짜 역사일까 아니면 허구일까? 난해한 학문일까 아니면 평이한 묘사일까? 생생한 사실일까 아니면 비현실적 환상일까? 맞는 듯 아닌 듯한 서술이 일체의 진위를 판별하기 어렵게 만든다.

책에 관한 이야기 〈모래의 책〉에서 우리는 진실이 쌓여 만들어진 허상을 접할 수 있다. 여기서는 은퇴한 노인이 시작도 끝도 없는 책을 손에 넣는다.

"페이지 배열이 내 시선을 끌었다. 가령 두 난으로 나뉜 어떤 페이지가 40, 514인데 다음은 999였다. 그 페이지를 넘기자 뒷장에는 여덟 자리의 숫자가 적혀 있었다. 사전처럼 삽화도 있었다. 만년필로 그려놓은 닻…… 나는 그 부분을 외운 뒤 책을 덮었다. 그리고 곧바로 다시 펼쳤다. 한 페이지씩 넘기며 훑었지만 닻 그림은 더 이상 찾을 수 없었다."

"그가 첫 페이지를 찾아보라고 했다. ……나는 왼손으로 표지를 누르며 오른손 엄지를 검지에 닿을 정도로 붙인 채 페이지를 넘겼다. 헛수고였다. 표지와 손 사이에 계속 몇 페이지씩 끼어 있었다. 마치 책에서 솟아난 것처럼……. 이번에는 마지막 페이지를 찾아보세요. ……마찬가지로 실패였다."

"나는 2천 페이지마다 작은 삽화가 하나씩 들어 있다는 것을 발견했다. 알파벳 색인이 있는 수첩에 그것들을 베끼기 시작했더니 오래지 않아 수첩이 가득 찼다. 삽화는 단 한 장도 중복되지 않았다."

따옴표 속 단락들은 〈모래의 책〉에서 유난히 눈에 띈다. 우리의 독서를 현실에서 분리시켜 불안한 신비로 이끌기 때문이다. 소설 속 국립도서관에서 은퇴한 노인은 퇴직금과 고딕체로 쓰인 《위클리프 성경》을 신비한 책, 수시로 자라고 소멸하는 무한의 책과 바꾸지만 결국에는 책의 신비함을 감당할 수 없게 된다. 그는 '나뭇잎을 숨기기 가장 좋은 장소는 숲'이라는 생각으로 신비한 책을 남몰래 도서관의 어둑한 서가에 끼워 넣어 90만 권의 장서 속에 숨겨버린다.

보르헤스는 소설 첫머리에서 영국의 형이상학파 시인인 조지 허버트의 시구를 인용한다.

……모래로 만든 그대의 밧줄……

'모래의 책'이 사실은 허버트 목사의 '모래로 만든 밧줄'처럼 믿을 수 없다는 사실을 암시하는 게 아닐까? 하지만 〈모래의 책〉은 가장 솔직한 서술 방식을 취할 뿐만 아니라 가장 표준적 원칙으로 이야기를 전개해나간다. 우리는 거리와 집, 노크 소리, 거래에 국한된 두 사람의 대화를 읽는다.

확실히 보르헤스는 우리에게 익숙한 방식으로 우리에게 익숙한 사물을 이야기한다. 위에 인용한 단락만 봐도 우리는 '페이지의 배열' '나는 그 부분을 외운 뒤 책을 덮었다' '왼손으로 표지를 누르며' '그것들을 베끼기 시작했다' 같은 우리의 현실을 읽는다. 그런데 생활에서 비롯된 경험과 동작이라 경계할 이유가 전혀 없음에도 우리는 그것들을 읽는 순간, 불안한 신비감과 허상에 직면하게 된다.

이것이 보르헤스 서술의 매력이다. 그는 다리 위를 천천히 오가는 것처럼 자연스럽고 여유롭게 현실과 신비 사이를 오간다. 그의 다른 작품, 가령 〈바벨의 도서관〉 등과 비교하면 〈울리카〉와 〈모래의 책〉은 어느 정도 현실적 장면 및 확실한 시간을 보여준다. 결국에는 마찬가지로 장면의 비현실성과 시간의 불확실성을 안겨주지만, 최소한 처음부터 그의 서술 속에서 혼미해지게 만들지는 않는다. 반면 완전히 추상적인 작품은 일출을 감상하듯 처음부터 엄청난 거리감을 주기 때문에 우리는 우리가 보고 있다는 사실을 인지, 심지어 아주 분명하게 인지하면서도 접근할 수가 없다. 매혹적인 내적 이미지와 감각에 깊은 감동을 받더라도 가까이 다가갈 수 없다. 여기서 주목할 사항은 이러한 이미지와 감각이 그의 샘솟는 사고와 긴밀히 교차하고 나면 분별하기 어려워진다는 점이다.

그래서 보르헤스의 현실마저 구별하기 어렵게 뒤엉키지만 정작 그의 신비와 환상, 비현실은 오히려 일목요연해진다. 독자들은 그의 서술에 빠져들어 한참 동안 서술의 트릭에서 깨어나지 못한 채 역사상 전례 없는 작가를 만나고 난생 처음 접하는 문학을 읽었다고 생각한다. 어쩌면 그들이 읽은 것은 문학이 아니라 지혜, 지식, 역사의 화신이라고 말할 수도 있다. 결국 독자들은 '무한, 혼란과 우주, 범신론과 인성, 시간과 영원, 이상주의와 비현실의 기타 형식'을 읽는다는 아나 마리아 바렌체아의 말에 동의할 수밖에 없다. 보르헤스 자신도 그녀의 말을 따르려는 듯 "무의식 과정에 대한 그녀의 지적에 감사한다"라고 말했다.

사실 진짜 보르헤스는 그렇게 비현실적이지 않다. 이야기의 서술을 벗어나 시와 산문을 쓸 때 그는 훨씬 보르헤스다워지는 듯하다. 그는 산문 〈신곡〉에서 "단테는 활시위를 떠나 과녁에 꽂히는 화살의 속도를 우리가 느낄 수 있도록, 화살이 과녁에 닿고 활시위를 떠나는 식으로 인과관계를 뒤집음으로써 그 과정이 얼마나 빠른지를 보여준다. ……〈지옥편〉 다섯 번째 곡의 마지막 구절인 '쓰러졌다, 죽어버린 몸체가 거꾸러지듯'이라는 구절도 떠오른다. 그런데 이 구절이 왜 계속 떠오를까? 쓰러질 때의 소리 때문이다"라고 말한다.

여기에서 보르헤스는 언어에서 가장 민감한 게 무엇인지를 알려준다. 소설 속 어떤 사람이 세상에서 사라질 때 "물이 물속으로 사라진 듯하다"라는 비유를 쓴 것처럼 말이다. 그는 비유가 반드시 다른 사물의 도움을 받을 필요는 없다고, 물 스스로 자신을 비유할 수 있다고 말한다. 그렇게 본체와 비유 대상, 그리고 비유의 표현 사이에 분명했던 경계를 지워버린다.

관련 예시가 풍부한 단문 〈메타포〉에서 보르헤스는 이미 존재하는 두 종류의 비유를 지적하며, 아리스토텔레스는 두 가지 다른 사물의 유사성에서 은유가 만들어진다고 여겼는데 이는 스노리 스툴루손이 수집한 비유와 다르다고 말한다. "아리스토텔레스는 언어가 아니라 사물에서 은유를 구성하고…… 스노리가 수집한 비유는…… 어휘의 조합일 뿐이다."

역사학자인 스노리 스툴루손이 수집한 아이슬란드 시의 비유는 무척 흥미롭다. 보르헤스는 "분노의 갈매기, 피의 매, 핏빛 혹은 붉은 백조는 까마귀를 상징하고, 고래의 집 혹은 섬들의 고리는 바다를 의미하며 치아의 침실은 입을 가리킨다"고 예를 들어준다.

보르헤스는 이어서 "시구 속에서 한데 어우러진 비유는 그의 세심한 편집을 통해 즐거운 감탄을 자아낸다(혹은 자아냈다). 하지만 지나고 나서 생각해보면 우리는 그것들이 아무것도 아니라 가치를 상실한 노동에 불과하다고 느낀다"라고 적는다.

아리스토텔레스에게는 온화한 거부를, 스노리의 성실한 노동에는 부정을 표한 뒤 보르헤스는 상징과 미사여구를 좋아한 이탈리아 시인 잠바티스타 마리노를 비웃고는 단숨에 열아홉 개의 은유를 예로 들며 "때때로 본질의 통일성이 표면의 상이성보다 알아차리기 힘들다"라고 말한다.

확실히 보르헤스는 은유가 때로는 동일한 사물의 내부에 존재하고, 이럴 때의 은유는 극도로 기묘해진다는 것을 알고 있었다. 보르헤스가 직접 말하지는 않았어도 단테의 '쓰러졌다, 죽어버린 몸체가 거꾸러지듯'에 칭찬을 아끼지 않았을 때, 또 그가 《구약성서》에서 "다윗은 자기 조상들과 함께 잠들어 다윗 성에 묻혔다"는 구절을 읽었을 때 그는 이미 문학에서 가장 기묘한 가문을 인식하고 창작을 통해 스스로 그 가문의 일원이 되었다.

그래서 우리는 동일한 사물로 수사(修辭)의 필요성을 충족시키면서 완벽한 서술로 끝나는 남다른 격조를 읽을 수 있다. 보르헤스는 이러한 지혜와 능력을 지니고 있었다. 그리고 일찍이 세 차례나 스스로를 서술에 넣은 것처럼 그의 비슷한 재능들은 작품 속에서 외나무다리의 원수처럼 맞부딪치곤 했다. 그와 동시대 작가들의 진정한 차이점이 바로 여기에 있다. 다른 작가들의 글쓰기는 수많은 사물의 관계에 기반을 두고 복잡하게 뒤엉키기 때문에 백여 개의 방정식을 풀어야만 수중에 거꾸로 비치는 진리의 그림자를 발견할 수 있다.

반면 보르헤스는 사물들의 복합적 관계를 통해 창작할 필요 없이 동일한 사물의 내부에서 와해와 재건을 진행한다. 그는 자신의 기묘한 능력으로 유사성에 대립을 출현시킬 수 있을 뿐만 아니라 유사성과 대립을 합치시킬 수도 있다. 진리와 직접 대화하는 특권을 가지기라도 했는지, 그의 목소리는 너무도 담백하고 순수하며 직설적이다.

그의 친구인 미국인 지오바니는 보르헤스의 시 영역본을 편찬하면서 "시인으로서 보르헤스는 명료하고 소박하며 진솔한 글쓰기를 위해 오랫동안 노력했다. 그가 시집을 한 권 한 권 초기작과 비교해 수정한 것을 훑어보았을 때, 나는 그가 바로크풍을 버리고 자연스러운 어순과 평범한 언어 사용에 훨씬 중점을 두었음을 발견할 수 있었다"라고 말했다.

이런 의미에서 보르헤스는 이미 고대 가문에 합류했다고 확언할 수 있다. 그들의 족보에는 호메로스, 단테, 몽테뉴, 세

르반테스, 라블레, 셰익스피어 등의 이름이 들어 있다. 보르헤스의 이름이 까마득한 선배들만큼 빛나지는 않아도 그의 약한 불빛은 한 세기, 그러니까 그가 머물렀던 20세기를 밝히기에는 충분하다. 보르헤스에게서 우리는 오래된 전통, 혹은 오래된 품격이 고통 끝에 영원성을 획득했음을 확인할 수 있다. 이것이 바로 한 작가의 현실이다.

그가 두 보르헤스를 긴 여행 뒤 여관에서 만나게 했을 때 그건 의심할 여지 없이 환상 속에서 벌어진 이야기였다. 그런데 조금 젊은 보르헤스는 늙은 보르헤스의 말을 들으면서 녹음기에 담긴 자기 목소리를 듣는 것처럼 느낀다. 얼마나 기묘한 녹음기인가, 녹음기의 현실성이 환상을 믿을 수 있는 진실로 바꾸고 시간의 거리를 합리적으로 만든다. 그의 또 다른 이야기 〈죽지 않는 사람들〉에는 몇 세기 동안 살아온 사람이 등장한다. 그 불사의 사람이 사막에서 고난을 겪을 때 보르헤스는 "나는 며칠 동안 계속 물을 찾지 못했다. 지독한 태양과 갈증, 갈증에 대한 공포가 하루를 참을 수 없이 길게 늘여놓았다"라고 적는다. 이처럼 신비한 이야기에서도 보르헤스는 무엇이 공포인지, 혹은 무엇이야말로 공포의 현실인지를 알려준다.

이것이 바로 보르헤스의 현실이다. 그의 이야기가 신비와 환상으로 가득할지언정, 시간이 무한대로 확장되고 현실이 늘 순식간에 지나갈지언정 그의 인물이 감정을 드러내고 판단을 내릴 때 우리는 곧장 피부에 닿는 듯한 현실감을 느낀다. 그가 '갈증' 뒤에 훨씬 더 무서운 '갈증에 대한 공포'가 있다고 말한 것처럼 현실을 꿰뚫어보는 보르헤스의 통찰력은 평범한 수준을 훨씬 뛰어넘는다. 그는 온화해 보이는 사유 속에 예리함을 숨기고 있었기 때문에 특정 사물에 들어가는 것만으로, 깊숙이 파고드는 것만으로 이미 충분했다.

이는 보르헤스 서술에서 가장 확고한 부분이자 모든 우수한 작품들이 살아남는 핵심이기도 하다. 작품이 사실을 쓰든 황당하거나 신비한 내용을 다루든 상관없이 말이다.

한편 미궁 같은 서술은 보르헤스에게 또 다른 이미지를 안겨주었고, 그 스스로도 자신의 문학작품에서 가장 견고한 부분을 서술이라고 여겼다. 사실 그의 연기煙氣 같은 서술은 명료하고 소박하며 진솔한 방식으로 완성되기 때문에 가장 변화무쌍한 서술이 가장 깔끔한 방식으로 창조되었다고 할 수 있다. 그래서 미국 작가 존 업다이크는 보르헤스의 서술이 현대 소설의 절실한 필요성, 즉 기교의 효력을 인정할 필요성에 대해 해답을 제시한다고 여겼다.

다른 작가들과 달리 보르헤스는 서술을 통해 독자를 그의 현실에서 밀어내고 접근하지 못하도록 만든다. 그는 정말로 자신이 서술의 미궁을 창조한다고 여기며 독자는 출로를 찾을 수도 없고, 어디에 있는지도 모를 거라고 생각했던 듯싶다. 그는 〈비밀의 기적〉 마지막에 "처형대는 네 배의 총탄으로 그를 쓰러뜨렸다"라고 적었다.

이 기묘한 구절에서 보르헤스는 '네 배의 총탄'이라고 알려주지만 어떤 수를 기준으로 네 배인지는 말하지 않는다. 이와 비슷한 서술이 그의 작품 곳곳에 산재한 걸 보면, 보르헤스는 다른 어떤 작가보다 자신이 현실을 많이 썼다고 암시하는 듯싶다. 그는 네 배의 현실을 썼지만 극히 총명하게도 그 네 배의 기준이 되는 수를 비밀에 부쳤다. 보르헤스는 이런 불가지^{不可知}를 통해 우리가 그의 현실이란 계산할 수 없으며 내적으로 풍부할 뿐만 아니라 경계가 무한하다고 여기기를 희망했던 것 같다.

보르헤스는 세상 밖의 여자를 아내로 맞고 싶어 하는 왕자에 관해 쓴 적이 있다. 거기서 마술사는 마법과 상상의 힘을 이용해 상수리나무의 꽃과 금작화, 그리고 애기풀로 여자를 만들어준다. 혹시 보르헤스도 스스로를 문학 밖의 작가로 만들고 싶었던 것은 아닐까?

1998년 3월 3일

체호프의 기다림

안톤 체호프가 20세기 초에 창작한 희곡 《세 자매》는 올가, 마샤, 이리나의 이야기이다. 장군이었던 아버지가 세상을 뜬 뒤 대학교수를 꿈꾸는 오빠와 함께 자매는 아무 이상理想도 없이 모스크바에 가고 싶다는 바람 속에서 살아간다. 자매의 젊고 아름다웠던 시절을 대변하는 모스크바는 그녀들이 성인이 된 뒤 꿈꾸는 유일한 동경의 대상이기도 하다. 자매는 하루하루, 한 해 한 해 기다림 속에서 시간을 흘려보내지만 언제나 자기 의자에 앉아 있을 뿐이다. 그래서 모스크바도 동경으로만 존재하며, 떠남은 처음부터 끝까지 상징으로서 올가와 마샤, 이리나에게 과소비된다.

이야기는 모스크바에서 멀리 떨어진 지방 도시에서 시작해 그곳에서 끝난다. 기다림을 주제로 한 모든 이야기의 숙명이 한 바퀴를 돌아 출발점으로 되돌아오는 것이듯, 서술이 도달하고자 했던 목표는 끝내 시작점에서 벗어나지 못한다.

그로부터 반세기 뒤 사뮈엘 베케트가 《고도를 기다리며》를 발표했다. 작품 속에서 에스트라공과 블라디미르라는 두 방랑자는 영원히 오지 않을 고도라는 인물을 하염없이 기다리고, 희곡의 마지막도 출발점으로 환원하면서 끝난다.

두 작품은 그들이 속한 두 시대만큼이나 스타일에서 크게 차이가 난다. 혹은 작품이 먼저 각각의 시대를 대변한 다음 두 작가를 대변했다고도 할 수 있겠다. 이어서 반세기가 흐른 뒤 린자오화林兆華●의 희곡공작실에서 《세 자매》와 《고도를 기다리며》를 《세 자매·고도를 기다리며》로 만들어 또 다른

●   전통극과 현대극 및 다양한 장르의 예술 경계를 넘나들며 특유의 연출 언어와 미학을 창조해낸 중국 연극계의 거장. 베이징인민예술극원 감독과 부원장을 역임하고 현재 베이징대연극연구소 소장으로 재임 중이다.

시대를 삽입했다.

재미있게도 이 세 시대는 마치 운명이 의도적으로 선택한 것처럼 반세기라는 비슷한 시간 차를 보인다. 그게 사실이라면 까마득히 높은 곳에 존재하는 운명은 미적 취향이 상당한 듯하다. 린자오화가 두 희곡을 합친 이유도 그 스스로 밝혔듯 무척 단순하게 '기다림' 때문이었다. 그는 "기다림 때문에 러시아의 '세 자매'와 파리의 '방랑자'가 베이징에서 만날 수 있었다"라고 말했다.

또 다른 각도로는 린자오화가 체호프와 베케트에게서 일맥상통하는 공통점을 파악한 뒤 그것을 근거로 "연극은 무대예술가가 극치의 스타일로 전력투구한 결과여야 한다"는 그들의 말을 믿게 되었다고 말할 수도 있다. 그런데 선언 같기도 하고 광고 같기도 한 이 문장은 합리화를 위한 자기변호에 불과하다. 극치의 스타일이 무엇인가? 1901년의 《세 자매》와 1951년의 《고도를 기다리며》는 극치의 스타일이겠지만, 1998년에는 체호프와 베케트 모두 그것으로 살아갈 필요가 없어졌다. 혹은 극치의 스타일이란 시대적 안목으로만 볼 수 있다고 말할 수도 있겠다. 역사적 시각에서 보면 체호프와 베케트의 반역은 미미한 수준이며, 그보다는 연속된 감정과 사상의 발전을 선보인 게 훨씬 중요하다. 린자오화의 《세 자매·고도를 기다리며》는 오늘날 극치의 스타일이라고 할 수 있지만 말할 것도 없이 오늘날에만 해당될 수 있다. 사실 진정한 의의는 무대에만 존재할 뿐, 무대 바깥의 변호나 극찬의 말은 아무런 영향력이 없다.

체호프의 우울한 아름다움과 베케트의 서글픈 투박함을 동일한 무대, 동일한 시간에 배치한 시도는 의아함과 기쁨을 동시에 안겨준다. 린자오화는 두 희곡의 연결 대사를 모호하게 처리하는 한편 각각의 언어 스타일을 확연히 강조한다. 무대는 물을 둘러싸며 시작해 벽 없는 집이 물에 둘러싸이는 것으로 바뀌고 위쪽은 밤하늘처럼 조용한 유리로 덮인다. 그리고 이따금씩 가사 없는 노래가 울려 퍼진다. 세 자매는 물에 둘러싸인 채 처음부터 비현실적으로 강화된 순수한 기다림 속에 놓여 있다. 에스트라공과 블라디미르는 앞쪽으로 내몰릴 때에야 자신의 신분을 유지하고, 뒤로 물러나면 50년을 늙어 중령과 남작 신분으로 변한다. 두 사람은 시간의 흐름 속을 유유자적 오가며 마샤, 이리나와 연애를 하는가 하면 어느 순간 돌아와 고도를 기다린다.

이때 체호프의 산문 같은 우아함과 베케트의 시적 투박함이 한층 강하게 발산되면서 무대 스타일은 선비가 군인을 만난 듯, 상반된 요소 간의 조화 때문에 기괴하게 합쳐진다. 베케트의 대사는 생기발랄하게 베이징 거리의 숨결로 가득하고 체호프의 대사는 기억 깊은 곳에서 비롯된 듯, 운명이 낭송하는 듯 아득하게 퍼진다.

린자오화는 관중이 대가의 목소리를 들을 수 있기 바라고 그것만으로 충분하다고 생각한다. 그 덕분에 우리는 외피와 대비되는 뒷면에 동일성이 꽤 많다는 사실을 발견할 수 있다. 무대는 마치 달라서가 아니라 비슷하기 때문에 결합하는 동성同姓 결혼식 같다.

《세 자매》는 체호프의 내면 깊은 곳에 관한 서술이라고 할 수 있다. 세속을 초월한 듯한 〈초원〉처럼 냉정하면서 우아하고 감동적인 작품이지, 〈관리의 죽음〉처럼 영민한 부류가 아니다. 체호프의 기다림은 무한정 뻗은 길과 비슷하지만 멀리로 뻗어나가는 게 아니라 갈수록 깊숙하게 내면을 파고든다. 올가는 기다림 속에서 늙어가고 이리나는 기다림 때문에 현실에서의 사랑인 남작(이 짝사랑의 전형은 결투에서 사망한다)을 잃어버린다. 마샤는 세 자매 중 유일하게 결혼하지만 결혼과 함께 바람도 따라온다는 말을 증명하는 듯 보인다. 그런데 마샤가 갑작스럽게 마음을 빼앗기는 중령은 자매들이 동경하는 모스크바의 그림자에 불과하다. 잘못해서 그 음울한 도시에 드리웠다가 태양이 이동하자 다른 곳으로 내던져지는 그림자.

장군인 아버지를 따라 그 도시에 오게 된 세 자매와 아들 안드레이는 아버지가 타계한 뒤 자신들의 운명을 잃어버린다. 그들의 운명은 그것을 장악하고 있던 아버지와 함께 그 도시에 영원히 잠들어버린 것이다.

안드레이: 아버지 덕분에 저와 누이들은 프랑스어와 독

일어, 영어를 할 수 있어요. 이리나는 이탈리아어까지 가능하지요. 하지만 이런 게 무슨 소용이 있겠어요!

마샤: 이런 도시에서 3개국어는 쓸데없는 사치품에 불과해요. 심지어 사치품이라고도 할 수 없어요. 그보다는 여섯 번째 손가락처럼 불필요한 부속품이지요.

안드레이는 '여섯 번째 손가락'이 아니라서, 미적 감각이 없는 여자를 아내로 맞는다. 그리고 아내가 지방자치회 의장인 뽀뽀프와 바람피운 것을 묵인한 덕분에, 안드레이는 지방자치회 위원이 되고 성공적으로 자신의 이상과 현실을 분리시킨다. 이런 식으로 체호프는 비극적 인물을 아주 자연스럽게 희극적 캐릭터로 바꾸어놓는다.

올가와 마샤, 이리나는 체호프의 연인 같기도 하고 체호프의 '동경하는 모스크바'처럼도 보인다. 남자들이 자신의 연인은 순결하기를 바라는 것처럼 체호프는 가슴 깊은 곳에서 끓어오르는 이상에 따라 세 자매의 운명을 창조한다. 그는 그녀들의 자존심은 물론 사치스러움과 무용無用함까지 보호함으로써 결국 그녀들을 '여섯 번째 손가락'으로 만들어낸다.

그래서 자매들은 기다림 속에서 스스로를 바꿀 수 없도록 운명 지어져 있다. 앞으로 나아가기를 기다리는 동안 그녀들의 삶은 오히려 후퇴를 거듭해, 여전히 아름다운 자작나무를 제외하면 모든 것이 옛날보다 나빠진다. 그 도시에서 문화계층은 군부대뿐이라 군인들만 자매에게 조언할 수 있지만 군대도 떠날 준비를 한다.

무대에서 이리나는 갑자기 이탈리아어로 창문이 뭔지 생각나지 않아 초조하게 서 있다.

안톤 체호프의 천부적인 재능은 자세히 음미할 필요가 있다. 세월에 따라 젊음이 쇠퇴하고 기다림이 무한대로 늘어나자 세 자매도 끊임없이 확대되는 쓸쓸함과 비애, 의기소침함을 받아들인다. 이때 체호프의 서술은 극도로 가벼워져 이리나를 자신의 운명 때문에 애통한 게 아니라 이탈리아어로 창문이 무엇인지를 잊어버려 슬퍼하게 만든다. 그와 같은 러시아인인 차이콥스키가 〈비창〉에서 거대하고 절망적인 관현악을 끝내기 위해 서정적인 단조를 등장시키는 것처럼 말이다.

다만 체호프의 경우 세 자매가 이미 자신의 비애에 익숙해졌기 때문에 절망의 전주는 필요치 않다. 익숙해진 비애는 새롭게 느끼는 비애보다 훨씬 무겁고 깊어서, 항로를 가로막는 빙산처럼 녹지 않고 균열만 일어날 뿐이다. 균열이 발생했을 때 이리나는 이탈리아어로 창문이 무엇인지 잊어버린다.

한편 사뮈엘 베케트는 시대적 목소리를 더 원했던 것 같다. 영원히 오지 않을 고도가 여전히 나타나지 않을 때 에스트라공은 "나는 숨 쉬기조차 지겨워!"라고 말한다.

심호흡으로 건강도 챙기고 시간도 보내자는 블라디미르의 제안이 숨 쉬기조차 귀찮다는 결과에 맞닥뜨리는 것이다. 스스로 숨 쉬기조차 싫어졌다는 말보다 더 강력한 싫다는 표현이 있을까? 베케트는 저주를 은유로 만들어 자신이 좋아하지 않았던 시대가 스스로를 욕하도록 만들 때 가장 악독한 방식을 사용하면서도 상소리는 내뱉지 않는다.

체호프와 마찬가지로 베케트의 기다림도 시작부터 굴레에 매여 있다. 어쩌면 그의 기다림이 훨씬 공허하니 훨씬 순수할지도 모른다.

세 자매의 모스크바는 실제로 존재한다. 체호프의 서술 속에서 올가, 마샤, 이리나의 기다림에만 존재하더라도, 그러니까 체호프의 은유 속에만 있더라도 모스크바는 자체적으로 지닌 현실성으로 시종일관 세 자매의 대사에 확실한 방향성을 부여한다.

반면 에스트라공과 블라디미르의 고도는 무척 의심스럽다. 상당히 시화詩化된 뒤 추상적으로 변한 서술 속에서 고도라는 인물은 상징으로서 존재해 믿음이 가지 않는다. 어쩌면 고도는 비밀을 만들기 위한 베케트의 핑계일 수도 있고, 혹은 베케트 자신도 고도에 대해 아무것도 몰랐을지 모른다. 그래서 에스트라공과 블라디미르의 기다림 역시 자기 멋대로의, 있어도 되고 없어도 되는 상태로 변해간다. 그들의 대사는 흩어진 모래알처럼, 그들이 대충 긁어모은 삶처럼 목표도 의미도 없다. 그들은 그저 말을 하고 싶어서 그곳에 선 채 들판에 우뚝 솟은 연통 두 개가 연기를 뿜어내듯 주저리주저리 떠들 뿐이다. 그럼에도 그들은 생기발랄하다.

베케트의 묘미는 에스트라공과 블라디미르의 대사 가운

데 아무거나 하나를 뽑아도 베케트가 선사하는 생생한 현실을 느낄 수 있지만, 그것들을 서술에 되돌려놓으면 사실은 현실을 초월한 잡탕이었음을 발견하게 된다는 데에 있다.

10년쯤 전에 어떤 부인의 말을 읽은 적이 있다. 무슨 말이었는지에 앞서, 그 부인이 평생 한 남자, 즉 자신의 남편만 사랑했다는 사실부터 말해야 할 듯싶다. 이제 그녀가 어떻게 말했는지 들어보자. "완벽하게 한 남자를 소유했을 때 나는 내가 모든 남자를 소유했음을 느낄 수 있었다."

이것이 바로 그녀의 사랑, 현명하고 세심하며 풍성하고 가없는 사랑이다. 그녀는 완벽하게 한 남자를 소유해 세세하게 느끼고 난 뒤 세상의 남자가 사실은 하나뿐이라고 믿게 되었다.

비슷한 생각은 몇몇 작가에게서도 드러난다. 보르헤스는 "오랫동안 나는 무한에 가까운 문학이 때로는 한 사람 안에 집중된다고 믿어왔다"라면서 "그 사람은 칼라일이기도 했고 요하네스 베허, 라파엘 칸시노스 아센스, 드퀸시이기도 했다"고 예를 든다.

보르헤스에게 그 부인처럼 굳건한 충절은 부족하지만 그가 아무 고민 없이 바꾼 듯한 문학의 연인들은 하나같이 이쪽에 정통한 사람들이다. 그들에게 문학의 수량數量과 삶의 질은 무의미할지도 모른다. 그들에게 흥미로운 것은 방식, 문학을 즐기고 삶을 음미하는 방식이다. 마르셀 프루스트는 아마도 그들 모두가 좋아하는 사람일 것이다. 평생 천식을 앓았던 이 작가는 여행 중 여관에 투숙했을 때 침대에 누워 바다 빛깔의 벽을 보다가 공기 속에서 소금기를 느낀다. 프루스트는 바다에서 멀어졌을 때도 생생하게 바다의 기운을 느끼며 그것을 감상하고 즐긴다. 이것이야말로 삶의 즐거움이자 문학의 즐거움이다.

'카프카와 그의 선구자들'에서 박학다식한 보르헤스는 카프카의 선구자를 찾으며 "각기 다른 나라와 다양한 시대의 문학작품에서 그의 목소리 혹은 습관을 감지해낼 수 있었다"라고 말한다. 총명한 보르헤스가 그렇게 한 이유는 결코 카프카를 괴롭히려는 의도가 아니라 기나긴 문학 속에 존재하는 특성인 '지속성'을 드러내고 싶어서였다. 확실한 열거와 합리적 논리에 이어 보르헤스는 "실제로 모든 작가가 자신의 선구자를 창조한다"라고 알려준다.

이 결론을 통해 우리는 문학 혹은 예술의 원시적 특성, 오래된 품격이 현대 예술의 방식으로 살아남아 예술 속의 지속성을 끊임없이 실현함을 발견할 수 있다. 예를 들면 '기다림'처럼 말이다.

마르셀 프루스트는 대하소설《잃어버린 시간을 찾아서》에서 기다림을 자기 생명을 음미하는 순간의 혼잣말로 변형시킨다. 그래서 우리는 침대에서 눈을 뜰 때 느끼는 달콤한 빈둥거림을 수시로 읽을 수 있다. "깨어나면서 그는 본능적으로 가슴에 대고 묻기 때문에 눈 깜짝할 사이에 자신이 지구의 어느 지점에 있고 깨어나기까지 얼마나 긴 시간이 흘렀는지 알 수 있다" 혹은 창문을 물끄러미 쳐다보며 블라인드 사이로 들어오는 햇살이 블라인드에 가득 꽂힌 깃털 같다고 느낀다.

목표가 없을 때에만, 혹은 스스로 내릴 어떤 결정을 기다리고 있을 때에만 이러한 마음과 시선을 가질 수 있다. 기다림의 과정은 어느 정도 무료하기 때문에 생명의 존재를 느낄 수 있는 아름다운 시간이 된다. 프루스트가 남다른 이유는 잠들기 전에 벌써 "나는 우리 어린 시절의 얼굴처럼 통통하고 보드랍고 싱그러운 베개의 볼록한 부분에 다정하게 뺨을 가져다 댔다"라고 시작하기 때문이다.

기다림의 주제는 단테의 서사시에서도 반복적으로 등장한다. 《신곡》〈연옥편〉의 네 번째 노래를 보면 단테는 친구였던 피렌체의 악기상인 벨라콰가 은혜를 구하러 가는 길에서 주저하고 있는 것을 본다. 그에게 왜 여기 앉아 있으며 무엇을 기다리느냐고 물은 뒤 단테는 그의 기다림을 끝내주고자 "어서 서둘러서 나아가게⋯⋯" 하고 말한다.

보라, 태양이 이미 자오선에 닿았으니

밤은 벌써 갠지스 강가에서 모로코 해안에 이르렀으리.

프루스트의 기다림과 단테의 기다림은 서술 속을 흘러가

는 시간이다. 강물이 기슭의 돌을 어루만지듯 프루스트와 단테는 서술의 물로 기슭에서 기다리는 모든 돌을 어루만지고, 그들의 기다림은 끊임없이 사라졌다가 나타나기를 반복한다. 그래서 《신곡》과 《잃어버린 시간을 찾아서》의 기다림은 항상 짧지만 '아무리 작은 나비라도 똑같이 평생을 산다'는 말처럼 충만하다.

《세 자매》와 《고도를 기다리며》에 훨씬 근접한 기다림을 보여주는 작품은 브라질 작가 후앙 기마랑스 로사의 단편소설 〈제3의 강둑〉이다. 고작 6천 자에 불과한 이 소설로 그는 체호프의 "나는 장대한 주제를 간략하게 표현할 수 있다"는 말을 증명해냈다.

"아버지는 직업에 충실하고 본분을 지키며 매사에 솔직했다." 이야기는 이렇게 소박한 서술로 시작해 소박하게 끝난다. 다른 사람보다 딱히 유쾌하지도, 우울하지도 않은 이 사람은 어느 날 작은 배 한 척을 주문한 뒤 강 위에서 살기 시작해 영영 뭍에 오르지 않는다. 그의 행위는 가족들에게 수치감을 안겨준다. 서술자인 그의 아들만 형언하기 어려운 본능에 따라 강가에서 기나긴 기다림을 시작할 뿐이다. 나중에 서술자의 어머니, 형, 누나까지 모두 도시로 떠난 뒤에도 서술자는 계속 아버지를 기다린다. 처음에 어린애였던 그는 하염없는 기다림 속에서 백발이 성성해진다.

"마침내 아버지가 멀리서 나타났다. 저기, 저 멀리에 배 뒷부분에 앉아 있는 흐릿한 그림자가 보였다. 나는 아버지를 몇 차례나 소리쳐 불렀다. 엄숙하게 맹세를 한 뒤 그동안 간절하게 하고 싶었던 말을 최대한 큰 소리로 내뱉었다.

아버지, 강에서 너무 오랫동안 계셨어요. 이제 나이가 드셨으니…… 돌아오세요. 제가 대신할게요. 원하시면 지금 당장이요. 언제든 제가 배에 탈게요. 아버지 대신 탈게요.

……

아버지는 내 말을 들었는지 자리에서 일어나 내가 있는 쪽으로 노를 저어 왔다. ……나는 갑자기 온몸이 덜덜 떨리기 시작했다. 아버지가 팔을 들어 내 쪽으로 흔들었기 때문이다. 그렇게 오랜 세월 동안 처음 있는 일이었다. 나는 할 수 없었다. ……너무도 두려워 머리털이 곤두섰다. 미친 듯이 도망쳤다. ……그때 이후 누구도 아버지를 보지 못했고, 소식도 듣지 못했다."

로사의 재능으로 이야기는 제목이 암시하는 것처럼 현실을 초월한다. 그런데 제3의 강독은 세 자매의 동경 속에 모스크바가 존재하고, 블라디미르와 에스트라공의 무료함 속에 고도가 존재하는 것과 마찬가지로 존재한다. 이 이야기와 체호프, 베케트 희곡의 공통점은 기다림의 모든 의의가 기다림의 실패에 있다는 것이다. 그 대가가 짧은 순간을 잃는 것이든 평생의 행복을 날리는 것이든 상관없이 말이다.

우리는 거의 모든 문학작품에서 기다림의 모습을 발견할수 있다. 수시로 자기 이미지를 바꾸어 가끔은 감동을 자아내는 주제가 되고 또 가끔은 한 단락의 서술, 특정한 동작, 혹은 어떠한 심리 변화, 세부 묘사나 시구가 되더라도 기다림은 문학 속 어디에서나 찾아볼 수 있다. 그래서 체호프의 기다림은 결코 기다림의 시작이 아니며 린자오화의 기다림도 그대로 끝이 될 리 없다.

이러한 이유를 기반으로 우리는 "무한에 가까운 문학이 때로는 한 사람 안에 집중된다"는 보르헤스의 말을 믿을 수 있고 동시에 "모든 남자가 사실은 한 사람일 뿐이다"라는 그 부인의 말도 믿을 수 있다. 사실 보르헤스나 그 부인은 자신이 어떤 단계에 정통했음을 드러낼 때 무한한 권력을 갖고 싶어 하는 야심도 드러낸다. 이런 점에서 보면 예술가나 여인의 사랑은 폭군의 심리와 일맥상통한다.

1998년 5월 10일

세헤라자데의 이야기

《천일야화》*에서 351일째 밤, 세헤라자데의 모험
이 3분의 1을 막 넘었을 때 그녀는 아직 질투에서 비롯된 샤
리아 왕의 잔혹성을 고치지는 못했어도, 이야기로 엮어내는
함정을 이미 완벽한 형태로 빚어가는 중이었다. 확실히 왕
은 이야기의 부름에 푹 빠져서는 그녀의 함정으로 발을 집어
넣고 있었다. 그래서 원래 하룻밤의 운명만 허락됐던 재상의
딸은 성공적으로 왕비의 밤을 연장해나간다. 이날 밤에도 미

* 《아라비안 나이트》. 이 책에 실린 《천일야화》 속 이야기 제목은
번역 대본인 중국어판 원서의 것을 번역한 것이다.

모와 지혜를 겸비한 아라비아 여자는 또 한 번 기량을 발휘해 파산한 사나이가 꿈에서 깬 뒤 부를 찾는 이야기를 시작한다.

고대 바그다드에 엄청난 재산을 소유한 부자가 살고 있었습니다. 하지만 돈을 흥청망청 쓰다 보니 어느 순간 재산을 모두 날리고 말았지요. 부귀영화를 누리다가 거지꼴이 된 그는 매일 괴로워하며 하루 종일 우울함에 시달렸습니다. 그러던 어느 날 꿈에서 어떤 사람이 다가와 "당신 의복과 음식이 이집트에 있으니 거기에 가서 찾으시오"라고 말했답니다.

그는 꿈을 믿고 이튿날 바로 고향을 떠났습니다. 길고도 고된 여정과 아름다운 희망 속에서 바그다드 사람은 마침내 이집트에 도달했지요. 하지만 도시에 들어갔을 때는 이미 인적이 끊긴 한밤중이라 숙소를 찾을 수 없었습니다. 그는 사원에서 하룻밤을 묵기로 결정합니다. 그런데 하필 그날 밤에 도둑떼가 사원 안쪽에서 담을 넘어 옆집의 물건을 훔친 겁니다. 집 주인이 일어나 도둑 잡으라고 소리치자 순찰대가 달려왔지만, 도둑은 이미 멀리 달아나고 사원에는 바그다드에서 온 가난뱅이만 잠에 빠져 있을 뿐이었지요. 그는 도둑으로 몰려 감옥에 갇혀서는 죽기 일보 직전까지 심한 매질을 당합니다. 사흘 동안 가난보다 끔찍한 옥살이를 겪은 뒤 그는 총독의 심문을 받습니다. 총독이 어디에서 왔느냐고 묻자 그는 바그다드에서 왔다고 대답합니다. 이어서 총독은 이집트에 왜 왔느냐고 묻고 그는 이미 상심 끝에 잃어버린 그 터무니없는 꿈을 떠올리며, 꿈속에서 어떤 사람이 이집트에 옷과 음식이 있다고 말했지만 이집트에 와서 얻은 것은 채찍질과 옥살이밖에 없다고 대답합니다.

총독은 그 말을 들은 뒤 크게 웃으며 그를 세상에서 가장 멍청한 사람이라고 생각하지요. 그러고는 바그다드 사람에게 자신도 꿈에서 "바그다드 어떤 곳에 화원으로 둘러싸인 집이 있는데 화원 분수 밑에 금과 은이 잔

뚝 묻혀 있다"는 말을 세 차례 들었다고 알려줍니다. 총
독은 말도 안 되는 개꿈이라고 믿지 않았지만 바그다드
사람은 온갖 고생 끝에 이집트까지 왔다는 것이지요.
총독은 바그다드 사람의 어리석음 덕분에 재미있었다
며 은화를 여비로 내주고는 "어서 돌아가 본분을 다하
라"라고 말합니다.

바그다드 사람은 총독의 노잣돈을 받아 곧장 바그다드
로 돌아갑니다. 총독이 꿈속 바그다드 집을 상세히 설
명할 때 그는 그곳이 자기 집이라는 것을 알아챘거든
요. 집으로 돌아오자마자 땅을 팠더니 정말로 보물이
잔뜩 묻혀 있었답니다.

세헤라자데의 다른 이야기와 마찬가지로 이 이야기도 현
실과 신비 사이를 살얼음판처럼 아슬아슬하게 오간다. 툭하
면 얼음이 깨져 물이 흘러나오기도 하지만 그녀는 제비처
럼 날렵한 말솜씨로 서술의 위기에서 벗어난다. 세헤라자데
는 꿈속과 현실의 경계를 분리하고 합칠 때, 다시 말해 이야

기의 서술이 경계선을 넘나들 때, 동일한 땅을 걸어가듯 경계의 존재를 무시한다. 그러다가 이야기가 경계에서 벗어나면 현실의 나라와 신비의 나라를 곧장 독립된 방식으로 드러낸다. 이는 《천일야화》 속 거의 모든 이야기에 보이는 서술 규칙이며, 그 뛰어난 기교는 서술의 장애를 해결하는 최고의 방식으로 '무시'라는 간단한 행위를 채택함으로써 발현된다.

확실히 이 이야기는 끊임없이 등장하는 암시를 기반으로 한다. 여기에서 내가 말하는 암시는 바그다드 사람이 꿈에서 얻는 계시처럼 살짝 미신적인 측면이 있다. 이후 그가 여행 중에 겪는 고초는 꿈을 증명하기 위한 과정일 뿐이며, 사실 꿈의 형식으로 등장하는 서술 속 암시는 매우 연약하고 의심스럽다. 설령 독자라도 암시가 주어졌을 때 대부분은 총독처럼 받아들이지, 바그다드 사람처럼 받아들이는 경우는 거의 없을 것이다. 이는 나그네 앞에 여러 갈림길이 등장할 때 암시의 불확정성이 인물의 운명을 복잡하게 엉클어놓을 뿐만 아니라 플롯까지 숙명으로 바꾸어놓는 것과 비슷하다. 이럴 때는 미신의 열정을 운명의 암시에 넣어야만 방향이 명료해진다. 물론 앞날은 여전히 예측하기 힘들다. 내가 보기에 세헤라자데의 이 이야기가 매력적인 이유는 마지막에 등장하는 암시가 앞쪽의 암시를 증명하기 때문이다. 바그다드 사람이 총독에게 이집트에 온 이유를 말하고 나서 총독이 자기 꿈에 대해 들려줄 때, 이야기의 서술은 기묘하게 결합하고 바그다드 사람의 꿈과 총독의 꿈도 심문 중에 연결된다. 총독의 꿈은 이야기에서 등장하는 두 번째 암시이며, 이때 첫 번째 암시는 사다리가 되어 두 번째 암시를 보물로 이끌어간다. 그래서 바그다드 사람은 두 번째 꿈에서 얻은 방향, 첫 번째 꿈과 완전히 상반된 방향을 따라 집으로 돌아온다. 하나의 암시로 다른 암시를 증명하기 때문에 351일째 밤의 이야기는 서술의 꿈속을 떠다니며 모든 것을 모호하게 보여주다가 바그다드 사람이 땅에서 보물을 파낼 때에야 현실로 되돌아온다. 이야기 속 보물과 관련된 주제는 서술의 핑계, 이야기가 진행되기 위한 이유에 불과하며 이러한 이유는 언제든 교체될 수 있다. 따라서 보물과 무관한 주제로도 이 바그다드 사람의 이야기는 얼마든지 완성될 수 있다. 흔히들

돈이란 몸 밖의 재물이라고 하는데 플롯에서는 한층 더 그렇다.

《천일야화》는 세속적인 이상과 매끄러운 처세술, 신비주의의 환상, 현실주의의 비판성, 운명의 인과응보, 도덕적 권선징악을 한데 아우르면서 끝없이 이어진 산봉우리처럼 길고도 복잡한 이야기를 펼쳐나간다. 여기에서 중요한 점은, 꼼꼼하게 끝까지 읽어보면 알겠지만, 서술 속 합리적 근거가 방대한 분량의 이야기 곳곳에 깔려 있다는 사실이다. 다시 말해 현실적이고 믿을 만한 근거 덕분에 이야기의 전환이 흠잡을 데 없이 매끄럽다.

첫 편인 〈샤리아 왕과 그의 동생 이야기〉를 보면 샤리아 왕과 샤자만 형제는 각자의 왕비에게 배신을 당한 뒤 더 이상 여자의 약속을 믿지 않고 어떤 시인의 말, 여인의 희로애락은 그녀들의 육체와 밀접한 관련이 있다는 말을 믿기 시작한다. 시인은 또 "여인들의 사랑은 허위의 사랑이며 옷 속에는 온통 음험함을 감추고 있다"라고 말한 다음 "설마 먼 조상인 아담의 결말을 모르는가? 여자 때문에 에덴의 동산에서

쫓겨났다"라고 경고한다. 그렇게 해서 샤리아는 여인을 잔혹하게 대할 논리적 원천을 얻고 《천일야화》의 서술자 세혜라자데도 천명에 따르듯 등장한다.

궁에 들어간 하룻밤의 왕비 세혜라자데는 자기 생명을 연장하기 위한 비밀 무기로 궁금증을 유발하는 이야기를 만들어낸다. 여기에서 기나긴 서술의 중요한 전환이 처음 등장한다. 다름 아니라 세혜라자데가 샤리아에게 어떻게 이야기를 시작하는가이다. 《천일야화》에는 이런 전환점이 상당히 많이 존재한다. 그런데 평범해 보이는 이런 단락은 이후의 서술에 직접적인 영향을 주기 때문에 엄청난 위험요소를 안고 있다. 후속 전개 및 클라이맥스 부분에서 서술이 탄탄하고 신뢰할 수 있는 기반을 가졌는가의 여부가 종종 앞부분에서 얼마나 매끄럽게 전환되는가에 달려 있는 것이다. 세혜라자데는 이야기 전개를 위한 합리적인 근거를 마련하고자 그날 밤 여동생을 궁으로 불러들이고 이야기를 해달라고 조르도록 시킨다. 왕에게 '마지막 작별인사'를 이유로 여동생을 불러달라고 청하기 때문에 왕은 자연스럽게 동의한다. 두 자매는 궁에서 포옹한 뒤 함께 침대 발치에 앉는다. 그런 다음 동생이 죽음의 밤을 최대한 즐겁게 보내자며 세헤라자데에게 이야기를 들려달라고 청한다. 세헤라자데는 흐름에 맞춰 "덕망 높으신 폐하께서 허락하신다면 기꺼이 이야기하겠다"고 응한다. 샤리아 왕은 함정의 시작인 줄도 모르고 흔쾌히 허락해 자발적인 청중이 되고 천 하루 동안 청중의 신분을 이어간다.

《천일야화》의 서술자는 세헤라자데가 국왕에게 직접 이야기를 들려주는 방식이 아니라 전환의 방식을 사용한다. 여동생 두냐자데를 궁으로 불러들여 이야기를 전개해 합리성을 최대한 확보하는 것이다. 여기에 바로 서술의 묘미가 있다. 직접적인 연결은 때때로 서술 흐름을 중단시키지만 전환은 흐름을 적절히 이어가면서 확장시킬 수 있다. 서술 속 전환은 흘러가는 강물의 굽이와 같고 그 흐름을 진실하고 믿음직하게 만드는 것은 똑바르게 곧은 이미지가 아니라 구불구불한 이미지이다.

〈염색공과 이발사 이야기〉에는 상반된 이미지를 가진, 간사하면서 게으른 아브 키르와 착하고 부지런한 아브 시르가 등장한다. 흔히들 세상이 불공평하다고 믿는 것처럼, 이야기가 시작될 때는 게으르고 거짓말을 일삼는 염색공과 근면하고 순진한 이발사가 똑같이 가난이라는 운명에 놓여 있다. 완전히 다른 성향의 이들 두 사람은 다른 나라에서 성공과 부를 이루기 위해 함께 외지로 떠난다. 타고난 거짓말쟁이인 아브 키르는 감언이설로 아브 시르가 불평 한마디 없이 일하며 자기를 보살피도록 만든다. 긴 유랑의 시간 내내 먹고 자면서 게으름을 피우던 아브 키르는 아브 시르가 병으로 쓰러지자 그의 돈을 전부 훔쳐 달아난다. 세헤라자데는 거짓말쟁이도 똑같이 벼락출세할 때가 있다고 말한다. 한 도시에 도착한 아브 키르는 그곳의 염색공은 파란색만 염색할 수 있다는 것을 발견한다. 이에 국왕을 찾아가 자신은 각종 색깔로 염색할 수 있다고 말하자 국왕은 그에게 자금을 내주고 염색가게에 필요한 모든 것을 지어준다. 아브 키르는 하룻밤 새에 부자가 되고 국왕의 신임까지 얻는다. 그런 다음 이야기는 호의를 배신당한 아브 시르에게 넘어간다. 이 선량한 이

발사는 병에서 회복한 뒤 마침내 자신의 친구가 어떤 사람인지 깨닫는다. 하지만 빈털터리 상태로 똑같은 도시에 들어갔을 때, 그는 아브 키르의 배신을 곧바로 잊어버리고 그의 성공에 진심으로 기뻐하면서 기대에 부풀어 아브 키르의 으리으리한 가게를 찾아간다. 이어서는 전형적인 플롯대로 사건이 펼쳐진다. 아브 키르는 아브 시르를 도둑으로 몰아 하인에게 등을 백 대 때리고 뒤집어 가슴을 백 대 때리라고 명한다. 그러고 나면 좋은 사람이 출세할 차례가 된다. 이는《천일야화》의 바람일 뿐만 아니라 거의 모든 민간고사民間故事의 전개 방식이기도 하다. 세헤라자데는 슬픔과 고통에 잠긴 아브 시르가 도시에 목욕탕이 없는 것을 발견하고 국왕을 찾아가도록 이끈다. 인자하고 후한 국왕은 아브 키르보다 더 많은 돈을 내주며 목욕탕의 모든 것을 지어준다. 그래서 아브 시르는 아브 키르보다 더 큰 성공을 거둔다. 선량한 아브 시르는 돈에 연연하지 않고 고객이 자기 수입에 따라 목욕비를 지불하도록 하는 한편, 왕과 귀족은 물론 평민 백성에게까지 똑같이 정성을 다한다. 세헤라자데의 이야기를 보면 나쁜 놈은 철저히 나쁘고, 늘 자신의 이익을 위해서가 아니라 순전히 타인을 괴롭히기 위해서 악행을 저지른다. 마찬가지 이유에서 아브 키르는 아브 시르를 모함할 계획을 세운다. 그의 계략으로 국왕은 아브 시르가 자신을 시해하려 한다고 믿어 선량한 아브 시르에게 사형을 선고한다. 여기에서 좋은 사람은 좋은 보답을 받는다는 이야기의 법칙이 효력을 발휘한다. 아브 시르의 목욕탕에서 극진한 대접을 받았던 선장이 사형 집행자가 된 뒤 아브 시르의 인간성을 믿어 몰래 살려주는 것이다. 나중에 아브 시르는 국왕의 신임을 다시 얻고 아브 키르는 악행에 대한 결과로 사형에 처해진다. 처형 방식은 원래 아브 시르를 죽이려던 방식과 동일하다. 커다란 자루에 넣은 뒤 석회를 가득 채워 바다로 던지는, 상상력이 가득한 처형이다. 아브 시르는 위험에서 벗어났지만 아브 키르는 그처럼 좋은 결과를 얻지 못하고 바다에 던져진다. 그는 바닷물에 익사하는 동시에 불을 붙인 석회 때문에 산 채로 태워진다.

우여곡절과 파란만장은《천일야화》의 거의 모든 이야기

가 가진 특성이자 세헤라자데가 샤리아의 칼날 아래서 목숨을 부지할 수 있는 비법이기도 하다. 이 이야기에서 아브 시르는 기이하면서 극적인 계기를 통해 국왕의 신임을 다시 얻는다. 착한 선장 덕분에 목숨을 건진 뒤 어부의 삶을 시작한 아브 시르는 재난을 겪고 나서 재기의 기회를 얻는 다른 이야기들처럼, 낚아 올린 물고기 배 속에서 보석반지를 발견한다. 그가 신기한 반지를 손가락에 끼고 손을 흔들자 눈앞에 있던 사람의 목이 갑자기 바닥으로 떨어진다. 그것은 국왕의 보석반지로, 그동안 국왕은 반지의 위력을 통해 군대를 통솔할 수 있었다. 세헤라자데는 치밀한 구성을 통해 국왕이 권력의 반지를 잃어버리는 것과 아브 시르의 운명을 긴밀하게 연결시킨다. 그래서 국왕이 잃어버린 반지를 되찾는 일은 필연적으로 아브 시르가 부귀영화를 되찾는 출발점이 된다. 한편 선장은 아브 시르를 풀어준 뒤 커다란 돌을 자루에 넣는 속임수를 쓴다. 궁전 근처까지 작은 배를 저어 간 선장은 바다 앞 창가에 앉은 국왕에게 아브 시르를 바다로 던져도 되느냐고 묻는다. 국왕이 던지라고 말하면서 반지 낀 오른손을 흔들자 손가락에서 빛이 반짝이더니 반지가 바다로 떨어진다. 그런 뒤 반지는 아브 시르의 손에 들어간다. 아브 시르를 죽이려던 그 손짓이 그의 행운으로 바뀐 것이다. 아브 시르는 반지를 국왕에게 돌려줘 자신의 충성을 드러낸다. 그렇게 해서 아브 시르의 운명은 폭락하다가 바닥을 친 주식처럼 엄청난 기세로 반등을 시작한다.

나는 국왕이 손을 흔들 때 반지가 바다로 떨어지는 순간의 묘사를 특히 좋아한다. 기이하고 파란만장하게 전개 및 전환되는 사건들 속에서 세헤라자데가 샤리아를 매료시킬 수 있었던 이유는 인물의 동작과 언행을 사실적으로 묘사했기 때문이다. 짜임새 있고 섬세한 화술 덕분에 세헤라자데의 이야기는 사실적 디테일과 황당무계한 사건 사이에서 신비한 나라와 현실의 나라를 동시에 구축하고 독자가 두 나라의 경계를 눈치 채지 못하게 만든다. 바로 이러한 화술로 인해 샤리아라는 폭군이 기이한 이야기를 들으면서 이치에 맞는다고 느끼는 것이다. 이는 《천일야화》가 우리를 매료시키는 비밀이기도 하다. 명료하면서 간결한 서술은 《천일야화》가 이야기를 끌고 나가는 불변의 스타일이지만 그 속의 이야기는 황홀하고 변화무쌍한 모습으로 펼쳐진다.

이렇게 말할 수도 있겠다.《천일야화》는 거의 모든 플롯의 전형을 담고 있는 플롯의 광장으로서, 우리에게 플롯에서 가장 중요한 게 무엇인지를 알려준다고 말이다. 그것은 국왕이 아브 시르를 죽이기 위해 손을 흔드는 것으로 비유할 수 있다. 국왕의 손짓은 무척 평범하고 가볍지만, 이후의 갑작스러운 전환이 그 별것 아닌 단순한 동작에 내포되어 있다. 그 전까지 국왕의 손짓과 운 좋게 재기하는 아브 시르 사이에는 삶과 죽음의 간격만큼이나 긴 여정이 놓여 있다. 그러다 둘이 만나고 나면 독자들은 비로소 세헤라자데의 이야기가 죽음 직전에 이른 듯, 생사의 간격이 사라져 한없이 멀던 삶과 죽음의 거리가 순식간에 밀착한다고 느낀다. 351일째 밤의 이야기도 마찬가지이다. 총독의 꿈과 바그다드 사람의 꿈이 이집트에서 만날 때 독자가 기대했던 결말도 뿌리를 내리고 싹을 틔우기 시작한다.《천일야화》가 우리에게 말하는 것은 이야기란 무엇이며, 이야기가 진행될 때 어떤 길이 펼쳐져야 하는가이다. 우리는 늘 서술에서 가장 빛나는 단락, 이를테면 뜻밖의 놀라움을 선사하거나 신묘한 매력으로 유혹하는 단락에 빠져든다. 그런데 세헤라자데의 이야기는 이런 화려한 글과 클라이맥스 및 결말의 글들이, 아름드리 거목도 작은 뿌리털에서 자라나는 것처럼 사실은 작고 담백한 디테일, 국왕의 손짓 같은 묘사에서 비롯된다고 말한다.

내가 보기에 이는《천일야화》의 서술 방식일 뿐만 아니라 다른 이야기에서도 확장의 이정표로 사용된다. 가령 셰익스피어의 작품이나 몽테뉴가 인용한 일화에서 찾아볼 수 있다. 의심할 여지 없이, 샤일록과 안토니오가 계약할 때 셰익스피어는 그 교활한 유대인 고리대금업자가 안토니오의 몸에서 살 1파운드를 베어내려면 피도 나올 수 있다는 사실을 간과하도록 설정한다. 샤일록의 소홀함이《베니스의 상인》의 변화무쌍한 플롯과 긴장감 넘치는 서술을 이끌어내고 상상력의 확장과 감정의 요동을 자극하며 승리와 실패, 동정과 연민, 정의와 사악함, 생존과 죽음을 조성하는 것이다. 한마디로 그 작은 디테일이《베니스의 상인》에 영원한 생명력을 부여한다. 똑같은 방식으로 몽테뉴도 〈인간은 여러 가지 방법으로 똑같은 결과에 도달한다〉에서 우리에게 신성로마제국의 황제 콘라드 3세의 이야기를 들려준다. 10세기 무렵 용맹함으로 이름 높았던 이 황제는 자신의 적인 바바리아 공작을 포위한 뒤 바바리아 공작이 제시한 구미 당기는 제안과 비열한 사죄에 아랑곳하지 않으며 그를 죽이리라 결심한다. 하지만 10세기에 유행했던 승리자의 품위 때문에 콘라드 3세는 그 기회를 잃어버린다. 그는 바바리아 공작과 함께 포위된 부인들에게는 명예를 보장해주고 걸어서 나가도 좋다고 허락한다. 그러면서 시시하고도 그럴듯하게, 가져갈 수 있는 만큼 가져가도 좋다고 말한다. 상상력을 거의 발휘하기 힘든 이 작은 결정 때문에 콘라드 3세는 바바리아 공작을 포위한 의미를 상실하고 만다. 석방된 부인들이 성을 걸어 나갈 때 어깨에 남편과 자식을 짊어지는 찬란하고 감동적인 광경을 펼쳐낸 것이다. 심지어 그의 적인 바바리아 공작도 아내의 어깨 위에 있다. 이야기는 고귀한 부인들을 보면서 콘라드 3세가 감격의 눈물을 흘리고는 바바리아 공작에 대한 사무치는 원한을 순식간에 접는 것으로 끝난다.

슈테판 츠바이크는 한때 역사와 문학의 중간쯤 되는 전기 작품에 열중했는데 이런 작품에서도 자신의 성향을 명확히 드러낸다. 내 말은 이 오스트리아 작가가 역사학자처럼 실제로 있었던 역사 사건을 다루면서도 소설가답게 역사 속 사소한 부분들을 발견했다는 것이다. 그가 보기에는 사소한 부분이 중대한 사건을 결정하고 인간의 운명과 역사의 방향을 정했다. 그래서 역사의 서술에서 그러한 디테일을 도드라지게 하는 것이 자신의 소임이라고 여겼다. 그 스스로의 비유에 따르면 가끔 피뢰침의 뾰족한 부분에 우주의 모든 전기가 모이듯, 그는 엄청난 영향력을 가진 결정이 사실은 하루, 한 시간, 심지어 1분 만에 이루어질 수 있다고 믿었다. 그러다 보니 슈테판 츠바이크의 에세이에서 비잔틴제국의 함락, 콘스탄티노플의 함락은 오스만 튀르크인의 강력한 공세 때문이 아니라 케르카포르타라는 작은 문 때문으로 묘사된다. 오스만 튀르크인, 알라의 종들은 술탄의 주도하에 그 그리스의 옛 도시를 포위 및 공격하고 로마인들은 황제의 지휘하에

계속해서 적군의 사다리를 밀어내면서 비잔틴이 곧 구원받
겠다고 생각한다. 하지만 거대한 고난이 야만의 공격을 물리
칠 듯 보이던 순간, 의외의 사건이 비극적으로 발생한다. 의
외란 바로 케르카포르타라는 작은 문, 평화 시 성문이 잠긴
이후에 보행자들이 오가던 통로였다. 군사적 의미가 전혀 없
어서 로마인들은 그 문의 존재를 잊어버리고 만다. 활짝 열
린 데다 지키는 사람도 없는 케르카포르타를 발견한 뒤 튀르
크인들은 성으로 침투한다. 이렇게 해서 천여 년 동안 강성
했던 동로마제국은 케르카포르타라는 작은 문에 의해 멸망
한다. 마찬가지 이유로 슈테판 츠바이크는 워털루 전투의 승
패가 그루쉬가 생각에 잠긴 1초 때문에 결정되었다고 여긴
다. 나폴레옹이 웰링턴에게 포위당했을 때 그루쉬는 또 다른
대군을 이끌고 전선을 따라 전진하다가 대포 소리를 듣는다.
대포 소리는 그들이 있는 곳에서 고작 세 시간 정도 떨어진
곳에서 울린다. 그러자 그루쉬의 부사령관인 제라르가 대포
소리가 나는 쪽으로 진군해야 한다고 강력히 주장한다. 다른
장교들도 제라르와 같은 생각이지만 복종에 익숙한 그루쉬

는 제라르의 요청을 받아들이지 않는다. 나폴레옹의 명령을 받지 못했으며 황제만이 명령을 바꿀 수 있다는 이유에서이다. 다급해진 제라르는 자기 연대와 기병대만이라도 보내달라고 청하면서 반드시 시간에 맞춰 약속된 지점에 도달하겠다고 약속한다. 그루쉬는 1초 동안 고민하다가 다시 한 번 제라르의 청을 거절한다. 그 1초가 웰링턴의 승리를 결정하고 나폴레옹의 완벽한 패배를 결정하며 그루쉬 본인의 운명도 결정한 것이다. 슈테판 츠바이크는 그루쉬의 그 1초가 유럽의 운명을 바꿨다고 보았다.

같은 이치로, 사람들은 성공이나 실패를 맛본 뒤 과거를 돌아보다가 과거의 평범한 선택, 심지어 아무 의미 없는 행동 때문에 운명이 바뀌었음을 발견하곤 한다. 그 순간 인생의 길과 역사의 길은 매우 비슷해지고 이어서 이야기의 길이 만들어진다. 세헤라자데의 이야기나 다른 이야기들에서 왜 무의미해 보이는 작은 일로 클라이맥스의 운명이 좌지우지될까? 나는 인생의 경험과 역사의 경험이 이야기의 경험을 결정짓기 때문이라고 믿는다. 우리가 인생이나 역사를 경험

할 때 이러한 경험은 제각각 진행된다. 그러다 우리가 이야기의 경험을 얻을 때, 내 생각으로 이들 셋은 하나로 합쳐진다. 이때 우리는 이야기 속 각 단락의 가치를 새롭게 판단하게 된다. 때때로 무심한 디테일 하나와 이야기 속 클라이맥스의 관계는 호라티우스가 묘사한 리시니의 머리카락과 보석으로 가득한 궁전에 비할 수 있다. 호라티우스는 "찬란한 보석으로 가득한 아라비아 궁전인들 자네 눈에 리시니의 머리카락 한 올보다 낫겠는가?"라고 말한다.

1999년 10월 25일

심리적 죽음

일단 극히 제한적인 내 독서사에서 잊을 수 없는 어니스트 헤밍웨이와 알랭 로브그리예의 작품, 〈흰 코끼리 같은 언덕〉•과 《질투》부터 논하고 싶다. 다른 작품들과 달리 이 두 작품은 소설 속 대화와 장면, 비유는 가물가물해지는 데 바르셀로나에서 마드리드로 가는 급행열차의 '소리'와 블라인드 뒷면의 '눈'은 또렷하게 기억나는 색다른 즐거움을 선사해주었기 때문이다.

• 〈흰 코끼리를 닮은 산〉, 〈흰 코끼리들처럼 생긴 산들〉 등의 제목으로 번역된 판본도 있다.

그건 서술 방식, 혹은 스타일이라고 말할 수 있을 듯싶다. 많은 작가에게 평생의 글쓰기를 관통하는 무엇이 있다면 언어의 방식과 서술의 스타일일 것이다. 그것들은 다양한 소재와 다양한 인물 배경 속에서 때로는 분산으로, 때로는 암시로, 또 때로는 툭 불거진 선명함으로 반복해 등장한다. 그런데 작가가 어떻게 글을 쓰든 어느 특정한 날이나 시기에, 갑자기 서술 스타일이 한 작품에 응축될 때가 있다. 〈흰 코끼리 같은 언덕〉과 《질투》가 헤밍웨이와 로브그리예에게 그렇다. 집회에 참가한 사람들이 대로와 골목에서 광장으로 모여들듯 〈흰 코끼리 같은 언덕〉과 《질투》는 거의 무한한 문학 속의 두 광장, 혹은 특정 문학 스타일의 중심으로 도드라진다.

나는 이 두 작품의 공통점, 즉 헤밍웨이와 로브그리예의 서술이 특정한 심리 흐름을 드러낸다는 것에 흥미를 느꼈다.

〈흰 코끼리 같은 언덕〉은 헤밍웨이의 '빙산이론'에 대한 찬미라고 할 만하다. 에스파냐를 가로지르는 특급열차를 기다리며 남자와 아가씨는 대화를 나눈다. 그런 다음에는 어떻게 될까? 계속해서 대화를 나눈다. 그게 소설의 전부이다. 확실히 이 작품은 '소리', 남자의 소리와 아가씨의 소리로 구성되어 있다. 대화는 간단하고 또렷해 방송에서 흘러나오는 전문적인 소리 같다. 물론 그들은 낭독이 아니라 "날씨가 정말 덥네" "우리 맥주 마시자" 하며 대화를 나눈다. 맥주에서부터 에스파냐의 아니스 술까지 두 사람은 마시면서 계속 이야기를 나눈다. 그들이 쓰는 말은 엿들어도 상관없는 말, 공공 영역이라고 할 수 있는 말, 오가는 기차에서 해야 하는 그런 말이다. 하지만 그런 말들이 암시하는 바는 강렬하고 불안한 사생활로, 그들은 난처한 순간에 놓여 있는 듯하다. 그리고 그들의 말 속에 숨겨진 갈등과 원망, 번뇌는 창밖의 흰 코끼리 같은 언덕과 손에 든 아니스 술을 통해 드러난다.

가르시아 마르케스는 시계공의 어조로 어니스트 헤밍웨이에 대해 "그는 화물차에 싣듯이 나사못을 완전히 노출시킨다"라고 말했다. 〈흰 코끼리 같은 언덕〉은 한눈에 전부 보이는 작품이며, 이것이 바로 헤밍웨이의 최대 매력 포인트이다. 헤밍웨이처럼 자신의 구조와 언어를 고스란히 드러내 강물을 들여다보듯 명료하게 만드는 작가는 극소수에 불과하다. 이와 동시에 헤밍웨이는 독자가 작품을 분석할 권리도 약화시키기 때문에 독자는 느끼고 추측하고 상상할 수밖에 없다. 〈흰 코끼리 같은 언덕〉은 이 부분에서 특화되어 있다. 열차, 맥주, 창밖의 언덕처럼 명확하고 단순한 언어 안에서 헤밍웨이는 복잡하고 만감이 뒤섞인 심리 흐름을 드러낸다. 마드리드행 특급열차에서 남자와 아가씨의 대화는 낙태라는 이유를 가진 듯하지만 그 이유를 두고 뻗어가는 대화는 기본적인 명료성이 부족하다. 그들의 이름이 불확실한 것처럼 그들의 대화 역시 확정되지 않는다.

어니스트 헤밍웨이는 내면이 무엇을 뜻하는지 잘 알았다. 그의 유명한 '빙산이론'처럼 사람들이 볼 수 있고 계산할 수 있는 체적은 해수면으로 드러난 빙산의 일각일 뿐이다. 수면 깊이 감춰진 부분이야말로 진짜 빙산이며 그 부분은 느낌과 추측, 상상을 통해서만 볼 수 있다. 그래서 헤밍웨이는 남자와 아가씨의 이름을 확인해주지 않는 것처럼, 의미로 그들의 대화를 확정 짓지 않는다. 이름이 없어서 남자와 아가씨는 무수한 이름의 가능성을 가지며, 대화 또한 지정되지 않기 때문에 더 많은 심리상태를 암시한다.

〈흰 코끼리 같은 언덕〉에 비해 로브그리예가 《질투》에서 그려내는 심리 압박은 훨씬 길게 느껴진다. 단순히 작품의 길이 때문만이 아니다. 헤밍웨이의 서술이 맑은 하늘처럼 명쾌하고 소나타처럼 통통 뛰는 리듬감이 있다면, 로브그리예의 서술은 낮과 밤이 교차하는 황혼처럼 어두침침하고 햇빛 아래의 그림자처럼 느릿하게 움직인다.

'질투'라는 단어는 프랑스어로 '블라인드' 커튼을 의미하기도 한다. 확실히 로브그리예는 이 단어를 선택할 때 인내심도 선택한 듯하다. 블라인드는 주시하는 눈에 초점 거리를 설정해주고, 시선을 화분 속 비료처럼 특정한 범위 내로 제한한다. 그래서 마음속 질투는 계산 가능한 기다림 속에서 무럭무럭 자라난다.

광선, 벽, 복도, 문과 창문, 보도블록, 탁자와 의자, A와 그녀의 이웃은 순환의 방식으로 나타났다 사라진 뒤 다시 나타났다 사라지기를 반복한다. 복사지에 써내려간 듯 장면과 인물이 끊임없이 중복 서술될 때 어순은 물론 필체까지 비슷하다. 그 미묘한 차이는 농담濃淡 속에서 어른어른 보일 뿐이다.

오랜 주시는 숨통을 죄어오는 듯하고 '눈'은 블라인드 뒤쪽에 걸린 채 잊힌 셔츠처럼 영원히 고정되어 있는 듯하다. 너무 오래 응시해 먼지가 가득해진 두 '눈'은 서술 속에서 최상의 은신처를 찾고 질투와 블라인드라는 이중의 엄호를 받는다. 로브그리예는 세 번째 의자와 세 번째 컵, 세 번째 그릇 등 제삼자의 암시 속에서만 자기 서술을 조금씩, 인색하게 노출시킨다.

그럼에도 불구하고 독자는 여전히 이 알 수 없는 질투자, 혹은 블라인드가 만들어낸 감시자를 눈치 채기 힘들다. 그의 아내 A와 A를 유혹했을지도 모르는 이웃도 그의 존재를 알아차리기 어렵다. 속마음을 도무지 파악하기 힘든 이 감시자는 직접적인 관계자와 방관자의 경계에 있는 듯한 동시에 아무것도 털어놓지 않을 듯하다. 로브그리예는 자신의 서술을 순수한 물질 같은 기록으로 바꾼다. 고정된 시선으로 질투의 감정을 삼키고 모든 서술을 정확한 거리와 시간 속에서 자라난 광선으로 소리 없이 덮어버린다. 분명 A와 이웃 남자의 신체 움직임이나 간단한 대화는 서술 속에서 가장 활기찬 부분이지만, 그들 사이의 애매함은 처음부터 끝까지 밝혀지지 않고 그들의 언행도 늘 적당한 순간에 멈춘다. 사실 로브그리예는 아무것도 쓰지 않고 그저 서술을 얻었을 뿐이다. 그는 헤밍웨이처럼 서술의 과정이 사실은 독재의 과정임을 알아서, A와 이웃 남자가 애매한 서술로 들어올 때 이미 결백하다고 할 수 없지만 그들의 관계를 계속 애매하게 규정할 수밖에 없다.

여기에서 로브그리예는 불가사의한 속마음, 거의 생략된 인물의 내면을 우리 앞에 드러낸다. 미약한 존재인 그는 자신의 표현에 의지해서가 아니라 자신이 등장하지 않는 서술 덕분에 존재한다. 그는 《질투》가 서술되는 유일한 이유이자 언어의 기원, 로브그리예의 창작에 방향을 제시하는 좌표이다. 그래서 이 불행한 남편은 스스로를 괴롭힐 수밖에 없지만 누구도 그의 자학 방식을 이해할 수 없다. 그와 동시에 로브그리예는 독자들도 자학으로 내몰아 과거를 되짚어가며

**심리적
죽음**

기억을 찾고 질투와 블라인드, 또 다른 A와 이웃을 찾도록 만든다.

　회상과 추측, 상상으로 인해 독자들은 복잡한 감정에 빠지고 자기도 모르게 지난날의 고통과 근심, 분노를 떠올리는 동시에 짓궂은 기대와 갈팡질팡하는 호기심을 품게 된다. 그들이 다시 한 번 겪는 심리 과정은 시냇물이 강으로 모여 다시 바다로 흘러가듯, 한데 어우러져 로브그리예의 《질투》 속으로 모여든다. 모든 묘사가 눈동자에 대한 로브그리예의 충성을 드러내며, 로브그리예는 서술에서 내면과 감정의 문을 닫은 채 그저 바라볼 뿐이다. 그밖에는 아무것도 없다. 마치 사진기가 찰칵거리는 소리도 없이 계속 돌아가는 듯하다. 바로 그렇기 때문에 로브그리예의 《질투》는 비로소 질투의 바다가 될 수 있다.

　헤밍웨이와 로브그리예의 작품은 심리묘사란 무엇인가라는 오래된 난제에 대한 대답이라고 할 수 있다. 교과서, 문학사전 및 각종 창작과 평론에 등장하는 이 전문용어는 사실 잘못된 이정표로, 서술자를 끝도 없고 어딘지도 알 수 없는 멀리로 인도할 뿐이다. 서술자를 속마음에서 멀어지게 만들지, 가까이 다가가도록 내버려두지 않는다.

윌리엄 포크너도 단편소설 〈와시〉에서 똑같은 방식으로 이 문제에 답한다. 포크너의 다른 이야기들과 마찬가지로 〈와시〉도 거칠고 강렬할 뿐만 아니라 땀과 먼지의 기운이 충만하다. 서트펜과 와시는 모두 백인이지만 서트펜은 부유함 덕분에 주인이 되고, 가난한 와시는 흑인들 속에서 피부색 때문에 우월감을 느끼더라도 서트펜 집안의 백인 노예일 뿐이다. 예순을 넘긴 동년배 주인이 와시의 열다섯 살 외손녀를 임신시켰을 때 와시는 분노는커녕 불안감조차 느끼지 않는다. 이렇게 이야기는 시작된다. 와시의 손녀인 밀리가 멍석이 깔린 침상에 누워 있고 옆에는 손녀가 방금 낳은 딸, 서트펜의 딸이 있다. 그날 아침 서트펜이 일찍 일어난 이유는 밀리의 출산 때문이 아니라 그리젤라라는 암말이 망아지를 낳았기 때문이다. 서트펜은 밀리의 침상 옆에서 밀리와 아기를 보며 "네가 암말이 아니라 안타깝구나. 암말이었다면 그럴듯한 마구간을 나눠줬을 텐데"라고 말한다.

서트펜은 그리젤라가 새벽에 낳은 수말에 의기양양해하며 "수컷이야. 대단한 망아지지"라고 말한다. 그런 다음 채찍으로 자기 딸을 가리키며 "이건?" 하고 묻자 "제가 보기에는 계집애입니다"라는 답이 들려온다.

서술은 시작부터 폭력적 결말을 암시하고 있다. 포크너가 여자와 암말을 비교하는 식으로 서술을 끌고 나갈 때, 서트펜은 암말의 남편처럼 보이고 아버지로서의 자부심도 그리젤라가 낳은 망아지를 통해 드러낸다. 반면 와시의 손녀 밀리는 그에게 노예일 뿐이다. 밀리 옆의 아기도 서트펜의 눈에는 자신의 아이임에도 불구하고 그저 또 한 명의 노예에 불과하다. 포크너의 서술은 이처럼 와시에게 견고한 이유를 제공한다. 그래서 와시가 커다란 낫으로 인간성을 상실한 서트펜을 죽일 때 독자는 말을 도살하는 듯한 느낌으로 받아들이게 된다.

그런 뒤 서술의 어려움이 시작된다. 혹은 심리묘사와 관련된 절망이 시작된다. 와시가 위스키를 한 잔 마셨을 뿐이라면 그의 속마음 묘사는 그리 어렵지 않다. 간단한 서술로 충분히 감당할 수 있어서 "방금 위스키를 마셨어"라는 혼잣말이나 "맛이 좋았지" "오랜만에 마셨어" 같은 말을 덧붙이면 그만이다.

묘사의 욕망이 계속 팽창할 경우에는 마르셀 프루스트가 《잃어버린 시간을 찾아서》에서 자주 했던 것처럼 내면을 한가로운 상태에 집어넣을 수도 있다. "나는 당시 스스로를 가장 불리한 환경에 두면 결국에는 어른들한테 가혹한 처벌을 받을 거라고 확신하고 있었다. 그 가혹한 정도를 남들은 짐작도 못하겠지만. 어쩌면 그들은……" 등 프루스트는 툭하면 작품 속 인물이 한가롭게 시간을 보내면서 내적으로 과거의 추억을 길게 늘인 끝에 스스로에게 유리한 결론을 내리도록 설정한다.

와시가 들었던 게 낫이 아니라 술잔이라면, 고급 위스키를 마신 와시 존스는 나무그늘에 누웠을 가능성이 크다. 이 가난뱅이는 스완처럼 기억과 상상을 찾아 예전에 마셔봤거나 혹은 마셔본 적이 없는 위스키를 떠올릴 것이다. 시간이 허락된다면 스스로를 정리하며 잠언이나 격언을 내뱉을지도 모른다. 하지만 현실은 와시에게 낫을 선택해 서트펜을 죽이도록 한다. 막 사람을 죽였을 때의 심리를 어떻게 묘사할까? 윌리엄 포크너는 이렇게 적는다.

> 와시가 다시 집으로 들어갔을 때 손녀가 멍석에서 살짝 몸을 움직이며 짜증난 목소리로 그를 불렀다. "무슨 일이에요?"
> "무슨 일이냐니, 아가?"
> "바깥이 시끌시끌했잖아요."
> "아무 일도 없어." 그가 조용히 말했다.

와시 존스는 기이할 정도로 조용하다. 그는 손녀가 물 마시는 것을 도와준 뒤 그녀의 눈물을 보며 위로한다. 하지만 그의 동작은 굼뜨다. 서 있는 자세도 뻣뻣하고 음울하다. 그때 와시는 서트펜을 죽인 것과 전혀 상관없는 '여자…… 여자들은 아이를 원하다가도 막상 아이를 낳으면 운다니까…… 남자들은 이해할 수가 없어'라는 생각을 하면서 창가

127

에 앉는다. 윌리엄 포크너는 계속해서 이렇게 써 내려간다.

길고 햇살이 환한 오전 내내 그는 창가에 앉아서 기다
렸다. 이따금씩 일어나 까치발을 디디며 침상 쪽으로
가보았다. 손녀는 어둡고 평온하면서 피곤에 지친 얼
굴로 잠들었고 아기는 그녀의 팔에 안겨 있었다. 그는
의자로 돌아와 다시 앉아 기다렸다. 저들은 왜 이렇게
오래 걸릴까 답답해하다 보니, 오늘이 일요일이라는
게 비로소 떠올랐다. 오전이 절반쯤 지나도록 그는 똑
바로 앉아 있었다. 크지도 작지도 않은 백인 남자아이
가 모퉁이를 돌았을 때 시체를 발견하고는 깜짝 놀라
비명을 내질렀다. 고개를 든 아이는 창가의 와시를 발
견하고 최면에 걸린 듯 멈칫했다가 그대로 달아났다.
와시는 자리에서 일어나 또 까치발을 디디며 침상으로
갔다.

와시가 서트펜을 죽인 뒤 윌리엄 포크너의 서술은 휴식 상태에 들어간 듯 리듬이 느릿해지고 멀리를 흘러가는 물소리처럼 여리고 단순해진다. 와시와 함께 앞부분의 긴장을 지난 뒤 과감하게 내려쳐지는 낫을 따라 서술도 덩달아 불가사의한 고요 속으로 잠입하는 것이다. 와시는 평생의 용기와 힘을 모두 발휘해 자신의 일을 완수하고는 손녀딸처럼 피로에 휩싸인다. 그래서 창가에 앉아 기나긴 기다림과 함께 노곤함 뒤의 휴식을 취하기 시작한다. 이때의 서술은 한 번의 고생으로 평생의 편안함을 얻은 듯 느긋하다. 그렇게 윌리엄 포크너는 서술을 통해 와시에게 압박이 아니라 답례를 해준다. 와시 존스는 그런 위로를 받을 자격이 있다.

포크너는 와시의 내적 스트레스를 묘사할 때 심장 박동이 멎는다거나 눈을 크게 뜨며 바라본다거나 입을 크게 벌린 채 말한다고 서술한다. 하지만 불쌍한 와시는 일평생 가장 빈약한 말을 내뱉고 가장 단조로운 정황을 볼 수 있을 뿐이다. 그는 서술에 의해, 또한 자신의 내면에 의해 극단으로 내몰리기 때문에 스스로의 운명을 장악할 능력을 잃고, 서술도 마찬가지로 그의 심리를 묘사할 언어를 잃어버린다.

헤밍웨이나 로브그리예와 마찬가지로 윌리엄 포크너도 와시의 심리묘사를 하지 않는 것으로 심리를 그려낸다. 차이점이라면 포크너는 서술 전체가 아니라 토막으로 이 방면에서 출중한 자신의 재능과 뛰어난 기교를 드러내고, 이에 만족한다. 반면 헤밍웨이와 로브그리예는 이러한 서술을 발전시켜 〈흰 코끼리 같은 언덕〉과 《질투》에서 일관되고 완벽한 스타일을 선보인다.

또 다른 예로 도스토옙스키의 《죄와 벌》을 들 수 있다. 라스콜리니코프도 와시 존스처럼 살인을 저지른다. 다만 포크너는 와시에게 낫을 들려줄 뿐이지만 도스토옙스키는 라스콜리니코프에게 그보다 훨씬 끔찍한 도끼를 들려준다. 포크너는 살인 과정을 생략한 채 "그는 석 달 전에 서트펜에게서 빌려 온, 이제 서트펜은 쓸 수 없게 된 낫을 쥐고 있었다"라고만 암시한다. 하지만 도스토옙스키는 라스콜리니코프가 "도끼를 빼내 두 손으로 높이 치켜들고는 거의 무의식적으로 별로 힘도 주지 않고, 또 거의 기계적으로 도끼 등을 이용해 그녀의 정수리를 내리쳤다"라고 적는다.

그런 다음 도스토옙스키는 놀랍게도 "노파는 평소처럼 머리에 스카프를 두르지 않았다. 그녀는 흰머리가 몇 가닥 섞인 숱 적은 옅은 색 머리카락을 언제나처럼 반들반들 머릿기름을 발라 쥐꼬리처럼 땋아 내린 뒤 낡은 쇠뿔 빗에 말아놓았다. 빗이 뒤통수에서 툭 삐져나왔다"라고 고리대금업자 노파의 정수리를 묘사한다.

중단의 방식으로 폭력의 과정을 연장한 것이다. 도끼가 떨어질 때 도스토옙스키는 치명적 일격을 받을 정수리를 우리가 자세히 관찰하도록 만듦으로써 내려쳐지는 도끼에 공포의 힘을 한층 부가한다. 그런 다음 라스콜리니코프가 다시 도끼를 두어 번 휘두르게 하고 "피가 샘처럼, 넘어진 유리잔에서 흘러나오는 듯 솟구치면서 노파는 뒤로 나자빠졌다. ……두 눈이 튀어나올 듯이 돌출돼 있었다……"라고 쓴다.

도스토옙스키의 악몽 같은 서술은 근접 촬영과 확대로 구성된 듯하다. 그는 사소한 부분 하나도 놓치지 않으며 불가사의한 둔탁함으로 그것들을 압박한다. 수건의 수분을 모두

쥐어짠 것으로도 모자라 수건 자체를 찢어버릴 기세이다. 도스토옙스키처럼 서술의 클라이맥스를 6백 페이지가 넘는 책 곳곳에 넣고 거의 모든 줄에 전력을 다할 수 있는 작가가 또 어디 있겠는가. 그래서 그의 서술에서는 경중이나 농담濃淡을 구분할 수 없다.

재물 때문에 살인을 저지르는 라스콜리니코프에게는 확실히 와시 존스 같은 평온함이 없다. 혹은 도스토옙스키의 서술에 평온함이 없다고 할 수도 있겠다. 거칠기로는 윌리엄 포크너와 상당히 비슷하지만 포크너는 침착하게 이야기를 끌고나가는 데 비해 도스토옙스키는 꿈속처럼 통제 불가능한 상태로 만들어 꿈을 악몽으로 바꾸어놓는다.

한 가지 비슷한 점은 작품 속 인물이 미치거나 미치기 일보 직전까지 밀릴 때 두 사람 모두 심리묘사를 포기한다는 것이다. 포크너는 와시를 창가에 앉혀놓고 무감각과 갈팡질팡 끝에 평온하도록 만들고, 도스토옙스키는 라스콜리니코프를 계속 미친 상태로 내버려둔다. 고리대금업자 노파의 두 눈이 튀어나올 듯이 돌출된 이후 도스토옙스키는 두 챕터,

거의 20페이지를 할애해 뜨거운 솥에 놓인 개미떼 같은 살인범의 모든 행동을 그려내면서도 심리묘사는 하지 않는다.

라스콜리니코프는 맑은 정신과 혼미한 의식 사이, 공포와 용기 사이, 꿈과 악몽 사이에서 살인자의 진면목을 드러내 고리대금업자 노파의 돈을 찾기 시작한다. 이때 도스토옙스키의 서술은 도끼가 정수리로 향할 때보다 훨씬 광적이며, 리듬도 숨 쉬기 힘들 정도로 빠르게 변주된다.

그는 도끼를 시체 옆 바닥에 내려놓고 흘러나오는 피에 최대한 닿지 않도록 조심하면서 주머니를 뒤졌다. 지난번에 노파가 바로 그 오른쪽 주머니에서 열쇠를 꺼냈다.

확실히 이때 라스콜리니코프는 침착하다. 하지만 침착하게 열쇠를 찾아 꺼내 든 순간 그는 곧바로 당황해 어쩔 줄 몰라 한다.

열쇠로 서랍장을 열려던 그는 열쇠의 짤랑거리는 소리

를 듣자마자 온몸에 경련이 이는 듯했다. 그는 또 모든 것을 내던진 채 달아나고 싶었다.

도스토옙스키는 인물의 상태를 급속히 전환시키면서 서술을 끌고 나간다. 화살에 겁먹은 새처럼 잔뜩 위축된 라스콜리니코프는 아무리 애를 써도 서랍장을 열 수 없다. 열쇠마다 전부 구멍에 맞지 않는다. 그러다가 그는 다시 정신을 차린 듯 손에 묻은 피를 빨간 천에 닦으며, 빨간 천이니 피가 눈에 띄지 않겠다고 생각한다.

도스토옙스키처럼 작품 속 인물을 괴롭히는 작가는 또 없을 것이다. 라스콜리니코프는 지옥에 빠진 듯 평생 동안 천천히 쌓아야 하는 모든 감각과 판단력을 순식간에 전부 끌어내 한데 합친다. 그것들은 끊임없이 나타났다 사라졌다를 반복하면서 서로 대립하는 동시에 서로를 구제한다.

라스콜리니코프의 자학으로는 만족할 수 없었는지, 도스토옙스키는 수시로 복도를 술렁이게 만들어 라스콜리니코프를 놀라게 하고, 노파의 이복 여동생 리자베타를 갑자기 방으로 등장시켜 두 번째 살인을 압박한다. 심지어 벌써 죽은 고리대금업자 노파의 영혼까지도 도스토옙스키는 그냥 놓아주지 않는다.

갑자기 노파가 아직 살아 있으며 다시 깨어날지도 모른다는 생각이 들었다. 그는 열쇠와 서랍장을 내버려둔 채 시체 쪽으로 뛰어가 도끼를 다시 한 번 노파를 향해 치켜들었지만…….

라스콜리니코프가 돈에 대한 욕망과 자기 징벌의 공포 속에서 힘든 시간을 보내는 10여 페이지의 긴 서술이 끝나면 그는 마침내 자기 방으로 돌아간다. 이때 서술도 1부에서 2부로 넘어간다.

그는 그렇게 한참을 누워 있었다. 때때로 잠결에 정신이 들었는지 벌써 밤이 깊었다는 것을 알았지만 일어나고 싶지는 않았다. 마침내 그는 날이 이미 밝았음을 깨달았다.

서술은 잠시 정적에 빠진 듯하지만 도스토옙스키는 라스콜리니코프에 대한 괴롭힘을 멈추지 않는다. 우선 열에 시달리며 이가 딱딱 부딪힐 정도로 온몸이 떨리는 끔찍한 오한에 빠뜨린다. 그런 뒤 전날 돌아와서 걸쇠도 채우지 않고 옷도 벗지 않은 채, 심지어 모자까지 쓴 채로 잠이 들었다는 사실을 깨닫게 한다. 라스콜리니코프는 또다시 정신 나간 듯 창가로 달려가 옷을 세 번이나 뒤져 아무런 흔적도 없는 것을 확인한 뒤에야 안심하며 소파에 눕는다. 눕자마자 잠에 빠지지만 5분도 되지 않아 일어나서는 미친 듯이 그 여름 외투로 달려든다. 중요한 증거를 아직 없애지 않았다는 게 떠오른 것이다. 이어서 잠깐 안정됐다가 또 얼마 지나지 않아 미친 듯이 일어나서는 주머니에 핏자국이 남아 있을지 모른다고 생각한다.

1부 마지막 10여 페이지에 이어 2부 시작의 두 페이지 가까이를 도스토옙스키는 라스콜리니코프의 몸을 안절부절못하게 만들고 심리를 불안으로 흔들어댄다. 그런데 이것은 시작에 불과하다. 이어서 5백 여 페이지라는 길고도 긴 고통의 시간을 충분히 맛본 뒤에야 라스콜리니코프는 마지막 단계에 이를 수 있다.

도스토엡스키와 달리 윌리엄 포크너는 와시 존스가 살인을 저지른 뒤의 묘사를 온화하게 이끌어간다. 이렇게 비교하면 포크너의 거친 스타일 자체가 떠오르지 않을 정도이다. 도스토엡스키 앞에서 포크너는 온화한 신사에 가깝지, 고집스러운 시골뜨기처럼 느껴지지 않는다.

윌리엄 포크너뿐만 아니라 누군들 서술의 광기에서 도스토엡스키에 비할 수 있겠는가. 라스콜리니코프가 살인을 저지른 뒤 도스토엡스키는 20페이지를 할애해 공포에 빠진 그의 상태를 강렬하게 묘사한다. 조금도 우회하지 않고 직접적으로 그 순간 가능한 모든 행동과 주변 반응을 세세히 그려낸다. 다른 작가라면 이럴 때 기교를 통해 간접적으로 표현할 것이다. 그러나 도스토엡스키는 기교를 선택하는 대신 용감한 흑곰처럼 우직하게 전진한다.

마지막으로 한 사람 더 예를 든다면 스탕달을 꼽아야 한다. 도스토옙스키보다 서른여덟 살이 많은 스탕달은 신사, 그것도 프랑스 신사였다. 망망대해처럼 광대한 19세기 문학에서 도스토옙스키와 가장 비슷한 작가는 아마 스탕달일 것이다. 비록 두 사람의 스타일은 궁전과 감옥만큼 다르지만 유럽에서는 늘 역사적으로 궁전과 감옥을 같은 건물에 배치했으니, 도스토옙스키와 스탕달 역시 기이한 대칭을 이루더라도 유럽 문학에서 나란히 놓여도 될 듯싶다.

여기에서 내가 말하는 것은 독서에서의 반응을 뜻한다. 도스토옙스키와 스탕달의 서술은 인물의 심리로 뒤덮인 듯, 그것도 작품 전체가 뒤덮인 듯 보인다. 라스콜리니코프는《죄와 벌》을, 줄리앙 소렐은《적과 흑》을 완전히 뒤덮고 있다. 그들이 서술에서 사용한 부속물과 부속물을 조합하는 방식을 자세히 관찰하지 않고 작품을 읽어나갈 때의 인상에만 의지하면, 우리는《죄와 벌》과《적과 흑》을 장편의 심리묘사로 받아들일지도 모른다. 확실히 도스토옙스키와 스탕달은 라스콜리니코프와 줄리앙 소렐의 모든 심리 변화를 탁월하게

드러내고 있다. 하지만 그들의 서술 방식은 결코 심리묘사가
아니다.

스탕달의 서술에는 광기는 없어도 오래된 충동이 들어 있
다. 스탕달도 도스토옙스키와 비슷한 능력을 가져서, 인물을
극도로 자극할 때 그를 차분히 앉혀놓은 채로 충동 상태를
팽팽하게 유지하면서 길게 늘일 수 있다.

> 이튿날 드 레날 부인을 보았을 때 그는 무척 기이한 눈
> 빛으로, 당장이라도 결투를 벌여야 할 원수처럼 그녀를
> 쏘아보았다.

이러한 묘사 속에서 줄리앙 소렐과 드 레날 부인의 불안한
로맨스가 정식으로 막을 올린다. 이전까지 줄리앙은 레날 부
인에게 일종의 연애편지를 보내는데 사실 그의 편지는 괴롭
힘에 가깝다. 하인의 겸손한 태도로 고귀한 레날 부인을 괴
롭혀 그녀를 엄청난 초조함으로 몰아가는 것이다. 레날 부인
은 줄리앙의 용기를 북돋워주기 위해 남편 몰래 루이 금화를

선물하며 남편에게는 말할 필요가 없다고 분명하게 밝힌다. 하지만 줄리앙은 레날 부인이 어렵게 드러낸 호의에 "부인, 제가 출신은 미천해도 사람까지 미천하지는 않습니다"라며 오만하고 신경질적으로 답한다. 그는 기이한 정직함으로 자신은 레날 씨에게 봉급과 관련해서는 아무것도 숨길 수 없노라 말한다. 이에 부인은 얼굴이 하얗게 질려서 온몸을 부들부들 떤다. 의심할 여지 없이 그건 줄리앙의 연애편지 중 가장 뛰어난 편지였다.

그렇게 해서 시골마을에 밤이 찾아왔을 때 이 유능한 음모가는 갑작스러운 습격을 감행한다. 그는 저녁 10시를 선택한다. 그는 자기 용기를 시험하기 위해 심사숙고 끝에 그 시간을 선택하고 자신의 용기를 확인하기 위해 또 다른 귀족 부인인 데르빌을 현장에 둔다. 줄리앙은 탁자 밑으로 손을 뻗어 레날 부인의 손을 꼭 잡는다.

스탕달의 서술은 두 사람을 극단으로 몰고 간다. 한 사람은 오랫동안 계략을 꾸미고 다른 한 사람은 너무 갑작스러워 방어하지 못한다. 그런 상황과 유일하게 무관한 데르빌 부인은 그 순간 하찮던 캐릭터에서 갑자기 서술의 핵심으로 부상한다. 이때 스탕달은 도스토옙스키보다 기교에 더 많은 관심을 드러내 데르빌 부인을 현장에 배치함으로써 서술의 현을 팽팽하게 잡아당기고, 화산이 폭발하는 듯한 격정과 강력한 힘의 은폐로 이루어진 연약함 속에서 서술을 이끌어간다. 데르빌 부인이 없었다면 줄리앙과 레날 부인이 잡은 손은 그렇게 불안하지 않았을 것이다. 스탕달이 남녀의 사랑을 전투처럼 묘사할 때 데르빌 부인은 그 전투에 공포의 색깔을 입힌다.

레날 부인이 손을 빼려는 저항을 멈춘 뒤 줄리앙은 실패할 수도 있는 공격을 멈추지 않은 덕분에 결국 얼음처럼 차가운 손을 얻는다.

그의 마음이 행복에 젖었다. 레날 부인을 사랑해서가 아니라 끔찍한 고난이 끝났기 때문이다.

이때 스탕달도 다른 위대한 작가들처럼 인물의 심리가 아니라 인물 전체에 관심을 기울인다. 그는 줄리앙이 무슨 말이든 하도록 설정한다. 줄리앙은 데르빌 부인이 눈치 채지 못하도록 억지로 목소리를 높여 떠든다. 반면 레날 부인은 격앙된 감정을 억누르지 못해 수줍고 불안하게 말해서, 데르빌 부인은 친구가 아프다고 생각해 집으로 돌아갈 것을 반복해 제안한다. 레날 부인은 어쩔 수 없이 몸을 일으키지만 줄리앙한테 손을 꽉 잡혀서 하는 수 없이 도로 앉은 뒤 신선한 공기가 더 좋을 거라고 기어들어가는 목소리로 대꾸한다.

그 말이 줄리앙의 행복을 확인해주었다. 그는 주저리주저리 떠드느라 거짓 행세마저 잊어버렸다.

스탕달의 서술은 데르빌 부인이 떠날까 봐 줄리앙이 걱정하는 것으로 이어진다. 레날 부인과 단둘만 남을 경우 그는 어떻게 대처할지 준비가 되어 있지 않아서이다. "레날 부인은 손을 줄리앙의 손에 내버려둔 채 아무것도 생각하지 않았다. 그녀는 운명에 순종하듯 살아왔다."

이제 사례를 제시할 내 의무가 끝난 것 같다. 솔직히 내 글이 이렇게 길어질 줄은 몰랐다. 준비한 내용보다 두 배는 길어진 것 같다. 왜 그런지는 잘 알고 있다. 윌리엄 포크너, 도스토옙스키, 스탕달의 문장을 되짚어볼 때면 그들의 엄청나게 풍부한 서술에 붙들려 나는 내가 무엇을 하고 있었는지 잊어버리곤 한다. 내 소임은 그저 그들 서술의 특정 방면을 지적하는 것뿐인데 그들은 내가 원하는 것보다 훨씬 많은 것을 준다. 그들은 줄리앙 소렐의 손 같고 내 글쓰기는 레날 부인의 잡힌 손 같아서 나는 운명에 순종하는 수밖에 없다. 이것이 바로 서술의 힘이다. 느낌을 드러내든 생각을 드러내든 작가는 선택하는 게 아니라 선택된다.

여기에서 내 가슴속에 12년 동안이나 자리를 잡고 있던 생각, 심리묘사의 허구성에 대해 말하고 싶다. 인물이 갑작스러운 행복이나 뜻하지 않은 곤경에 부딪힐 때 인물에 대한 모든 심리 분석은 진정한 내면과 괴리가 생긴다. 내면이 풍부하면 심리 표현이 오히려 불가능하기 때문이다. 그래서 내면이 가득 찼을 때는 심리묘사가 거침없이 흘러나오지 못하는데 심리적으로 안정됐을 때는 사실 심리묘사가 중요하지 않다.

이는 서술 역사상 최대의 난제처럼 보인다. 사실 나 개인적으로도 심리묘사 때문에 오랫동안 곤혹스러워하다가 윌리엄 포크너를 통해 벗어날 수 있었다. 인물의 심리 표현이 필요할 때 나는 포크너에게서 인물의 심장 박동을 멈추는 방법과 인물의 눈을 키우고 귀를 쫑긋 세우는 방법, 신체 활동을 활발히 만드는 방법을 배웠다. 이런 방법을 알고 나자 인물의 상태가 무엇보다 중요해졌다. 인물의 상태를 장악해야만 풍부한 심리를 제대로 표현할 수 있기 때문이다.

벌써 12년 전의 일이다. 이후 나는 어니스트 헤밍웨이와 로브그리예를 통해 그런 스타일이 어떻게 완성되는지를 보았다. 한동안은 그게 20세기 문학의 특성이라고 생각했다. 그러다 내적으로 가장 친밀한 두 작가, 도스토옙스키와 스탕달에 의해 이 생각은 무너졌다. 이제 나는 그것이 무한한 문학의 공통된 특성이라고 믿는다.

사실 5백 여 년 전에 이미 몽테뉴가 "내면 깊숙이 들여다

보며 어떤 스프링이 만들어낸 반동인지를 살펴야 한다. 하지
만 워낙 심오한 작업이라 시도하는 사람이 적기를 바란다"라
고 말했다.

1998년 8월 26일

카프카와 K

《성》의 토지측량사 K가 두껍게 쌓인 눈 속을 걸어
가자 새하얀 눈이 그의 발자국을 덮어버렸다. 이것은 돌아가
지 못할 걸음을 암시한 게 아닐까? K는 답이 없는 운명의 수
수께끼 속으로 들어가는 듯했다. 호라티우스는 "폭풍이 어느
해안으로 보내든 나는 주인으로서 해안에 오를 것이다"라
고 말했고 카프카는 "내가 어떻게 방향을 바꾸든 검은 파도
가 덮쳐왔다"라고 말했다. 서양 문학 전반에 깔린 전통적인
낙담과 실패의 정서는 오랜 세월 영향력을 발휘했다. 그리
고 또 한참의 시간이 흐른 뒤 폭풍은 K를 여기까지 데려왔
지만 K는 뭍에 오를 권리만 얻었을 뿐 주인의 신분은 얻지

못했다.

　카프카 작품에 관한 논고와 해설을 보면 누가 카프카의 선구자인가에 대한 목소리가 유난히 도드라진다. 카프카의 본보기를 찾는 탐색은 몇 세대 동안 부단히 이루어져, 발터 벤야민은 러시아의 포템킨 후작 이야기에서 찾고 보르헤스는 움직임을 부정한 제논의 역설에서 찾았다. 사람들은 왜 이 문제에 시간과 노력을 기꺼이 쏟아부을까? 카프카처럼 의혹을 불러일으키는 작가가 없어서일 것이다. 내 말은 카프카에게서는 다른 작가와 공유하는 특성, 문학 내의 또렷한 계승 관계를 찾을 수 없다는 뜻이다. 《성》에서 프리다는 K가 아이처럼 솔직하다고 생각하면서도 계속해서 K의 말을 믿지 못한다. 그의 개성이 자신들과 완전히 다르다는 이유에서이다. 발터 벤야민과 보르헤스도 카프카에 대해 비슷한 말을 했다.

　이는 문학이 카프카에 대해 하려는 말이기도 하다. 확실히 카프카는 문학의 거대한 흐름 속에서 탄생하지 않았다. 그는 흐름에 밀려서가 아니라 기슭에서 물길을 거스르듯 등장했다. 수많은 흔적을 봐도 카프카가 외부에서 우리 문학으로 들어왔음을 확인할 수 있다. 그래서 그의 신분은 《성》의 K처럼 부자연스럽고 당돌한 이방인처럼 느껴진다. 《성》의 독자들은 K가 토지측량사인가 하는 의문을 제기하는데, 똑같은 의혹이 카프카 생전에도 있었다. 이 앙상하고 날카로운 이미지의 유대인은 도대체 누구인가 하는 의문이었다. 그만큼 카프카의 작품은 낯설었다. 그가 희망과 절망, 기쁨과 고통, 사랑과 미움을 드러낼 때도 마찬가지로 낯설었다. 이러한 의혹은 카프카가 죽은 뒤에도 끊이지 않아서 포템킨과 제논의 예처럼 사람들은 문학 바깥에서 카프카 작품의 기원을 찾기 시작했다.

그것은 현명한 선택이었다. 카프카의 일기를 보면 일상 속 카프카는 사실 《성》의 K와 같음을 어렵지 않게 발견할 수 있다. 1913년 8월 15일의 일기에서 카프카는 단호한 어조로 "나는 일말의 고민 없이 사람들과 단절하려 한다. 모두를 적으로 돌리고 누구와도 말을 섞지 않을 것이다"라고 적은 뒤, 엿새 뒤에는 "나는 가장 좋고 친밀한 사람들과 집에 있지만 이방인보다도 낯설게 지내고 있다. 지난 수년간 어머니와 하루에 스무 마디도 말하지 않았고 아버지와는 인사말 외에 거의 말을 나누지 않는다. 결혼한 여동생 내외와는 화를 낼 때를 제외하면 대화 자체를 하지 않는다"라고 적었다.

이런 일기를 쓰는 사람이라면 끔찍한 고독을 겪고 있으리라 생각할 수 있겠지만 다음 두 편의 일기를 읽으면 생각이 바뀔 것이다. 1910년 11월 2일의 일기에 카프카는 "오늘 아침 정말 오랜만에 칼이 심장을 파고드는 상상을 하며 기뻐했다"라고 적고 2년 뒤 다른 날의 일기에서 다시 칼에 대해 묘사했다. "너비가 넓은 고기용 칼이 신속하게, 기계처럼 균일하게 내 몸을 파고들어 얇게 살을 저미는 상상이 끊임없이 떠오른다. 빠르게 저며진 살들은 둥글게 말려 날아간다."

첫 번째 일기에서 칼에 대한 묘사는 뒤쪽의 '기쁨'에 의해 추상화되지만 두 번째 일기에서는 어휘가 '너비가 넓은 고기용 칼' '몸을 파고들어' '얇게 저미는' 같은 명료한 사실과 연결된다. 이처럼 세밀하고 정확한 카프카의 묘사는 마지막의 '둥글게 말려 날아간다'에 이르면 미감美感으로 충만해지기까지 한다. 이 두 편의 일기 모두 상상 속의 폭력을 드러내고 이러한 폭력은 전부 카프카 자신을 향하고 있다. 카프카는 문장으로 스스로를 능지처참한 뒤 말로 형언하기 힘든 쾌락을 스스로에게 선사한다. 이는 카프카가 스스로에게도 자신의 신분을 부여하지 않았다거나, 자기 자신에게도 이방인이었다는 의미가 아닐까? 내 대답은 카프카가 평생 겪었던 것은 끔찍한 고독이 아니라 이방인의 난감함이었다는 것이다. 이는 훨씬 더 아득한 고독이다. 카프카는 이 세상, 그리고 사람들과 어울리지 못했을 뿐만 아니라 스스로와도 어긋났다. 1914년 1월 8일의 일기에서 이런 난감함이 엿보인다. "나와 유대인의 공통점은 무엇인가? 나는 나 자신과도 아무런 공통점이 없는 듯하다." 그의 일기는 그가 남들과 다른 인생, 혹은 시종일관 이방인으로서의 인생을 살아 41년의 세월이 남의 세월 같았음을 암시한다.

일상의 카프카가 《성》의 K와 같다면 두 사람 모두 주인의 신분을 얻지 못해 평생 외지인의 역할만 했다고 말할 수도 있겠다. 그리고 동일한 운명 때문에 두 사람은 똑같은 절망을 느낀다. 프리다와 살 수 있는 조용한 장소가 세상에 한 곳도 없다고 느낄 때, K는 잠깐 머물렀다 떠나버리는 애인에게 "깊고도 좁은 무덤에서 우리 둘이 쇠막대기를 묶어놓은 듯 꽉 끌어안고 있으면 좋겠어"라고 말한다.● K에게는 세상에서 믿을 수 있는 안식처가 무덤밖에 없는 듯하다. 한편 카프카는 세상의 진실한 길이란 밧줄에 있다고 봐서 "그것은 높은 곳에 팽팽히 걸린 게 아니라 땅바닥 가까이에 있다. 걸어가라기보다 걸려 넘어지라고 있는 듯하다"라고 노트에 적는다.

사람들은 일기를 감정과 사상의 진솔한 고백으로 보곤 하지만 카프카의 일기와 소설은 차이점을 구별하기 힘들다. 그는 "일기를 읽을 때 감정이 격해진다"라고 한 뒤 "내가 보기에는 전부 허구이다"라고 방점까지 찍었다. 이 점에서 카프카와 그의 독자들은 의견이 일치할 듯싶다. 카프카의 일기는 연결이 끊긴 소설 속 단락 같고 그의 소설《성》은 K의 길고도 끝나지 않는 일기 같다.

● 　　원래 이 말은 K가 아니라 연인인 프리다가 한다. 저자가 읽은 중국어판에서는 이 말을 K가 한 것으로 잘못 번역한 듯하다.

확실히 카프카는 순수한 이방인의 신분 덕분에 실존하는 제도의 구석구석을 파헤칠 수 있었다.《성》및 기타 작품 속에서 우리는 거대한 관료기구가 주민의 체험을 통해 완벽하게 구축되는 것을 발견할 수 있다. 내 말은 관료기구가 주민의 체험을 드러내는 게 아니라 주민의 체험이 관료기구를 드러낸다는 뜻이다. 이는 카프카 서술의 본질로, 그는 물방울에 주목하는 방식으로 바닷물 전체가 저절로 모습을 드러내도록 만든다. 이 방면에서는 카프카와 동시대 작가이든, 후대 작가이든 카프카처럼 철저하고 깊이 있게 자신이 속한 사회의 제도를 이해하는 사람은 거의 없다. 마치《성》에서 관료기구와 제도에 대해 강렬한 반응을 보이는 사람이 그곳 주민이 아니라 외지에서 온 K인 것처럼 말이다.《성》은 다음과 같이 해석할 수 있다. 제도 속에서 나고 자란 마을 사람들에게는 제도의 모든 불합리성이 이미 합리성으로 구축되어 있다. 그래서 마을 사람들은 최고의 권위에 대해 무감각이라는 방식으로 대응하며 조상 대대로 내려온 공포심과 신중함을 유지한다. 그런데 K가 찾아오면서 제도의 불합리성이 드러난다. 외지에서 온 K는 빈틈없어 보이지만 사실은 구멍이 숭숭 뚫린 성의 제도를 고기용 칼처럼 파고들어 얇게 포를 떠서는 조각조각 둥글게 날려버린다.

카프카의 눈에 그 고기용 칼의 벼린 칼날은 성性이었던 것 같다. 혹은 《성》에서 성性을 의미하는 단락은 서술의 두 가지 방향, 즉 권위의 불가해성과 마을 주민의 무감각을 동시에 가리킨다고 할 수 있다.

권위의 불가해성에 대해서 나는 "권위가 관료들에게도 모호하다지만 그에 대처하는 사람들에게는 훨씬 더 종잡을 수 없다"는 발터 벤야민의 말을 인용하고 싶다. 카프카는 자신의 대변인인 K를 눈 쌓인 밤에 마을로 들여보낸다. 지저분하고 낡은 여관에서 K는 전화기를 집어 드는데, 여기에서 전화는 마을 사람은 물론 K가 성과 연결되는 상징이며 더 적절하게는 그 권위에 접근하되 권위의 변두리까지밖에 접근할 수 없는 상징으로 작용한다. K는 수화기에서 무수한 소리를 듣고 의혹을 품다가 촌장과 대화한 뒤에야 사태를 파악한다. 그러니까 전화가 연결될 때면 성과 주변 마을의 모든 전화도 동시에 연결되기 때문에 누구도 K가 전화에서 들은 목소리가 성에서 나왔는지 확신할 수 없다. 여기에서 성의 권위가 잇단 착오 속에 만들어졌을 뿐만 아니라 끊임없이 발생하는 새로운 착오로 계속해서 공고해졌음을 알 수 있다. 이 점은 K와 촌장의 지루한 대화가 끝난 뒤 한층 확실해진다. 촌장의 집은 전체 관료제도에서 가장 낮은 위치의 사무실이지만 유일하게 K의 진입을 허가하는 곳이다. 촌장의 아내와 K의 두 조수가 K와 관련된 서류를 찾기 위해 사방을 뒤질 때 관료제도에서 흔히 볼 수 있는 광경이 펼쳐진다. 어둑한 방과 어질러진 서류함, 곰팡내를 풍기는 서류……. K가 여기에서 얻는 운명은 다시 전화하는 것밖에 없다. 사실 촌장도 성에서 기원한 권위에 대해 K만큼이나 알지 못한다. 《성》의 서술을 보면 권위의 정상에 가만히 앉아 있는 백작도 허무맹랑하지만, 어쩌면 직책이 높지 않을 수도 있는 클람 선생도 전설 속에 살고 있는 듯하다. 끈질긴 노력에도 불구하고 K는 클람의 마을 비서와 짧은 담판만 허락받는다. 그러다 보니 촌장은 자신들에게 토지측량사가 필요 없다는 말밖에 K에게 확실히 해줄 말이 없다. 촌장은 K의 방문이 오해였다고 생각하며 "백작 어르신처럼 거대한 정부기관에서는 가끔 이 부서에서 이 일을, 저 부서에서 저 일을 제정하면서 상대의 상황을 미처 파악하지 못하기도 합니다. ……그래서 종종 작은 착오가 생기곤 하지요"라고 말한다. 촌장은 관료기구의 일원으로서 관료제도의 모든 잘못을 보호할 책임이 있기 때문에 K를 내보낼 수도 없다. 그건 또 다른 문제가 될 수 있어서 촌장이 할 수 있는 조치는 잘못을 잘못으로 내버려두는 것뿐이다. 결국 그는 K를 완전히 상관없는 직책인 학교 수위로 임명한다.

마을 주민의 무감각에 대해서는 카프카 작품 속에서 거대한 관료기구를 구축해낸 주민들의 체험을 말하고 싶다. 이러한 체험은 주민의 경외심, 공포, 비참한 운명으로 점철되어 있고 성^姓에 관한 단락을 통해 클라이맥스로 나아간다. 카프카는 프리다, 여관 여주인, 아말리아의 경험을 숫돌처럼 생각했는지 그녀들의 존재를 통해 권위의 검을 날카롭고 신비롭게 만든다. 그리고 클람과 소르티니 등《성》에서 권력의 상징인 관리들은 끊임없이 반짝이는 칼날의 그림자로 서술한다.

나이 든 여관 여주인이 젊은 시절을 회고할 때 그 속에는 성채의 권위에 대한 마을 주민 공통의 체험이 응축되어 있는 듯하다. 클람한테 세 차례 불려가 세 차례 동침했던 여주인의 경험은 그녀 평생의 영광일 뿐만 아니라 남편이 그녀를 열렬히 사랑하면서 두려워하는 유일한 이유이기도 하다. 부부는 말년에 이르도록 왜 클람의 네 번째 호출이 없는지 밤새 토론하고, 이는 그들 가정생활에서 유일한 즐거움처럼 보인다. 반면 프리다는 또 다른 이미지, 자기 멋대로의 이미지로 등장한다. 그녀가 제멋대로 굴 수 있는 이유는 클람의 정부이기 때문이다. 그런데 프리다는 마을 여자들이 애타게 추구하는 그 지위를 자신의 자유로운 성격에 따라 가볍게 내던진다. 그녀는 순식간에, 또 특별한 이유도 없이 K를 사랑하게 된 뒤 똑같이 알 수 없는 이유로 K의 조수 예레미아스에게 빠진다. 카프카는 프리다를 성世 및 권력과 연결된 또 다른 신비한 체험을 대표한다고 본 듯싶다. 다시 말해 그것은 운명적 체험으로, 그녀 성격의 불확정성은 운명의 불확정성과 비슷하다. 무한한 생기와 의지력을 가졌던 프리다는 K와 고작 며칠을 지낸 뒤 아름다움을 잃는다. 이때 카프카의 날카로운 펜은 다시 한 번 권력을 향하며 "그녀의 초췌한 형색은 정말로 클람을 떠났기 때문일까? 그녀의 불가사의한 매력은 클람 옆에 있어서 발휘되고 K 역시 그런 매력에 끌렸다"라고 적는다. 프리다와 K는 여관 부부와 완전히 다르지만 결국 같은 결말에 이른다. 카프카는 《성》을 통해 여자란 권력 가까이에 있기 때문에 아름답고 남자를 끌어당기는 진짜 요소도 그녀들 몸에 있는 권력의 환영이라는 각박한 사실을 우리에게 알려준다. 클람을 떠난 뒤 프리다는 운명에서의 선택권을 잃어 K의 품에서 시들어버린 것이다.

아말리아의 이미지는 운명 속 비극을 상징한다. 여관 여주인과 프리다가 권력에 순종하고 난 뒤, 카프카는 길의 반대편에 있는 아말리아를 가리킨다. 카프카의 손가락을 따라가면 권력을 거절한 사람이 어떻게 산산조각 나는지 볼 수 있다.

사실 카프카가 그려내는 아말리아는 마을의 다른 아가씨들과 별반 다를 게 없다. 그녀 역시 마음속으로는 성의 권력에 대해 형언하기 힘든 동경을 품고 있어서, 성의 권위를 상징하는 소르티니가 그녀에게 한눈에 반했을 때 그녀의 얼굴에도 연애에 대한 동경이 떠오른다. 하지만 아말리아는 수치심과 자존심을 완전히 버리지 못해서 비극을 맞는다. 소르티니의 호출 쪽지를 심부름꾼이 가져왔을 때 그녀는 쪽지에 적힌 거칠고 천박한 어휘에 화를 참지 못한다. 여기에서 사람 마음을 꿰뚫어보는 카프카의 묘사가 펼쳐지며 아말리아가 자신과 집안의 운명을 바꾸어놓는 그 작은 쪽지를 찢어버린 이유는 단 하나, 사랑의 표현 없이 적나라하게 성교를 뜻하는 저속한 말만 가득해서라고 말한다. 그 뒤로는 아말리아 가족이 끝없는 비참함 속에서 권력과 관련해 어떤 일을 겪는지를 서술한다. 아말리아가 반항 뒤 겪는 체험은 여관 여주인과 프리다의 순종보다 성의 권위를 훨씬 무섭고 비현실적으로 보여준다.

어쩌면 소르티니는 그 일을 마음에 두지 않았을 수도 있다.

성에서 나온 관리에게 침대 속 여자는 얼마든지 있을 테니까 말이다. 문제는 마을 사람들을 통해 등장한다. 아말리아가 성의 관리를 거절했다는 소식을 듣자마자 마을의 모든 사람이 아말리아 집안을 거부하기 시작하는 것이다. 운명은 극도로 흉악하게 변해 마을에서 나름 명성을 누리던 아버지는 뛰어난 제화공임에도 불구하고 더 이상 일거리를 찾을 수 없게 되고, 그의 조수였던 브룬스비크는 그들 일가의 쇠락을 틈타 주인으로 탈바꿈한다. 두 아가씨 올가와 아말리아는 사람들의 멸시를 받고 남동생인 바르나바스도 재난에서 벗어나지 못한다.

카프카의 서술에서 비참한 상황은 일단 시작되면 거침없이 질주할 뿐이다. 아말리아 가족은 밤낮으로 자신들의 운명에 대해 논의하면서 남아 있는 희망을 찾으려 한다. 그들의 논의는 여관 부부의 논의처럼 계속 되풀이되지만, 기억 속 영광을 음미하기 위한 여관 부부와 달리 그들은 비극에서 벗어나기 위해서 논의를 계속한다. 소르티니에게 사과할 기회를 만들기 위해 아말리아의 아버지는 눈 속에서 하루 또 하루 반신불수가 될 때까지 성에서 나오는 관리를 기다리고, 똑같은 이유에서 올가도 자신의 몸을 관리의 수행원에게 내어준다. 한편 일말의 희망을 갖고 있던 바르나바스는 우연히 관료제도의 허점을 이용해 성으로 들어가서는 이도 저도 아닌 심부름꾼이 된다. 하지만 그들의 어떤 행위도 비극 속에서 내달리는 운명의 발걸음을 저지하지는 못한다. 그들의 노력은 절망 속에서 실낱같은 희망을 만들어내기 위한 부질없는 몸부림일 뿐이다. 카프카는 권위란 접근이 불가능해 사과조차 무의미하게 만든다고 말한다. 아말리아 일가에게 소르티니는 K의 성과 같은 존재이다. 그들은 예전에 등장했기 때문이 아니라 자체적으로 가진 공포와 불안 때문에 존재한다.

카프카는 심연의 부름이라도 받은 듯 아말리아 일가를 깊이를 알 수 없는 비극으로 내몰기 때문에, 서술이 끝난 뒤에도 그들의 비극은 끝나지 않을 것만 같다. 카프카가 사람들에게 불안과 전율을 일으키는 이유도 바로 여기에 있다. 아말리아와 그녀 가족의 비참한 형상은 K에게 들려주는 올가의 이야기를 통해 드러나는데, 이 충격적인 챕터는 전혀 결이 다른 서술로 그때까지 균형 잡혔던《성》의 서술을 아말리아의 운명처럼 산산조각 낸다. 그리고 카프카는 사람의 운명과 서술이 동시에 무너져내리는 그 순간에 클라이맥스를 구성한다. 다른 작가들은 서술을 매끄럽게 이끌어간 뒤 클라이맥스를 배치하지만 카프카는 완전히 거꾸로이다. 이 부서진 챕터에서 카프카는 권위의 불가해성과 마을 사람들의 무감각, 혹은 성^性의 체험과 권력의 체험을 한데 응축시킨다.

여기에서 주목할 점은 성^性에 대한 카프카의 태도가 K의 성생활에도 영향을 미쳤다는 것이다. 카프카의 일기와 편지, 노트를 보면 건강한 성생활의 그림자를 발견하기 힘들다. 이는 작품에서도 마찬가지로 적용돼, 어쩌다 성애에 관한 단락이 나와도 흐지부지 끝이 난다. 세 차례 약혼했지만 결혼식 전에 모두 파혼해버린 이 작가는 유약하고 만만한 인상을 준다. 심지어 그는 세 번의 약혼 중 두 번을 같은 아가씨와 했다. 그가 유부녀 밀레나와 주고받은 편지에서는 잠깐이나마 열정이 드러나지만, 불타는 열정으로 신청한 얼토당토않은 데이트는 늘 밀레나로부터 차갑고 단호한 거절을 당했을 뿐이다. 그래서 카프카가 건강한 성 경험을 했는지 사람들이 의문을 제기할 때마다 나는 헛소문이 아닐 거라고 생각한다. 한 걸음 물러나 카프카의 사생활을 확인할 수 없더라도 성적으로 약한 이미지는 바뀌기 힘들 것 같다. 혹은 카프카의 성경험은 그의 인생 경험이나 K의 경험과 매우 비슷하다고 말하는 게 더 적절할 수도 있겠다. 진정한 성애나 카프카가 동경하는 성은 성채가 K에게 그렇듯 그에게 있어서 영원히 바라볼 수만 있을 뿐 다가갈 수 없는 대상인 듯싶다.

카프카는 밀레나에게 보낸 편지에서 성적인 요구를 암시하지만 다른 편지나 일기에는 그런 흔적을 전혀 남기지 않았다. 노트에 "그건 여자들과 벌이다 침대에서 끝내는 결투 같다"라는 종잡을 수 없는 말을 적었을 뿐이다. 이 비유가 무슨 의미인지는 아무도 모르지만, 이 말이 포괄되는 성적 범주에는 사랑의 성분이 없으며 성을 지탱하는 욕망을 투쟁으로 여긴다는 것을 알 수 있다. 또 다른 예는 K의 경험이다. 성채의 불청객인 그는 첫날밤에 성애의 열매를 맛본다. 그 어두운 챕터에서 카프카는 아무런 포석도 깔지 않고 프리다를 K

의 불청객으로 만든다. 모든 것이 너무 뜬금없이 벌어져 K가 권력을 상징하는 클람과 만날 수 있을지 독자들이 추측하는 사이, 클람의 애인인 프리다는 어느새 가녀린 몸을 K에게서 불태우고 있다. "그들은 바닥에서 얼마 구르지 않아 쿵 소리를 내며 클람의 방문에 부딪혔다. 두 사람은 술이 흥건히 고이고 쓰레기가 널린 바닥에 누웠다." 그런 다음 카프카는 "그들 두 사람은 한 사람인 듯 호흡하고 두 심장도 하나처럼 뛰고 있었다"라고 적는다. 이는 성교 중의 느낌과 비슷하며 이어지는 단락은 오르가슴을 암시하는 듯하다. "K는 길을 잃었거나 이상한 나라에 들어간 듯했다. 누구도 발을 들인 적 없는 그 먼 나라는 신기하게도 공기마저 고향과 달랐다. 그런 기이함은 죽을 지경으로 참기 힘들면서도 또 너무나 매력적이라, 계속 나아가며 빠질 수밖에 없겠다는 생각이 들었다."

카프카의 노트와 마찬가지로, 상술한 단락에서도 K의 체험에는 육체적 욕망이 들어 있지 않다. 다만 K와 프리다의 경험은 침대 위의 투쟁도 아니다. 카프카는 그들 두 사람을 한 사람처럼 결합시키지만 여기에는 성욕의 결합 대신 기이하게도 허상의 미묘함이 들어 있다. 혹은 상술한 단락의 묘사는 실제 성애가 아니라 상상의 성애를 드러낸다고 할 수 있다. 카프카의 순결한 서술은 성 경험이 없는 사람의 추측처럼 아이 같은 동경으로 가득하다. 카프카가 마지막 느낌을 누구도 발을 들인 적 없는 멀고 기이한 나라로 비유할 때, 카프카의 마음속에 오랫동안 눌려 있던 당혹감이 아침 해처럼 떠오르고 그와 K의 이방인 신분도 드러난다. 고향과 공기마저 다르기 때문에 K와 프리다의 오르가슴은 우울한 유랑으로 변해버린다.

혹은 성 경험에서 카프카가 주인의 신분을 얻지 못했다고 말할 수 있지 않을까? 이 점을 확인할 수 있다면 《성》에서 왜 성애가 늘 권력과 연결돼 등장하는지를 쉽게 이해할 수 있을 것이다. 그러니까 내 말은 카프카가 누구보다 심각하게 성性이 사회생활에서 무한정 확장될 수 있다고 받아들였다는 뜻이다. 마치 두 다리를 잃은 사람이 더 많은 시선을 받을 수 있는 것처럼, 성에 대한 생소함으로 긴장하다 보니 카프카는 그것을 오래 주시하는 습관이 생겼다. 그리고 그런 주시는 어느 순간 사람들이 인내할 수 있는 한도, 한 세대가 감내할 수 있는 한도를 넘어섰다. 이러한 주시 속에서 카프카는 성^性과 관료기구의 권력이 어떻게 "두 개의 심장이 하나처럼 뛰는 듯" 합쳐지는지를 냉정하고 깊이 있게 관찰해냈다. 그렇기 때문에《성》의 서술은 성^性의 이정표를 통해 권력의 불가해성과 마을 사람들의 무감각을 동시에 지적한다고 할 수 있다.

마지막으로 도대체 카프카는 어떤 마음에서 글을 썼는지 짚어보고 싶다. 그건 카프카의 작품보다 일기가 더 잘 설명해주는 것 같다. 카프카는 1922년 1월 16일 일기에 "두 시계의 시간이 일치하지 않는다. 내면의 시계는 미친 듯, 귀신에 홀린 듯, 혹은 그 무엇이든 사람 같지 않은 방식으로 내달리고 외부의 시계는 느릿느릿 평소의 속도로 흘러간다. 서로 다른 두 세계가 분열하는 것 외에 또 무슨 일이 벌어질 수 있겠는가? 게다가 두 세계는 무서운 방식으로 분열한다. 그게 아니면 최소한 서로를 찢고 있다"라고 적었다. 카프카는 평생 어떤 경험을 했을까? 일기는 그가 평생 서로 찢고 갈랐다고 대답한다. 이를 통해 우리는 왜 아말리아 일가의 운명이 산산조각 난 뒤에도 계속 부서지는지, 남들과 어울리지 못했던 이 작가가 왜 그렇게 낯설게 느껴지는지 이해할 수 있다.

내적 불안과 종잡을 수 없는 흐름이 방해하기 때문에 카프카의 작품을 읽을 때는 문학의 관습적인 출로를 찾을 수 없다. 심지어 다른 출로도 없어서 독자는 그저 머무는 수밖에 없다. 천국은 고사하고 지옥 같을지라도 계속 받아들여야 한다. 영원히 성채에 들어갈 수 없는 K처럼, 비애와 끝없는 상처에 시달리면서도 K가 "나는 이곳을 떠날 수 없어. 나는 여기에 머물고 싶어서 왔어. 나는 여기 남아야 해"라고 말하는 것처럼 말이다. 성채 주변에 머무는 수밖에 없는 K의 운명은 카프카와 《성》의 독자에게도 똑같이 작용해, 독자 역시 성채를 볼 수 있는 마을에 머물 수밖에 없다. 카프카 작품의 핵심이 성채가 K를 거부하듯이 독자를 거부하는 것이기 때문이다. 성性을 상징하는 성채는 카프카 서술의 이해할 수 없는 수수께끼가 되고 이 신비한 수수께끼는 사람들을 부른다. 그건 지옥의 부름 같고 영원히 다가갈 수 없는 부름 같다. 그러고 난 다음 불안한 일이 벌어지면서 카프카와 K라는 주인 신분을 얻지 못한 이방인은 그들 세계에 들어온 독자까지 이방인으로 만든다. K는 "도대체 나는 뭐에 이끌려서 이 황량한 지역으로 왔을까, 설마 그냥 여기 남고 싶어서?"라고 혼잣말을 한다. 카프카와 K에 의해 주인 신분을 잃은 독자도 이렇게 중얼거릴 것이다.

1999년 8월 30일

불가코프의《거장과 마르가리타》

미하일 불가코프

1930년 3월 28일, 가난에 내몰린 불가코프는 스탈린에게 모스크바 예술극장의 조감독 직책을 원한다는 편지를 보낸다. "조감독이 안 된다면…… 조연배우로라도 넣어주십시오. 조연도 안 된다면 무대 관리직을 부탁드리겠습니다. 무대 관리직도 안 된다면 무엇이든 소련 정부에서 필요하다고 여기는 방식으로 최대한 빨리 조치해주십시오. 조치만 해주면 됩니다……."

작품을 금지당한 대가大家, 불가코프는 자긍심과 생계 사이에서 고민을 거듭하다가 결국 두 가지 모두를 선택한다. 그의 '부탁'을 보면 어디에도 구걸의 기미가 없다. 무대 관리직을 부탁할 때조차 오만하게 조치만 해주면 된다고 말한다.

같은 해 4월 18일, 스탈린은 불가코프에게 전화를 걸어 간단한 대화를 나눈 뒤 모스크바 예술극장의 조감독 자리를 내준다. 그때 불가코프는 《거장과 마르가리타》를 다시 쓰기 시작했지만 스스로도 그 시대에는 발표할 수 없을 것임을 잘 알고 있었다. 그래서 이 작품은 내적 요구에 유난히 충실하다. 다시 말해 발표나 수입, 명예 등 실질적 의미와 아무 관련이 없기 때문에 순수한 자기표현, 스스로에 대한 기념작이 되었다.

키예프신학대학 교수의 아들로 태어난 불가코프는 어려서부터 수줍음이 많고 문학적이며 조용했지만 "작가란 아무리 힘들어도 뜻을 굽혀서는 안 된다. ……개인의 삶을 쾌적하고 윤택하게 만들기 위한 문학이라면 혐오스러운 짓거리에 불과하다"라고 여겼다.

그는 자신의 말을 지켰다. 스탈린에게 정치적 비난을 받든, 스타니슬랍스키에게 예술적 압박을 받든 자신의 주장을 바꾸지 않았기 때문에 가난해지고 친구들과 멀어지고 인격적 모욕에 시달리면서도 불가코프는 '미소'를 지으며 액운의 도전을 받아들였다. 자메이카 민요 중 "너희에게는 권력이 있지만 우리에게는 도덕이 있다"라는 노예들의 노래처럼 말이다.

이런 상황이라 불가코프의 글은 내적 독백이 될 수밖에 없었다. 분노와 증오, 절망 뒤 불가코프는 질병 때문에 글쓰기를 다시 시작한 프루스트처럼, 고독 때문에 창작으로 되돌아온 카프카처럼, 돌연 행복하게 집필을 재개했다. 액운은 불가코프를 명예와 부귀에서 멀어지게 만든 동시에 진정한 글쓰기라는 또 다른 즐거움과 또 다른 고통을 가져다주었다.

창작으로 되돌아왔지만 출판하지 않아서 불가코프에게는 독자도, 평론도 없고 허영은 물론 의미 없는 기대도 없었다. 그는 정적 속에서 진정한 글쓰기에 몰두할 수 있었다. 명성과 다툴 이유가 없고 신문이나 잡지의 과장에서 자유로웠지만, 다른 한편으로는 스스로의 언행을 혼자 반성해야 했다. 어쨌든 가장 중요한 점은 창작을 위해 스스로를 세속의 영예에서 억지로 분리시킬 필요가 없었다는 사실이다. 창작에서 멀어질 기회 자체가 없었기 때문에 불가코프는 스스로의 인생을 서술의 허구 속에 집어넣고 보르헤스가 페드로 다미안이 죽을 때 "물이 물속으로 사라진 듯하다"라고 비유한 것처럼 자신의 글쓰기 속으로 종적을 감췄다.

생의 마지막 12년 동안 불가코프는 모든 것을 잃어버린 뒤 《거장과 마르가리타》를 통해 다시 모든 것을 얻었다. 그는 모스크바를 방문하는 사탄을 만들어내고 자기 스스로를 가공해냈다. 혹은 스스로의 삶을 새롭게 정비해 상상을 키우고 현실을 축소했다. 그래서 마지막 12년 동안 불가코프가 가난했다거나 부유했다고 말하기는 힘들다. 약했다거나 강했다고도, 출로가 없었다거나 모든 일이 순조로웠다고도 말할 수 없다.

거장과 마르가리타

이 작품에서 가장 중요한 인물은 거장과 마르가리타 두 사람이다. 그런데 그들은 소설 겉표지에 제목으로 처음 등장한 뒤 한참이 지나서야 정식으로 나타난다. 거장이 284쪽*에 이르러서야 조용히 등장하고 이어서 314쪽에 아름다운 마르가리타가 등장하는 것이다. 다시 말해 580페이지에 달하는 작품에서 거장과 마르가리타는 서술이 한창 진행 중인 중간에야 정식으로 등장한다. 이때쯤이면 독자들은 이미 제목을 잊고 표지에서 보았던 그들 이름도 잊어버렸을지 모른다.

그에 앞서서는 볼란드라는 사탄이 강력한 목소리를 내며 모스크바의 현실을 바꾸어놓는다. 사탄의 목소리는 땅바닥 밑으로 들어갈 만큼 아주 낮지만 서술의 기반을 구축한 뒤에는 지진처럼 변한다. 우리는 그 위에서 모스크바가 어떻게 긴장하고 불안과 공포에 빠지는지를 보게 된다.

불가코프는 사탄의 도움을 받은 듯 뛰어난 재능을 가졌지만 고통과 치욕에 시달리느라 여생 동안 인간세상에서 멀리 떨어져 있었다. 자신이 몇몇 사람이 아니라 모든 사람을 싫

---

* 이 글에 등장하는 페이지는 모두 저자가 읽은 중국어판 기준이다.

어한다는 사실을 발견했을 때 불가코프의 내면은 차츰 전설로 변하고, 전설 속에서 사탄을 만나 그와 중첩되었다. 그래서 《거장과 마르가리타》의 사탄은 불가코프 자신이며, 본디오 빌라도의 역사를 다시 쓰려는 작가인 거장은 불가코프가 현실에 남겨놓은 손상된 그림자라고 할 수 있다.

첸청錢誠 선생의 《거장과 마르가리타》 중국어 번역본을 보면 19세기의 인내심을 발견할 수 있다. 특히 처음 몇 장의 파트리아르흐 연못가에서 벌어지는 지루한 대화와 본디오 빌라도가 예수를 심문하는 내용이 그렇다. 그러다 대화가 61쪽을 지나면 불가코프는 시인을 미치게 만들고, 갈 곳 없는 시인이 이성을 잃고 미쳐 날뛸 때부터는 서술 속도까지 올려버린다. 283쪽, 거장이 등장하기 직전에야 불가코프는 인물의 손에서 바통을 내려놓듯 서술 속 불안과 공포의 속도를 늦춘다.

읽을수록 화려해지는 챕터 속에서 서술은 집회를 벌이듯 모스크바의 수많은 목소리를 하나하나 붉은 광장으로 불러들인다. 악마의 게임판에서 사람들은 당황해 허둥대며 스스로의 통제권을 잃어간다. 터지는 일마다 현실의 원칙에서 벗어나 사람들은 어리둥절한 채 온몸을 바들바들 떨면서 갈팡질팡하고 전전긍긍한다. 그런데 이처럼 불안과 공포, 허세가 한데 모였을 때, 다시 말해 끝없는 전경前景이 드러날 때 서술이 뚝 끊어진다. 거장과 마르가리타의 사랑이 시작되면서 강렬하던 서술이 순식간에 물처럼 부드러워지는 것이다. 중간에 아무런 과도기, 순간적인 침묵조차 없어서 갑자기 가냘픈 두 손이 뻗어 나와 쇠파이프를 끊어버린 것만 같다.

그렇게 283페이지를 넘어선다. 이쯤이면 보통 작품이 방향을 찾았거나 최소한 방향이 명료해질 때라서, 새로운 인물 둘을 등장시키면 서술의 위험성도 덩달아 추가될 수밖에 없다. 독자들이 작품 속 인물을 이해하고 여러 관계도 전면적으로 파악하는 지점이기 때문이다. 이제 서술은 복잡함을 지나 단순화되면서 결말을 향해야 한다. 그래서 작가들은 어쩔 수 없는 경우에만 이런 중반에 새로운 인물을 등장시킨다. 새로운 인물이 가져올 새로운 플롯과 새로운 디테일로 정체된 서술을 끌고 나가려 할 때만 말이다.

하지만 거장과 마르가리타의 등장은 불가코프의 부득이한 선택이 아니다. 분명 새로운 플롯과 디테일을 가져오지만 그들은 서술을 추진하는 게 아니라 방향을 전환시킨다. 이러한 전환을 통해 《거장과 마르가리타》는 서술적으로 다층적인 선택권을 부여받는다. 다시 말해 이 소설은 주도면밀한 구조를 가진 작품이 아니다. 그리고 바로 그런 까닭에 사람들은 이 작품을 각각의 뛰어난 챕터로 읽어나간다. 챕터 간의 필연적 연결은 그다지 중요하지 않고, 때로는 연결은커녕 곧바로 중단되기까지 한다.

불가코프는 넘치는 욕망과 서술의 통제 사이에서 현명한 선택을 한다. 표현하고 싶은 사물이 너무 많아서 완벽한 서술을 추구하다가는 사실의 풍부함을 손상시킬 듯하자, 불가코프는 아예 서술을 자유롭게 놓아버린다. 자신의 상상력과 감정을 최대한 발휘해 남김없이 드러낸 뒤에야 구조를 고민하는 것이다. 이때 거장과 마르가리타의 중요성이 확연해진다. 다름 아니라 그들의 사랑, 환상과 추상의 사랑이 《거장과 마르가리타》의 구조를 생성한다. 이와 동시에 사랑에 관한 챕터의 간결함, 일목요연함이 구조를 서술에서 끄집어내, 빠르게 질주하던 서술이 고개를 돌아보게 만들고 바로 이 돌아봄이 방향을 잃기 직전의 서술을 마침맞게 붙잡는다.

《거장과 마르가리타》는 이러한 유형의 서술을 증명하기 위한 작품 같다. 5백 페이지가 넘는 장편소설에서 구조는 분명하게 드러나면 안 된다. 보일 듯 말 듯하면서 서술자의 잘 정비된 심리 속에 머물러야지, 펜촉에 조급하게 드러나면 안 된다. 그래야만 장편소설의 변화무쌍하고 기나긴 서술이 상처받지 않을 수 있다.

거장과 마르가리타라는 조각 같은 두 인물은 불가사의하게 완벽하다. 불가코프는 그들을 현실에서 불러왔으면서도 그들에게 현실적인 성격을 부여하지 않는다. 베를리오즈, 스체파, 바레누하, 림스키와 비교할 때 거장과 마르가리타는 확실히 모스크바 주민 같지 않다. 그들에게 모스크바의 평범하고 허위로 가득한 시대상이 없다는 의미가 아니다. 그보다는 그들의 내면에서 모스크바의 현실을 읽을 수 없고, 완벽함 때문에 그들이 전설 속 인물처럼 보인다는 말이다. 그들은 소설 속의 사탄, 예수, 본디오 빌라도처럼 오래된 인물 같고 심지어는 사탄과 예수처럼 현실성이 없어 보인다. 반면 거장이 그려내는 유대인의 총독인 본디오 빌라도는 오늘날의 정치가와 매우 비슷하다.

이 두 인물을 묘사할 때 확실히 불가코프는 그들이 가져야 하는 현실성을 버렸다. 다른 곳에서 현실성을 충분히 보여주었기 때문이다. 베를리오즈, 립스키 등 모스크바의 평범한 무리 속에서 불가코프는 이미 천부적인 현실 통찰력을 드러내, 우리가 무엇을 원하든 그것을 주었다고 말할 수 있다. 또한 사탄, 예수, 본디오 빌라도를 통해서는 인간에게서 비롯된 고민, 죽음에 대한 공포, 음모의 실현 방법에 대해 읽을 수 있다.

장장 12년에 걸쳐 작품을 썼으니 불가코프는 거장과 마르가리타에 대해 고민할 시간이 충분했다. 대충 무심하게 그들을 현실과 동떨어진 서정시처럼 묘사하지 않았다는 뜻이다. 물론 그들이 현실과 잘 맞지 않는 것도 사실이다. 불가코프는 서술 속 부조화를 위해서 일부러 그렇게 설정했다. 거장과 마르가리타를 전체 서술에서 도드라지게 만든 다음, 앞에서 말했던 것처럼 구조를 부각시키기 위해서다.

《거장과 마르가리타》에서 거장이 작가로서 현실과 연결되는 유일한 지점은 작품 발표의 자유를 박탈당했다는 것이다. 이 점은 불가코프의 현실과 완벽하게 일치하며 불가코프 자신의 현실이 작품과 연결되는 유일한 지점이기도 하다. 다만 이러한 연결은 매우 약하고, 그 취약함 때문에 거장이라는 인물은 불가코프의 펜에서 비현실적일 수밖에 없다.

여기에서 불가코프가 스스로를 비현실적으로 받아들였거나 혹은 차라리 스스로를 비현실적으로 이해하려 했다는 게 드러난다. 현실적 압박으로 그는 철저히 내면으로 물러난 뒤 새롭게 자신의 운명을 장악했다. 스스로의 운명을 상상 속으로 밀어 넣은 것이다. 그래서 마르가리타가 등장하고 이 뛰어난 미모의 여성도 거장처럼 자신의 상상 속으로 빠져든다. 비슷한 두 사람이 모스크바의 어느 길모퉁이에서 우연히 만났을 때 두 사람은 한눈에 서로의 내면을 알아보고 사랑을 시작한다.

마르가리타의 등장은 거장의 내면을 차분히 가라앉힐 뿐만 아니라 불가코프에게도 더할 나위 없는 위안을 준다. 이 비현실적인 여인은 거장을 위해 왔다기보다 불가코프가 자신을 위해 창작했다고 봐야 한다. 거장은 허구세계에서 불가코프를 대변하는 존재일 뿐이다. 불가코프가 생각할 때 그는 언어가 되고, 불가코프가 말할 때는 목소리가 되며, 불가코프가 어루만질 때는 손이 된다. 그렇기 때문에 마르가리타는 불가코프의 또 다른 인생길에 존재하는 행복 자체이자 현실과 창작 사이에서 유일하게 모호한 부분이라고 할 수 있다. 그런 식으로 불가코프는 자신의 신념, 흔히들 사랑의 힘이라고 하는 신념을 완전무결하게 보호하고 계속 간직했으며, 자신의 생명이 끝난 뒤에도 그것을 확장시킬 수 있었다. 그의 또 다른 인생길에는 끝이 없기 때문이다.

　　그래서 거장의 완벽함이 추상적이라는 이유로 창백해질 때, 마르가리타의 완벽함은 매혹적으로 가슴을 파고든다. 불가코프에게 《거장과 마르가리타》 속 거장은 상당 부분 구조적 필요에 불과하지만 마르가리타는 구조적 필요는 물론이고 부드러운 어깨로 불가코프 내면에 가라앉은 사랑을 들어 올리는 역할까지 한다.

그러다 보니 마르가리타는 극도로 우울해질 수밖에 없는 데 그녀의 우울은 거장, 사실은 불가코프에게서 비롯된다. 즉 거장의 거울 맞은편에 있는 또 한 사람의 현실이 만들어 냈다고 할 수 있다. 마르가리타가 사탄에게 선택돼 악마의 무도회에서 여주인 역할을 할 때, 이 밤의 황후는 불가코프 의 펜 밑에서 눈부시게 빛난다. 비록 이 화려한 챕터에서 마 르가리타에 관한 대부분의 묘사는 그녀의 시선으로 그려지 는 무도회의 전경뿐이지만, 다시 말해 이 챕터에는 다른 사 람들이 주를 이루고 마르가리타는 눈동자로만 등장할 뿐이 지만 말이다. 그런데 이는 흔히 말하는 주변 묘사로 주체를 강조하는 화법이다. 불가코프는 주변 묘사가 여인을 가장 아 름답게 만들고 가장 큰 만족을 선사함을 증명해낸다.

얼마 뒤 마르가리타는 하늘로 날아오른다. 이 또한 더할 나위 없이 아름다운 묘사로, 마르가리타는 밤하늘의 바람 속 을 유유히 떠다닌다. 그러다 환상이 끝나면 더 이상 아름다움을 표현할 길이 없어 탄식으로만 채워진다. 비행의 마지막에는 달빛이 깔린 길이 등장한다. 멀리 달에서부터 뻗어 나온 달빛 길에서 마르가리타는 본디오 빌라도가 기를 쓰고 예수를 쫓아가며 그를 죽인 사람은 자기가 아니라고 소리치는 것을 본다.

이렇게 작가는 평생의 창작에서 한두 차례 은밀한 이유로 특정 인물을 자신에게 영원히 남겨놓는다. 이는 스스로에 대한 기념이자 스스로에게 주는 상이다. 불가코프도 마찬가지이다. 마르가리타는 《거장과 마르가리타》에 속한 듯 보이고 모든 독자에게 속한 듯 보이지만, 사실은 불가코프에게만 속한다. 그녀는 불가코프 내면의 모든 애인이고 아름다움에 대해 불가코프가 갖는 모든 느낌, 불가코프의 기나긴 인생 속 모든 힘을 뜻한다. 불가코프의 내면은 마르가리타로부터 일체의 아름다움과 사랑을 얻는 동시에 모든 보호를 받는다. 하늘을 날던 마르가리타는 거장, 그러니까 불가코프를 위해서 한 차례 비행을 멈춘다. 모스크바 상공에서 거장에게 상처를 준 비평가 라툰스키의 집을 발견했기 때문에 그녀는 결연히 아름다운 비행을 중단하고 라툰스키의 집으로 내려가 모든 원한을 발산한다. 사실 그녀의 원한은 불가코프의 원한이고 그녀의 발산은 불가코프 내면 깊숙이 자리한 스스로에 대한 보호이다. 때때로 이치는 이처럼 단순하다.

유머와 현실

《거장과 마르가리타》의 창작은 불가코프의 마지막 삶에서 가장 진실한 생활이었다고 말할 수 있다. 세상과 거의 담을 쌓았던 이 작가는 글쓰기를 통해, 끊임없는 창작을 통해 현실과 실낱같이 연결돼 있었다.

카프카에 이어 불가코프는 현실에 대적한 또 한 명의 20세기 작가가 되었다. 다만 카프카의 경우 현실에 대한 원한이 스스로의 내면에서 비롯되었지만 불가코프는 피부에 와 닿는 고통, 되풀이되는 상처 때문이었다. 그래서 일생의 마지막 목소리를 내기 시작했을 때《거장과 마르가리타》는 길이 되어 그를 현실로 데려오고 그의 유언이 발표될 수 있는 기회를 만들어주었다.

이때 불가코프에게는 현실과 어떤 관계를 맺는가가 매우 중요했다. 절대 현실과 타협하지 않더라도 현실과 팽팽히 대치할 경우 그의 목소리는 힘을 잃고 욕설과 울부짖음으로 바뀔 가능성이 컸다.

불가코프는 이 두 가지를 모두 포기하고 우수한 작가로서 해야만 하는 선택, 현실과의 유머 관계 구축을 선택했다. 그는 악마를 모스크바로 불러들이고 작품 시작부터 자신의 태도를 분명히 드러냈다. 자신은 시시콜콜한 이야기나 개인적 원한이 아니라 진정한 의미에서의 현실을 말하고자 하며 이러한 현실은 사람들이 생각하는 실질적 현실이 아니라 사실과 상상, 황당함의 현실, 과거와 현재, 미래의 현실, 모든 것을 갖춘 현실이라고 말이다. 또한 불가코프는 자기 마음이 이미 원한을 넘어 안정을 얻었음을 드러내기도 했다. 그래서 사탄을 불러들였다. 소설 속에서 늘 깊은 생각에 빠지는 사탄의 품성이 바로 고난을 모두 겪은 뒤 가지게 된 불가코프의 침착함이다.

따라서 불가코프가 유머를 선택한 것은 수사적 필요성 때문도 아니고 기지 넘치는 풍자와 세련된 대사 때문도 아니다. 여기에서 유머는 구조이고 서술 속에서 적절하게 제어된 태도이다. 다시 말해 불가코프는 유머를 통해 세상과 교류하는 최선의 방식을 찾아냈다.

바로 이런 방식 덕분에 불가코프는 마지막 작품에서 스스로의 원한에 파묻히지도, 가난에 무너지지도, 무엇보다 현실에 기만당하지도 않았다. 대신 상상력과 통찰력, 창작의 열정을 최대한 발휘하기 시작했다. 이렇게 마지막 12년 동안 불가코프는 《거장과 마르가리타》의 서술을 해방시키고 갈수록 암울해지던 스스로의 내면을 해방시켰다.

1996년 8월 20일

우리 공통의 어머니

1980년대 중국 문학을 이해하는 사람이라면 1987년 등장한 유명한 소설 《환락》*을 기억할 뿐만 아니라 이 작품이 출판된 뒤 얼마나 심한 공격을 받았는지도 기억할 것이다. 여기서 주목할 점은 그런 공격이 사방팔방에서 쏟아지고 입장이나 관점이 다른 사람들을 하나로 단결시켰다는 점이다. 그들은 손을 뻗으며(일부는 주먹까지 휘두르며) 7만 자의 허구 작품을 향해 분노를 표출했다.

• 중국 최초의 노벨 문학상 수상작가인 모옌莫言이 1987년에 발표한 중편소설(한국에는 번역되지 않았다).

그래서 《환락》은 작품 속 주인공인 치원둥齊文棟이 되고 허구 소설의 운명은 작품 속 인물의 운명과 겹쳐졌으며, 치원둥이 속내를 드러낸 "……부자는 나를 업신여기고 가난뱅이는 나를 질투한다. 치질에 괴롭고 배 속이 불편하며 머리는 어질어질하다. 땀이 줄줄 흐르고 다리가 후들거리며 목구멍이 간질간질하다가 구토로 올라온다. ……화살이 사방에서 날아든다……"라는 외침은 허구 작품 《환락》의 현실이 되었다.

왜 사람들은 《환락》에 그토록 많은 화살을 쏘아댔을까? 어떤 청년이 순간적으로 평생을 다시 경험하는 이야기, 혹은 죽기 직전 의식이 또렷해지는 순간에 관한 이야기의 어느 부분이 그들을 불쾌하게 만들었을까?

《환락》에 대한 거부감은 서술에서부터 시작되었다. 《환락》은 서술의 연속성과 유동성을 침범하기 때문에 서술의 방향이 수시로 흔들렸다. 독자들은 이 점을 용납할 수 없었다. 전형적인 독자에게 이야기는 길처럼, 강줄기처럼 분명하게 드러나야 하며 우회할 수는 있어도 중단될 수는 없다. 하지만 《환락》은 끊임없이 중단하는 방식으로 서술을 완성했다.

우리 공통의
어머니

다른 한편으로는 《환락》의 서술자가 사물을 적나라하게 묘사한 것이 독자를 정말 분노케 만들었다고 말할 수 있다. 《환락》에서 벼룩이 어머니 몸을 기어 다니는 단락은 거의 모두의 거부감을 불러일으키면서 유명한 초상화처럼 상징적인 단락이 되었다. 또한 모옌에게 씌워진 어머니 모독죄도 작가로서의 그의 이름만큼이나 유명해졌다.

여기에서 그 유명한 단락을 다시 한 번 살펴보자.

......벼룩이 어머니의 자주색 뱃가죽에서 기고 있다, 기어 다닌다! 때가 꼬질꼬질한 어머니의 배꼽에서 기고 있다, 기어 다닌다! 바람 빠진 낡은 고무공 같은 어머니의 유방 위에서 기고 있다, 기어 다닌다! 활 같은 어머니의 늑골 위에서 기고 있다, 기어 다닌다! 앙상한 어머니의 목 위에서 기고 있다, 기어 다닌다! 뾰족한 어머니의 턱과 심하게 갈라진 입술 위에서 기고 있다, 기어 다닌다! 어머니 입에서 불어오는 녹색 기류 때문에 기어 가던 벼룩이 똑바로 서지 못하고 비틀비틀 휘청거린다.

날아가던 벼룩은 날개를 움츠리며 곤두박질친다. 어떤 녀석은 비행 방향이 틀어지고 어떤 녀석은 비행기가 기류에 휩쓸리듯 소용돌이로 빨려든다. 벼룩은 어머니의 금홍색 음모 속에서 기고 있다, 기어 다닌다! 내가 어머니의 신성함을 모독하는 게 아니라 너희 벼룩들이 기어오르려 한다, 기어오른다! 벼룩은 어머니의 음모뿐만 아니라 생식기에서도 기어 다니니, 몇 마리는 어머니의 질로 들어갔을 것이라고 나는 확신한다. 어머니의 질은 내가 머리로 뚫고 지나온 최초이자 가장 평탄하고 가장 구불구불하며 가장 고통스럽고 가장 즐거운, 길고도 짧은 길이다. 내가 어머니를 모독하는 게 아니다! 내가 어머니를 모독하는 게 아니다! 내가 어머니를 모독하는 게 아니다! 너희들, 너희 벼룩들이 어머니를 모독하고 나를 모독하는 것이다! 나는 인간 같은 벼룩을 증오한다! 여기까지 쓰자 너는 찬바람 속의 나뭇잎처럼 온몸이 덜덜 떨리고 심장이 마구 요동친다. 펜은 종이 위에서 어지러이 움직인다. ……

비난을 퍼부은 사람들은 모옌이 어머니를 모독한다고 여겼지만 모옌은 모독하는 게 아니라고 느낌표로 여러 차례 밝혔다. 반면 《환락》의 독자로서 나는 1990년 처음 이 벼룩 단락을 읽었을 때 깊은 감동을 받았다. 1995년 3월 이 부분을 두 번째 읽었을 때는 눈물까지 흘렸다. 나는 모옌의 노래를 들은 듯했다. 비참하고 지친 목소리가 비참하고 지친 어머니를 노래하고 있었다. 어머니의 뱃가죽은 자주색으로 변하고 어머니의 배꼽은 때로 꼬질꼬질하며 어머니의 가슴은 바람 빠진 낡은 고무공 같고 어머니의 늑골은 세월에 활처럼 휘었으며 어머니의 마른 목과 뾰족한 턱, 그리고 갈라진 입술은⋯⋯. 그렇게 모옌이 노래하는 어머니는 우리를 기르느라 스스로를 망가뜨린 어머니였다.

동일한 사물에서 완전히 다른 두 목소리가 나왔다. 《환락》을 비난한 그들과 《환락》에 감동한 나, 혹은 우리의 목소리였다.

그러므로 문제는 더 이상 어머니의 이미지를 모독할 수 있는가가 아니라 모옌이 어머니의 이미지를 모독했는가, 분노를 촉발한 실체는 무엇인가였다.

모옌이 《환락》에서 어머니를 만들어냈다는 점은 한눈에 훤히 보였다. 그런데 그가 자기 내면에 충실하기 위해 창조했든, 아니면 다른 사람에게 읽히기 위해 만들어냈든 비난하는 사람들은 전부 치원둥의 어머니를 자기 어머니로 보았다.

문제는 바로 여기에 있었다. 이것은 강박의 독법이다. 독자들은 어머니 유두에서 받았던 달콤한 기억과 양육의 고마움을 간직하고 있어서 《환락》을 읽기 전에 이미 어머니의 이미지를 따뜻하고 자상하면서 단정하고 깨끗하며 위대하게 그려놓았다. 그렇게 사전에 설정한 어머니를 치원둥의 어머니에게 강요했기 때문에 결국에는 그녀들이 한 어머니가 아니라 중첩될 수 없음을, 심지어 완전히 어긋난다는 것을 발견했다.

치원둥의 어머니가 왜 그들의 어머니가 되어야 하는가? 서술자와 독자의 충돌이 바로 여기에서 일어났다. 다시 말해, 어머니로서 가져야 하는 이미지는 반드시 보호되어야만 하는가, 망가질 수 없는가, 이미지를 고치는 것조차 원칙적으로 제약을 받아야 하는가의 충돌이었다.

어머니의 이미지는 허구의 작품에서 점차 공공의 산물로 변해갔다. 모든 사람이 걸어 다니는 도로나 누구든 고개를 들면 쳐다볼 수 있는 하늘 같은 존재가 되었다. 독자는 각자의 경험에 따라 현실 속 어머니를 사랑하거나 미워하거나 애증을 동시에 가질지라도, 허구의 작품에서 어머니를 만나기만 하면 곧장 자신의 현실, 자신의 경험을 제쳐두고 동일한 태도로 울고 웃었다. 그럴 때 어머니는 한 사람뿐이고 그들 자신의 어머니는 기억 너머로 사라져버렸다. 마치 자신들은 처음부터 어머니가 없었던 것처럼, "어머니의 질은 내가 머리로 뚫고 지나온 최초이자 가장 평탄하고 가장 구불구불하며 가장 고통스럽고 가장 즐거운, 길고도 짧은 길이다"라는 모옌의 묘사와 달리 시험관에서 나온 것처럼 말이다.

그런데 모옌은 벼룩을 치원둥 어머니의 질로 들여보냈을 때 자신이 천륜을 저버렸다는 사실을 인식하지 못했다. 벼룩을 치원둥 개인의 어머니가 아니라 그들의 어머니, 즉 집단에 속하는 어머니의 질로 들여보냈다는 사실을 알지 못했다.

많은 경우 어머니의 이미지는 조국이 하나뿐인 것처럼 하나밖에 만들어지지 않는다. 또 사람마다 어머니는 확실히 한명밖에 없다. 누구든 두 개 이상의 도시에서 살 수는 있어도 몇 개의 자궁을 돌아다닐 수는 없다. 이렇듯 어머니의 이미지는 생리적 우위에서부터 확정된다. 강줄기나 도로를 확정하듯 어머니의 유일무이한 지위를 확정하는 것이다. 그래서 어머니라는 단어는 양육을 의미하고 희생을 의미하며 끝없는 사랑과 무한한 베풂을 의미한다. 그리고 이 모든 것은 우리가 자궁에 있을 때 이미 시작된다.

그들이 《환락》을 거부했던 이유는 상당 부분 《환락》 속 어머니의 이미지가 지나치게 진실해, 생활 속 어머니와 가깝고 허구 속 어머니와 멀었기 때문이다. 여기에서 생활 속 어머니의 추함은 받아들일 수 있지만 허구 속 어머니는 반드시 자랑스러운 존재여야 한다는 그들의 아름다운 소망이 드러난다. 그들이 원한 것은 진실이 아니라 소망이었다. 그들이 보고 싶었던 것도 자신의 어머니가 아니라 집단에 속하는 어머니였다. 그 어머니는 어떤 형태든 상관없지만 반드시 아름다워야 했다. 반면 《환락》 속 치원둥의 어머니는 자주색 뱃가죽과 활 같은 늑골, 갈라진 입을 가진 어머니였다.

중국어에서 '어머니'를 대신하거나 능가할 수 있는 다른 단어는 거의 찾아볼 수 없을 정도로 어머니라는 글자는 최고의 경지를 의미한다. 아마 이렇게 까마득히 높아서 어머니라는 단어는 갈수록 추상적인 의미를 갖게 되었을 것이다. 어머니는 국가와 민족, 유명한 강물의 대명사, 심지어 정당의 대명사로 자주 사용된다. 그리고 이 단어가 자신의 본분을 발휘해 자녀에게 어머니의 손을 뻗고 어머니의 시선을 보내고 어머니의 음성을 드러낼 때는 묵직한 도덕성을 갖춰 무조건적인 사랑이 되어야 한다. 자기 자신은 생각조차 할 수 없다. 이때 얻을 수 있는 보상이라고는 구어화口語化된 '엄마'에 불과하다. 이 외에 또 무엇이 있겠는가? 현실에서는 자녀로부터 더 많은 보상을 받을 수 있겠지만, 언어의 가장 고상한 모범으로서 어머니라는 말은 사심이나 잡념이 섞이지 않는 것뿐이다.

바로 이런 이유에서 사람들은 어머니를 노래한다. 어머니에게 사랑을 듬뿍 받은 사람은 물론 버림받은 사람까지 어머니를 노래한다. 여기에서 그들이 노래하는 어머니가 상당 부분 허구 속 어머니와 같다는 점에 주목해야 한다. 사실 현실보다 노래 자체가 가진 서정성과 이상적 색채가 이미 노래하는 사람의 심리를 결정해버려서, 어머니를 노래할 때 사람들은 다시 한 번 어머니의 양육과 사랑을 체험하게 된다. 설령 노래하는 사람이 지어냈을지라도 그렇게 만들어진 사랑은 종종 현실에서 받은 사랑보다 더 감동적이다. 그래서 어머니를 노래하는 것은 사람들 공통의 소망일 뿐만 아니라 자기의 선함을 드러내는 최고의 시간이기도 하다.

이제 《환락》으로 되돌아가서, 그들은 《환락》이 어머니의 이미지를 모독해서 거부감이 들었다고 여겼지만 사실은 서술 방식을 받아들일 수 없어서였다. 그들이 보기에는 《환락》의 서술자가 선악이 한데 뒤섞인 서술 방식을 선택한 것만으로도 이미 독서의 규칙을 위반하고 있었다. 그런데 거기서 한층 더 나아가 《환락》은 천륜을 저버린 서술까지 선택했던 것이다.

그래서 우리는 서술적으로 놀라운 힘을 가진 모옌의 이 작품이 어떻게 어머니를 묘사하는지 다시 살펴봐야 한다.

어머니의 아들로서,《환락》서술의 집행자로서 치원둥이 세상에 작별을 고할 때 그의 시선은 이미 시간을 끊어내고 있다. 시간이《환락》속에서 산산이 부서지고 나면 다시 파편들이 하나하나의 사실을 정리해낸다. 마치 갑작스럽게 내리는 폭설이 눈앞에서 휘몰아치는 듯하다.

언어의 변주가 풍부하고 사실들이 정신없이 펼쳐지기 때문에《환락》은 7만 자도 안 되는 허구 소설임에도 대지처럼 광활하게 느껴진다. 그리고 이 모든 것은 임종을 앞둔 두 눈에서, 짧은 길 위에서 펼쳐진다. 치원둥은 스스로를 파멸시킬 때 일생을 새로 시작하듯 과거를 회상한다. 다시 머리로 밀며 어머니의 가장 평탄하고 가장 구불구불하며 가장 고통스럽고 가장 즐거운, 길고도 짧은 길을 지나가듯 말이다.

죽음을 앞둔 치원둥의 눈에 어머니는 왜소하고 약할 뿐만 아니라 추하기까지 하다. 열정과 사랑으로 충만한 그 단락에는 때가 꼬질꼬질한 배꼽과 활처럼 휜 늑골, 갈라진 입술이 나온다.

이런 어머니는 생존 능력을 잃었다고 말해야 하지만 치원 둥은 이런 어머니에게서만 유일하게 보호를 받는다.

치원둥이라는 청년은 건장하지는 않아도 건강한 편이지만 이런 어머니의 보호 속에 있다. 여기에서 모옌은 강한 목소리로 연약한 힘을 이야기한다. 이것이 바로 현실을 바라보는 모옌의 뛰어난 통찰력이고 탁월한 서술 능력이다.

왜 고개를 들어야만 하늘을 볼 수 있단 말인가? 고개를 숙인 채로도 상상을 통해서든 다른 은밀한 방식을 통해서든 하늘을 볼 수 있다. 남다른 방식으로 볼 뿐이다. 그리고 코피를 흘릴 때에야 어쩔 수 없이 고개를 젖혀 하늘을 보는 사람들도 매우 많다.

《환락》에서 모옌이 그리는 어머니는 쇠락한 어머니이다. 누구나 언젠가는 자기 어머니의 쇠락을 직접 마주하게 된다. 그렇게 강력하고 젊으며 힘 있고 가슴에서 마르지 않는 젖을 내주던 어머니는 천천히 쇠락해가고 가슴도 바람 빠진 낡은 고무공처럼 쪼그라든다. 한때 우리를 보호해주던 어머니는 우리의 보호를 필요로 한다. 차가 끊임없이 밀려드는 도로를 건널 때도 더 이상은 우리 손을 잡아주지 못해 우리가 어머니의 손을 잡아주어야 한다.

모옌은 이처럼 슬픈 사실, 무너져가는 이미지를 보여주지만 이때의 어머니는 가장 강력하다고도 할 수 있다. 영국의 어느 여성 작가가 "시간과 고난은 젊은 여자를 길들이지만 나이 든 부인은 어떤 힘으로도 제어할 수 없다"라고 말한 것처럼 말이다.

따라서 《환락》에서 모옌이 어머니의 전반적인 쇠락을 노래할 때 사실은 어머니의 전반적인 영광을 노래한다고 봐야 한다. 지난날의 영광을 직접 노래하지 않은 것은 자신의 노래에서 어머니를 과시하기 싫었기 때문이다. 그가 노래하는 어머니는 진실한 어머니, 시간과 고난으로는 더 이상 길들일 수 없는 어머니, 산천이 모두 무너져내린 어머니이다.

이러한 어머니이기 때문에 우리는 비로소 복잡한 감정에 빠지고 동정과 연민을 느끼며 자신의 사랑을 무궁무진하게 쏠을 수 있다.

그 벼룩은 어머니의 자주색 뱃가죽에서 등장해 활처럼 흰 능골을 기어오르고 마지막에는 어머니의 질로 들어간다. 이 때 벼룩은 현실 속 벼룩이 아니라 서술 속 느낌표, 혹은 노래 속 음표이다. 녀석은 계속 앞으로 나아가면서 어머니의 모든 것, 어머니의 과거와 현재, 미래를 보여준다. 그래서 녀석이 마지막으로 어머니의 질로 들어갈 때 치원둥은 자기 생명의 시작을 찾아낸다.

그럼에도 불구하고 많은 사람이 벼룩을 용납하지 못해 벼룩을 비난하고 모옌을 비난했다. 벼룩은 벼룩 자체의 재수 없는 운명 때문에 비난하고 모옌은 벼룩을 선택했기 때문에 비난했다.

모옌은 왜 굳이 벼룩을 선택했을까? 이 문제 앞에는《환락》의 서술이 왜 모옌을 선택했는가라는 또 다른 문제가 있다고 봐야 한다.

벼룩이 열정의 산물이라는 것은 의심의 여지가 없다. 그렇다면 서술의 기반이 되는 어머니는 어떤 어머니인가? 모두

들 알다시피 자주색 뱃가죽, 앙상한 목과 갈라진 입술을 가진 어머니이니, 그런 어머니의 몸에서는 벼룩일 수밖에 없다. 어머니의 자주색 뱃가죽에서 보석이 움직인다면 어이없지 않겠는가.

그러므로 벼룩은 모옌의 부름에서 온 게 아니라 서술 속 어머니의 부름, 완전히 쇠락한 어머니의 부름에서 나왔다. 무너진 집에 반짝거리는 가구가 어울리지 않듯, 쇠락한 어머니에게 벼룩 외에 또 무엇이 어울리겠는가?

하지만 그들은 그렇게 생각하지 않았다. 모옌이 어머니 질로 벼룩을 들여보낸 것을 어머니에 대한 모독이라고 여겼다. 이 간단한 말에서 우리는 언어폭력을 볼 수 있다. 이 말 자체에서는 불합리한 논리를 찾아볼 수 없지만, 문제는 이 말이 《환락》 전체의 서술에서 벗어난다는 데에 있다. 특정 부분만 독립시킨 뒤 거칠게 모독죄를 모옌에게 씌운 것이다.

어떤 소녀가 아름다운 눈으로 우리를 바라본다면 우리는 그녀의 눈망울에 감동하겠지만, 그녀의 눈을 파내 다시 보라고 하면 오줌을 지릴 정도로 놀랄 것이다.

그들은 소녀의 눈동자를 파내는 것처럼 그 단락을《환락》의 서술에서 파냈다. 경험 있는 독자라면 서술의 완정성完整性이 파괴되면 안 된다는 이치를 이해할 것이다. 햇빛을 받아 파랗게 빛나는 풀밭을 똑같이 서술하더라도 새가 지저귀고 꽃이 만발한 봄날의 풀밭과, 재난으로 폐허가 된 뒤 다시 푸르러진 풀밭에서 우리가 받는 느낌은 완전히 다를 수밖에 없다.

《환락》의 상황은 무엇이 전형적인 이미지인지, 전형적인 이미지가 뒤쪽의 서술에 어떤 영향을 미치는지를 생각해보게 만든다.

눈을 감고 그동안 읽었던 모든 작품을 떠올려보자. 시대와 장소, 시간이 각기 다른 작품들이 동시에 우리 기억 속에서 떠오를 때, 작품 고유의 서술은 어느새 갈가리 찢겨나가고 우리 뇌리에는 늘 재미있는 대화나 뛰어난 묘사만이 남는다. 그리고 그것들은 인물의 이미지와 관련되기 때문에 우리는 한 사람 한 사람의 인물을 오래도록 기억한다. 우리는 그들의 언행을 기억할 뿐만 아니라 그들의 외모, 사생활까지 기억한다.

그런 이유로 인물의 이미지는 고전이 된다. 의심할 여지 없이 이는 과거에 쌓은 문학의 영광이자 오래도록 세대를 거듭하며 독자들 곁을 지켜온 친구로서 작용한다. 다만 이러한 고전적 이미지가 대변하는 것은 문학의 과거이지 현재가 아니며 문학의 미래는 더더욱 아니다.

하지만 많은 사람들은 오늘날의 작가에게 발자크나 카프카 혹은 조설근이나 루쉰처럼 글을 써야 한다고 요구한다. 문제는 바로 여기에 있다. 오늘날의 창작이 왜 과거의 창작에 묻혀야 한단 말인가?

사람들은 고리오 영감이 너무 적고 그레고리 잠자가 너무 적으며 가보옥과 아Q도 너무 적다고 느껴서 그런 고전적 이미지가 후대의 작가에서도 끊임없이 번식되기를 바란다.

여기에서 우리는 고전적 이미지가 무엇을 대변하는지를, 다름 아니라 수많은 사람들 공통의 이익과 공통의 소망을 대변한다는 사실을 알 수 있다. 또한 고전적 이미지는 지속적인 추상화를 거쳐 서술의 준칙과 법칙이 된다. 그래서 문학 작품을 읽을 때 이미지에 대한 관심이 살아 있는 인간에 대한 관심보다 훨씬 커진다. 패션쇼장에서 걸어 다니는 사람이 아니라 의상에 관심을 두듯 말이다.

여기에서 주목해야 할 현상이 하나 있다. 허구의 작품은 부단히 창작되는 동시에 자체적인 규칙과 진리를 확립하고, 이는 독자들이 작품을 용납할 수 있는지 검증하는 중요한 표준이 된다. 이러한 규칙과 진리는 서술을 능가해, 서술자 내면의 소리에 귀 기울이지 않고 서술 자체의 발전에도 관심을 두지 않는다. 그것들은 기준을 제공하며 특정한 잣대나 컴퍼스가 된다. 그래서 모든 서술은 그것들이 허용하는 범위에서만 움직여야지, 그것들이 규정한 한계를 넘어서면 모독으로 간주된다. 그것들이 비난할 수 있는 어휘라야 모독이 전부이지만.

따라서 사람들이 《환락》에서 찾은 것은 내 어머니가 아니라 우리 공통의 어머니였다.

1995년 4월 11일

문학과 문학사

　　그날 나치 친위대는 폴란드의 드로호비츠 거리에서 무방비 상태의 유대인을 무차별 사격해 150명을 피바다 속으로 쓰러뜨렸다. 그 피비린내 나는 시대에 독일 나치가 벌였던 치밀한 계획이나 충동적 행동의 한 예로, 무고한 사람들의 선혈이 유럽의 무수한 거리를 빨갛게 물들일 때 폴란드의 드로호비츠도 예외가 되지 못했다. 희생자들의 이름은 그들 지인의 기억과 그들이 한때 살았던 도시에 쓸쓸하게 새겨졌다. 그런데 그들 중 한 사람의 이름이 유난히 도드라졌다. 프랑스, 독일 및 여러 지역을 다녔고 1992년에는 중국의 제3기 〈외국문예外國文藝〉에까지 등장한 그 사람의 이름은 브

루노 슐츠이다. 중학교 미술교사였던 그는 1942년 11월 19
일에 사망했다.

　꽤 괜찮은 화가여서인지 브루노 슐츠는 그의 그림을 좋아
한 게슈타포 군관의 보호를 받기도 했다. 소설도 써서 얇은
단편소설집 두 권과 중편소설 한 권을 남겼고 카프카의《심
판》을 번역했다. 슐츠의 작품은 이따금씩 카프카와 비슷해
보인다. 두 사람의 서술 모두 암흑 속의 촛불처럼 일촉즉발
의 긴장감을 드러내는 것이다. 아울러 그들은 오스트리아·
헝가리제국의 유대인으로, 카프카는 프라하 출신이고 브루
노 슐츠는 폴란드의 드로호비츠 출신이다. 유대민족은 말로
표현하기 힘든, 자신들끼리만 통하는 품성을 지니고 있다.
또 다른 유대인 작가 아이작 싱어도 브루노 슐츠에게 카프카
와 비슷한 면이 있다고 인정하는 동시에 마르셀 프루스트와
닮기도 했다면서 "그들이 도달하지 못한 깊이까지 성공적으
로 도달하곤 했다"라고 언급했다.

　브루노 슐츠는 카프카의 작품을 꼼꼼하게 읽은 다음 독일
어로 된《심판》을 폴란드어로 번역했을 것이다. 그러니 그

는 카프카의 최초 독자들 중 한 사람이 분명하다. 카프카보다 아홉 살 어린 이 작가는 단숨에 거울 속에서 자신을 발견하고 다른 사람의 심장이 자기 몸에서 뛰기 시작했다고 느꼈을 가능성이 크다. 영혼의 연결은 한 사람의 작품이 다른 사람의 창작을 촉진하도록 이끌 수 있다. 다만 어떤 작가도 다른 작가에게서 문학적 수확 외에 무언가를 얻을 수는 없다. 카프카의 존재가 받쳐주고 20세기 가장 매력적인 작품 가운데 하나를 쓰고도, 브루노 슐츠는 작품 수가 적어서 합당한 명성을 얻지 못했다. 사실 카프카의 작품은 근 한 세기 동안 독자를 뒤흔들면서도 눈물을 자아내지 못했지만, 브루노 슐츠는 방울방울 천천히 스며들면서 두 가지를 모두 이루었다. 아이작 싱어가 때때로 슐츠는 프루스트와 비슷하다고 했던 이유도 여기에 있을 것이다. 슐츠의 작품에는 놀랍도록 아이 같은 부드러움이 들어 있다. 또한 그의 부드러움은 시멘트 속에 숨은 채 비밀스럽게 가지와 잎이 무성해지도록 지원하는 거목의 뿌리와 비슷하다.

견고하고 강력한 카프카의 스타일과 달리 브루노 슐츠의

서술은 오래된 식탁보처럼 부드럽다. 혹은 시에서 비롯된 유연한 품성이 깔려 있다고 말할 수 있겠다. 그는 부단히 확장될 수 있는 이미지, 심지어 가늠하기 힘든 이미지까지 잘 포착할 수 있었다. 이 방면으로는 T. S. 엘리엇과 더 비슷할 정도이다. 특히 도시를 훑는 챕터들을 보면 브루노 슐츠는 자신보다 네 살 많은 이 시인처럼 질병과도 같은 열정을 억누르지 못한다.

그래서 그의 비유는 늘 불안감을 유발한다. "칠흑의 대성당, 늑골 같은 서까래와 들보, 도리로 가득한 새까만 겨울바람의 폐." "한낮은 추위와 지루함으로 해묵은 빵처럼 딱딱하다." "달은 수천의 깃털 같은 구름을 뚫고 허공에서 은빛 비늘처럼 나타났다." "그녀의 반짝이는 검은 눈동자에서 갑자기 톱니 모양의 바퀴벌레 같은 표정이 드러났다." "겨울의 가장 짧고 잠이 쏟아지는 낮의 시작과 끝은 복슬복슬한 털이……."

'칠흑의 대성당'은 밤하늘을 암시하는 서술이다. 광활한 풍경과 기후는 브루노 슐츠에게서 물화物化의 과정을 거쳐 급

격히 쪼그라든 뒤 실존하는 늑골과 빵이 되고 만질 수 있는 털이 된다. 브루노 슐츠에게는 손에 잡히지 않을 만큼 멀리 있는 사물이란 존재하지 않는 것 같다. 전부 눈앞에 있다는 듯 직설적인 친밀감을 부여해, 차가운 겨울을 '해묵은 빵'으로 만들고 밤하늘을 '칠흑의 대성당'으로 만든다. 그런 친밀감이 두려움을 일으킬 때가 훨씬 더 많아도 그는 끝까지 그 불안의 방식으로 독자를 끌어들이고 심신의 모든 불안감을 소환한다. 그래서 그의 작품을 읽는 것은 어두운 꿈속으로 들어가 악몽을 줄줄이 겪은 뒤 결국에는 가위눌림에까지 도달함을 의미한다.

브루노 슐츠가 공포박물관을 만들어놓은 듯해서 독자들은 각별히 조심하며 그 변형된 전시실로 발을 들여놓는다. 하지만 일단 브루노 슐츠의 서술 깊숙이 들어가면 사람들은 서술 속 부드러움과 인물을 향한 따뜻한 감정을 발견하게 된다. 그때에야 비로소 진정한 브루노 슐츠를 만나는 것이다. 그리고 그때서야 사람들은 브루노 슐츠의 공포란 매표소의 경고일 뿐이며 그의 불안한 묘사는 서술의 서곡과 전주, 혹은 서술 사이의 틈을 메우는 일종의 연결 방식에 불과하다는 것을 알게 된다.

그가 우리에게 선보이는 '아버지'는 각각의 챕터에서 사람, 바퀴벌레, 게, 전갈같이 다양한 이미지로 등장한다. 이는 확실히 불행과 비애, 실패, 절망에 응축된 '아버지'이지만 브루노 슐츠의 상상 속 '아버지'는 은밀하게 사적인 행복을 즐기는 듯하다. "아버지는 아궁이를 하나씩 닫은 뒤 영영 이해할 수 없는 불의 본질을 연구하면서 겨울날 화염의 소금기와 금속의 맛, 연기 냄새를 느끼고, 연통 출구에서 반짝거리는 연기를 핥고 있는 샐러맨더의 서늘한 촉감을 느꼈다."

이것은 〈새〉의 한 단락이다. 여기에서 아버지는 스스로를 현실적인 일에서 분리시킨 뒤 기괴한 표정을 지으며 사람들에게서 멀어지려는 소망을 드러낸다. 그는 늘 사다리 꼭대기에 올라가 하늘과 나뭇잎, 새를 그려놓은 천장에 기대앉는다. 새처럼 내려다보는 위치에서 더할 나위 없는 기쁨을 느끼기 때문이다. 그의 아내는 그 기괴한 행동에 속수무책이고 아이들은 아직 어려서 아버지의 행동을 무척 좋아한다. 하녀인 아델라만 그를 말릴 수 있다. 아델라가 간지럼을 태우는 시늉만 하면 그는 어쩔 줄 몰라 하며 방마다 뛰어다니면서 쾅쾅 방문을 차례차례 닫은 뒤, 가장 끝 방의 침대에 누워 "그 참을 수 없는 간지럼을 상상하며 경련 같은 폭소와 함께 데굴데굴 구른다."

그런 다음 아버지는 동물에 강한 흥미를 드러낸다. 함부르크, 네덜란드, 아프리카의 동물연구소에서 온갖 새알을 들여와 벨기에산 암탉에게 품게 한다. 기묘한 새끼들이 하나씩 태어나자 그의 방은 온갖 색으로 가득 찬다. 녀석들은 신기하게 생겼지만 품종을 알아맞히기는 어렵다. 전부 부리가 크고 하나같이 각막이 뿌연 상태로 태어난다. 눈이 보이지 않는 새끼들은 빠르게 성장해 방 안을 짹짹거리는 환호의 노랫소리로 채운다. 모이를 줄 때면 녀석들은 바닥에서 오색찬란하고 높낮이가 다른 카펫을 형성한다. 그중 아버지의 형처럼 생긴 대머리독수리는 늘 백내장으로 뿌연 눈을 뜬 채 엄숙하면서 쓸쓸하게 아버지 맞은편에 앉는다. 수분을 제거한 뒤 압축한 아버지의 미라 같은 녀석은 기묘하게도 아버지의 요

강을 쓴다.

아버지의 사업은 계속 번창한다. 아버지가 새를 교배시키면서 희한한 신품종이 갈수록 더 희한해지고 갈수록 많아진다. 이때 아델라가 온다. 그녀만이 아버지의 사업을 끝낼 수 있다. 아델라는 아버지와 인간세상의 유일한 연결선이자 아버지 마음속의 유일한 공포이다. 화가 잔뜩 난 아델라는 빗자루를 휘두르며 아버지의 왕국을 청소하고 새를 모조리 창문 밖으로 쫓아낸다. "잠시 후 아버지가 내려왔다. 절망에 빠진 사람, 왕위와 왕국을 잃어버리고 추방된 왕이었다."

브루노 슐츠는 서술을 위해 아이의 시선이라는 순결한 평계를 활용한다. 그리고 화자는 아버지의 아들이기 때문에 제삼자나 어른이 가질 수 없는 이해심과 동정심을 갖는다. 아이의 천진함이 서술 속에 숨어 있어서 브루노 슐츠의 연민이 피어오르고 이후의 서술이 따뜻해지는 것이다. 그러다 〈바퀴벌레〉에 오면 화자인 아이는 많이 자라서인지 회상 톤의 어조를 쓰고 소박하면서 붙임성 있게 변해 있다. 아버지는 이미 신비하게 자취를 감춘 뒤이고 새의 왕국도 전화교환원 아가씨가 세를 얻어 살고 있다. 지난날의 화려함은 하나의 표본, 거실 선반에 서 있는 대머리독수리의 박제로만 남았을 뿐이다. 눈은 이미 떨어져 나갔고 눈구멍에서 톱밥이 떨어지며 깃털도 거의 좀이 슬었지만 녀석은 여전히 엄숙하고 쓸쓸한 승려 같은 표정을 짓고 있다. 소설의 화자는 대머리독수리의 박제를 아버지라고 믿고, 화자의 어머니는 남편이 바퀴벌레가 들어왔을 때 사라졌다고 믿는다. 그들은 당시의 상황을 함께 떠올려본다. 바퀴벌레가 밤을 새까맣게 채우며 거미처럼 방으로 기어오자 아버지는 쉴 새 없이 공포의 비명을 지르면서 "표창을 들고 이 의자에서 저 의자로 뛰어다녔다." 그러다 바퀴벌레 하나를 찔렀다. 이후 아버지는 행동 방식이 변하고 바퀴벌레 비늘 같은 검은 점이 자기 몸에 생기는 것을 우울하게 바라보았다. 그는 바퀴벌레에 사로잡히는 자신을 저지하려고 애를 썼지만 번번이 실패하고 얼마 지나지 않아서는 막을 도리가 없어졌다. "아버지와 바퀴벌레의 유사성이 하루하루 분명해졌다. 그는 바퀴벌레로 변하는 중이었다." 이어서 아버지는 몇 주일씩 사라져 바퀴벌레로 살

왔다. 그가 마루 밑 틈새에서 사는지 아닌지 누구도 알 수 없는 상태였고 나중에는 아예 돌아오지 않았다. 아델라는 매일 아침 죽은 바퀴벌레들을 쓸어내고는 치를 떨며 태웠다. 아버지도 그중 한 마리였을지 몰랐다. 화자는 어머니가 한 번도 아버지를 사랑한 적이 없다고 느껴서 살짝 어머니를 증오하기 시작한다. "아버지는 어떤 여자의 마음에도 뿌리를 내리지 못했으니 어떤 현실과도 일치를 이룰 수 없었다." 그래서 아버지는 영원히 표류하다가 삶과 현실을 잃을 수밖에 없었고 "심지어 성실한 평민답게 돌아가시지도 못했다." 그는 죽음조차 잃어버렸다.

브루노 슐츠는 비극을 철저하게 바닥까지 몰아간다. 그의 유연한 서술 덕분에 아버지는 계속 돌아오지만 늘 지난 죽음보다 훨씬 비참한 상태로 돌아온다. 〈아버지의 마지막 탈출〉에서는 게나 전갈이 된다. 아내는 계단에서 그를 발견한 뒤 모습이 달라졌음에도 한눈에 알아보고 아들도 맞다고 인정한다. 다시 집으로 돌아온 아버지는 게나 전갈의 습성대로 살아가기 때문에 사람이었을 때의 음식은 알아보지 못해도,

식사 때는 과거의 신분을 회복해 식당으로 들어와서는 "완전히 상징적 참여일 뿐이지만" 식탁 밑을 꼼짝하지 않고 지킨다. 이때 그의 집은 상황이 완전히 달라져 있다. 아델라가 떠난 뒤 하녀는 오래된 편지와 영수증으로 하얀 소스를 만드는 끔찍한 게니아로 바뀌었고, 아이의 외삼촌인 카롤마저 그의 집에서 지내고 있다. 카롤 삼촌은 늘 아버지를 밟지 못해 안달한다. 아버지는 카롤 삼촌에게 발길질을 당한 뒤 "보기 흉하게 떨어졌던 기억을 잊어버리려는 듯, 두 배의 속도로 번개처럼 지그재그 달아나기 시작했다."

이어서 브루노 슐츠는 어머니가 정확히 게를 대하는 태도로 아버지를 대하도록 만들어, 삶아서 크고 부푼 게를 접시에 담아 오도록 한다. 이는 믿기 힘든 행동이다. 앞에서 이미 억눌린 불안을 묘사하고 카롤 삼촌 외에 다른 가족은 전부 게에게서 눈길을 피하는 듯하지만, 그것이 아버지라는 사실만큼은 그들 마음에서 확고했는데 어느 날 갑자기 어머니가 삶아버린 것이다. 사실 브루노 슐츠는 카롤이 게를 삶도록 만들 수도 있었다. 확실히 그럴 만하지만 카롤은 게가 접시에 담겨 온 뒤 혼자서 포크를 들 뿐이다. 브루노 슐츠가 어머니를 선택한 것은 어려운 선택인 동시에 우수한 작가라면 당연한 선택이다. 카롤이 게를 삶을 경우 이유가 너무나 확실해서 그저 단조롭게 이미 확보된 서술의 합리성을 이어갈 뿐이지만 어머니는 완전히 다르다. 그녀의 행동은 상상하지 못했던 일이라 예측하기 힘든 풍부한 질감을 그려낼 수 있다. 뛰어난 작가들은 이런 방식에 정통해, 합리적인 서술을 끊임없이 파괴한 뒤 그 폐허 위에서 서술의 논리를 재건한다.

여기에서 브루노 슐츠는 도약의 방식으로 난관을 넘어간다. 사후에 돌아보는 어조로 서술을 이어나가, 화자가 어머니에게 묻고 "어머니는 울면서 두 손을 비틀었지만 대답할 말을 찾지 못했다"라고 적는다. 이후 화자는 스스로 답을 찾는다. "운명이 일단 이해할 수 없는 괴상한 생각을 우리에게 강요하겠다고 마음먹으면 무슨 수를 써서라도 농간을 부린다. 일시적 혼란, 순간적 소홀함 혹은 경솔함……" 솔직히 이것 역시 많은 작가들이 즐겨 사용하는 기교이다. 등장해서는 안 될 것 같은 사실을 아무 전제도 없이 별안간 출현시킨 뒤 서술로 그 합리성을 보충한다. 말할 필요도 없이, 사실을 밝힌 다음 해설하는 방식이 사실을 차근차근 구성하는 것보다 훨씬 탄력적이고 기교적이다.

카롤 삼촌이 들고 있던 포크를 내려놓자 누구도 게를 건드리지 않고, 어머니는 접시를 거실로 가져가 보라색 공단으로 덮어놓으라고 시킨다. 여기에서 브루노 슐츠는 세부 묘사로 들어갈 때의 비범한 통찰력을 다시 한 번 드러낸다. 몇 주 뒤 아버지는 달아난다. "우리는 접시가 비어 있는 것을 발견했다. 접시 가장자리에 다리 하나가 가로놓여 있고……." 브루노 슐츠는 아버지가 달아날 때 다리가 툭툭 계속해서 바닥에 떨어지는 모습을 가슴 아프게 묘사한 뒤 마지막에 이렇게 적는다. "아버지는 남은 기력을 모아 어딘가로 지친 몸을 끌고 가서는 집 없는 방랑생활을 시작했다. 그때 이후 우리는 더 이상 아버지를 보지 못했다."

브루노 슐츠는 카프카와 마찬가지로 자신의 글쓰기를 거의 제약 없는 자유 속에 내버려둔다. 끊임없이 확장하는 상상력 속에서 자신의 방과 거리, 강과 인물을 구성해 서술을 영원히 현실보다 크게 만든다. 그들의 펜 아래에서 풍경은 언제나 시선이 닿는 곳을 넘어 그들 내면의 길이만큼 길어지고, 인물의 운명은 기억처럼 유구해지며 생사는 가늠할 수 없어진다. 그들의 작품은 공간을 잃은 그들 민족처럼 시간의 강을 따라 흘러갈 수밖에 없다. 그렇기 때문에 우리는 풍부한 역사를 읽으면서도 명확한 지점은 찾을 수 없다.

창작 동기에서도 브루노 슐츠와 카프카는 비슷한 부분이 있다. 두 사람 모두 출판사나 잡지를 위해서 글을 쓰지 않았다는 점이다. 브루노 슐츠의 작품은 처음에는 전부 편지, 데보라 보겔에게 부친 편지에 발표되었다. 시인이자 철학박사인 데보라 보겔은 흥분해 편지를 읽으면서 격한 찬사와 진심 어린 격려를 슐츠에게 보냈다. 브루노 슐츠가 마침내 독자를 찾았던 셈이다. 나중에 정식으로 작품을 출판한 뒤에도 슐츠는 문학 트렌드나 평론가의 요구가 너무 기이하다고 느끼며 진정한 독자는 사실 한 명뿐이라고 생각했다. 브루노 슐츠에게 데보라 보겔은 어떤 의미에서 카프카의 막스 브로트와 같았다. 데보라 보겔과 막스 브로트는 슐츠와 카프카에게 독자의 상징이었다. 그리고 시간이 흐르면서 상징은 사실이 되었다. 그들은 시간 속에서 끊임없이 성장하고 각자의 방식으로 변화해, 데보라 보겔은 한 그루의 나무에서 숲이 되고 막스 브로트는 삼림이 되었다.

브루노 슐츠는 카프카와 마찬가지로 20세기의 가장 훌륭한 작품을 썼지만 20세기에서 가장 중요한 작가는 될 수 없었고, 그의 데보라 보겔도 삼림이 되지 못했다. 그건 브루노 슐츠가 카프카로부터 영감을 받았기 때문이 아니다. 설령 카프카 이후라는 신분이라도 그가 가져야 하는 지위를 약화시킬 수는 없다. 어떤 작가이든 그 앞에는 다른 작가가 있기 때문이다. 보르헤스는 카프카의 선구자로 너새니얼 호손을 꼽으면서 단순히 너새니얼 호손 한 사람만이 아니라고 여겼을 뿐만 아니라, 문학의 빚은 상호적이라 카프카의 뛰어난 창작 덕분에 사람들이 너새니얼 호손의 《다시 들려준 이야기》의 가치를 발견하게 되었다고 보았다. 똑같은 이치로 브루노 슐츠의 창작도 카프카 정신의 가치와 문학적 권위를 보호한다. 그런데 브루노 슐츠는 누구의 창작으로 보호받을까?

브루노 슐츠의 문학적 운명은 그 양피지 지도 속의 악어 거리와 같다. 〈악어 거리〉라는 작품을 보면 커다란 벽지도에 지명이 다양한 방식으로 표시되어 있다. 그런데 대부분의 지명이 눈에 잘 띄게 장식한 인쇄체인 것과 달리, 몇 개의 거리는 검은 줄로 간단하게 표시된 뒤 아무 장식 없는 글자체로 쓰여 있고 양피지 지도의 중심 지역에는 텅 빈 공백이 있다. 바로 그 공백이 악어 거리이다. 도덕이 사라지고 선악의 구분이 없는 지역이라 도시의 다른 지역 주민들은 그곳을 수치스럽게 생각한다. 그래서 지도는 그런 보편적 시선을 반영해 그곳의 합법적 존재를 취소해버린 듯하다. 악어 거리의 주민들은 자신들이 이미 진정한 대도시처럼 타락했다고 자랑스러워하지만 다른 타락한 대도시들은 그들을 인정하지 않는다.

〈악어 거리〉에 걸린 양피지 지도는 어떤 의미에서 우리의 문학사를 상징한다. 너새니얼 호손이나 프란츠 카프카의 이름은 잘 장식돼 눈부신 이름들 속에 찬란히 새겨져 있는 반면, 그들만큼 뛰어난 작가인 브루노 슐츠의 이름은 간단한 글자체일 뿐만 아니라 언제든 지우개로 지워질 수 있다. 사실 이런 작가는 매우 많다. 그들은 많든 적든 스스로는 물론 문학에도 부끄럽지 않은 작품을 썼다. 하지만 문학사가 원하는 바는 문학의 진정한 역사가 아니라 작가의 역사이기 때문에 상당수의 우수한 작가는 악어 거리에 사는 수밖에 없다. 문학사의 지도는 늘 그들에게 공백을 내줄 뿐이며, 어쩌다 행운을 잡은 몇몇 작가도 장식 없는 간단한 글자체만 얻을 수 있을 뿐이다.

일본의 히구치 이치요가 또 다른 브루노 슐츠라 할 수 있다. 이 하급 무사의 딸은 브루노 슐츠가 폴란드나 유대민족 문학사에서 갖는 위치처럼 일본 문학사에서 한자리를 차지하지만, 그녀의 이름은 종종 작품 수가 많다는 이유만으로 문학사의 조명을 받는 평범한 무리 속에 놓이곤 한다. 사실 히구치 이치요는 의문의 여지 없이 19세기 가장 위대한 여성 작가의 반열에 들 수 있다. 그녀의 〈키 재기〉는 내가 읽어본 가장 우아한 사랑소설이다. 가슴 깊이 파고드는 그녀의 서술은 햇살의 따사로움과 밤의 서늘함을 동시에 가지고 있다.

열일곱 살에 가족의 생계를 책임지게 된 이 여인은 스물네 살에 카프카와 같은 폐병으로 세상을 떠났다. 고작 스무 편 남짓한 단편소설만을 남겼으니, 죽음이 히구치 이치요의 더 많았을 재능과 사람들이 보냈을 더 많은 경의를 빼앗아 간 셈이다. 그리고 그녀가 죽은 뒤 얻은 문학사의 위치는 죽음만큼이나 터무니없어 보인다.

사실 브루노 슐츠의 불행은 문학의 불행이기도 하다. 거의 모든 문학사가 작가를 최고 위치에 두고 문학을 두 번째에 둔다. 극소수의 사람만이 문학이 작가보다 중요하다고 여기는데 대표적으로 폴 발레리를 들 수 있다. 그는 문학의 역사는 정신의 역사여야지, 작가만의 역사여서는 안 되며 작가나 작품의 역사로 쓰여서도 안 된다고 여겼다. 그래서 "이 역사는 작가를 한 명도 거론하지 않아도 완전무결하게 작성될 수 있다"라고 말했다. 하지만 폴 발레리는 시인일 뿐 문학사 편찬자가 아니었다.

어니스트 헤밍웨이는 〈소형 보트〉를 포함한 뛰어난 단편소설 두 편 때문에 스티븐 크레인을 20세기 미국에서 가장 중요한 작가 중 한 명이라고 여겼다. 그는 스티븐 크레인의 다른 작품에는 거의 관심이 없었는데, 사실 헤밍웨이에게는 그 독보적인 단편소설 두 편으로 이미 충분했다. 여기에서 헤밍웨이는 폴 발레리와 비슷한 목소리를 낸다고 할 수 있다. 혹은 그들 모두 문학사에 존재하는 또 다른 사실, 독서의 역사를 언급한다고 말할 수 있다.

실제로 어떤 문학작품이 널리 퍼질 수 있는가의 여부는 일부 중요하지 않거나 심지어 하찮아 보이기까지 하지만 절대 사라지지 않는 인상에 좌우될 때가 많다. 독자에게는 무엇이 기억에 남는가가 중요하지, 무엇을 읽었는가가 중요한 게 아니다. 또한 뇌리에 박히는 것은 몇 마디 기묘한 대화나 강력한 장면, 심지어 절묘한 비유일 가능성이 크다. 이런 것들 때문에 전체 작품을 잊을 수 없게 된다. 따라서 문학의 역사와 독서의 역사는 동상이몽과 같다. 전자는 후자를 창조하지만 후자는 전자의 운명을 좌우한다. 기록 전문가를 제외하고 일반 독자들은 저자의 생애나 작품의 수, 지위에 신경 쓰지 않는다. 각각의 시대에 서로 다른 문학 작품을 선택하면서 독자는 자신만의 문학 경험을 가지게 된다. 폴 발레리의 정신 역사처럼 말이다. 따라서 모든 독자는 자신의 독서사로 자신의 문학사를 편찬한다고 말할 수 있다.

1998년 9월 7일

회상과 회상록

에스파냐 신문 〈라 반과르디아La vanguardia〉는 1998년 3월 23일, 가르시아 마르케스가 회고록《이야기하기 위해 살다》를 권당 4백 페이지짜리 여섯 권 기획으로 집필 중이라고 보도했다.

마르케스는 "내 모든 인생이 소설로 개괄된다는 것을 발견했다. 나는 회고록에서 내 일생이 아니라 소설을 해설하려 한다. 이것이 내 일생의 진정한 길을 설명하기 때문이다"라고 말했다.

〈세계문학世界文學〉 2000년 제6호에《뿌리를 찾는 여행—가르시아 마르케스전El viaje a la semilla》의 일부가 번역돼 실렸다. 지은이는 다소 살디바르라는 콜롬비아인이었다. 그는 이 전기를 작가의 발자취를 따라가며 작품을 해석하는 가장 보편적인 전기 방식으로 작성했다.

가령 가르시아 마르케스의 아버지가 마르케스의 어머니에게 구혼하면서 생각할 시간으로 24시간만 주었을 때를 이렇게 썼다. "하지만 이 시간 동안 루이사는 아무런 대답도 할 수 없었다. 마침 그녀의 외할머니인 프란시스카 시모도세이아 메시아가 복숭아나무 쪽으로 걸어오고 있었기 때문이다." 그녀는 《콜레라 시대의 사랑》 속 에스콜라스티카 다사 고모의 원형이었다. 혹은 소년 마르케스가 2백 페소를 가지고 혼자 보고타로 공부하러 떠날 때를 "가족들이 전부《아무도 대령에게 편지하지 않다》와 《예고된 죽음의 연대기》 속 그 초라한 부두로 배웅을 나왔다. ……그리고 벨기에인 에밀리오는 부분적으로《썩은 잎》의 신비한 프랑스인 채식주의 의사로 바뀌었을 뿐만 아니라 몇 년 뒤에 죽었다가 부활하고, 제레미아 드 생타무르라는 이름은 앤틸리스제도에서 온 난민, 전쟁 부상자, 아동 사진사로《콜레라 시대의 사랑》에 등장한다⋯⋯"라고 적었다. 이런 단락은 전기 곳곳에서 찾아볼 수 있다.

전기 작가들은 자신이 부지런히 작업하면 해당 인물의 진정한 경력을 전체적으로 혹은 부분적으로 환원할 수 있다는 순진한 생각을 가지고 있다. 다소 살디바르 선생이 자료에서 밝혔듯 그는 20년의 노력을 기울여서야 《뿌리를 찾는 여행─가르시아 마르케스전》을 완성할 수 있었다. 이러한 작가들은 종종 자료와 인터뷰 속 기억에 휘둘리고 그 자료와 기억의 진실성 때문에 고민하는데 사실 그건 불필요한 일이다.

환원이란 화학적으로는 확실히 가능하겠지만, 역사와 전기 속에서는 지식인이 만들어낸 허상일 뿐이다. 내 말은 설령 자료와 사진이 빈틈없이 당시의 광경을 재현하더라도, 서면과 구술의 기억이 당시의 디테일을 정말로 묘사하더라도, 어떻게 당시의 감정까지 재현할 수 있느냐는 것이다. 그런 회상 자료를 사용하는 사람이 어떻게 현재의 입장을 버릴 수 있겠는가? 회상 자료가 처했던 시대적 경험을 어떻게 얻을 수 있겠는가? 한마디로 말해서 어떻게 자신의 생각과 감정을 버린 채 전기 인물의 인생 속 특정한 시각의 미세한 감정을 얻을 수 있겠느냐는 뜻이다. 이는 사실상 불가능하다. 어떤 사람이든 특정한 과거 시대를 밝히려 할 때는 그가 처한 시대의 선명한 낙인도 가져가야 한다. 그 본인의 기억도 마찬가지이다.

한편, 평생 중 업적과 연결되는 삶은 그들 생활 속 일부에 불과할 뿐이며 남들에게 알려지지 않은 부분이 훨씬 더 많다. 물론 이것은 별로 중요하지 않다. 내가 보기에 정말 중요한 사실은 전기 속 인물에게 길고도 매우 비밀스러운 인생 또한 존재한다는 점이다. 특히 가르시아 마르케스 같은 사람의 경우, 그의 욕망과 환상은 그의 확실한 인생보다 그의 인생 경험을 훨씬 더 잘 드러낸다. 마르케스 스스로 말한 것처럼 일생이 소설로 개괄되는 것이다. 이는 전기 작가들이 이해하기 힘든 사실로, 마르케스의 허구적 부분은 그의 생활보다 더 중요하고 형언하기 힘든 달콤함을 갖고 있다.

비록 가르시아 마르케스가 자서전에서 자신의 소설과 인생을 다소 살디바르처럼 다루면서 "나는 회고록에서 내 일생이 아니라 내 소설을 해설하려 한다. 이것이 내 일생의 진정한 길을 설명하기 때문이다"라고 말했지만, 마르케스는 살디바르의 단순한 작업과 달리 풍부하고 광활한 작업을 했다. 다시 말해 가르시아 마르케스는 다소 살디바르와 완전히 반대로 했다. 살디바르가《뿌리를 찾는 여행―가르시아 마르케스전》에서 마르케스의 일생을 명료하게 만들려 시도할 때 마르케스는《이야기하기 위해 살다》에서 자신의 일생을 모호하게 만들려 했다.

2001년 2월 10일

음악이 내 글쓰기에 미친 영향

20여 년 전 대략 한두 주 동안 나는 갑자기 작곡에 매료되었다. 아직 중학생으로 일생에서 가장 즐거운 시간을 보내고 있을 때였다. 당시의 나는 수업 시작 종과 종료 종을 도무지 구분하지 못해서 툭하면 수업 종료 종이 울릴 때 교실로 들어가곤 했다. 벌떼처럼 몰려나오는 친구들과 부딪치고 나서야 또 틀렸음을 깨달았다. 그리고 교과서를 돌돌 말아서 주머니 여기저기에 꽂고 다녔다. 시간이 흐르자 교과서는 전부 교과서로서의 형상을 잃고 차*통처럼 둥글게 말려, 바닥으로 떨어지면 데구루루 굴러갔다. 내 또 다른 걸작은 신발이었다. 신발을 전부 슬리퍼로 만들어버린 것이다. 절대 뒤축을 올리지 않고 꾸겨 신고 다녀서 신발에서는 슬리퍼에서만 나는 무심한 소리가 났다. 얼마 뒤 나는 내 나쁜 습관이 남학생들 사이에서 유행으로 번진 것을 발견하고 흐뭇해했다. 친구들 교과서도 전부 둥글게 말리고 신발 뒤축도 푹 주저앉아 있었다.

대략 1974년이나 1975년의 일이다. 문화대혁명이 후반기로 접어들고 삶은 점점 더 깊어지는 억압과 평범함 속에서 아무 변화 없이 흘러가고 있었다. 나는 수학 시간에는 농구를 하러 나가고 화학이나 물리 시간에는 운동장을 한가하고 자유롭게 걸어 다녔다. 하지만 교실에 질려버리고 나자 이번에는 또 내 자유에 시들해지기 시작했다. 무료해서 오만상을 찌푸리고 다녔지만 도무지 어떻게 시간을 보내야 할지 알 수 없었다. 그러다가 음악을 발견했다. 정확히 말하자면 숫자로 된 악보였다. 나는 수학 시간처럼 무료한 음악 시간에서 삶의 즐거움을 얻고 열정을 되찾아 작곡을 시작했다.

그렇다고 음악에 빠졌던 것은 아니다. 음악 시간에 배우는 노래는 이미 십여 년을 들어서 〈동방홍東方紅〉부터 혁명 현대

경극까지 가닥가닥 익숙하지 않은 선율이 없었다. 심지어 그 속의 먼지와 햇살 반짝이는 광경까지 눈에 선했다. 그것들은 나를 매료시키지 못하고 두통만 일으킬 뿐이었다.

그러던 어느 날 나는 갑자기 악보에 사로잡혔다. 안에서 손이 뻗어 나와 내 시선을 꽉 잡아채는 듯했다. 물론 음악 수업을 받을 때였다. 음악 선생님이 칠판 앞에서 풍금을 연주하고 있었다. 그 품위 있는 남자 선생님은 목소리가 매끄러웠지만 아주 높이까지는 올라가지 못해서, 고음 부분에만 이르면 풍금의 높은 음을 아주 크게 연주해 난관을 넘어가곤 했다. 사실 선생님에게 주의를 기울이는 학생은 거의 없었다. 음악 시간도 다른 수업 때처럼 교실이 시장통 비슷했다. 들락날락거리는 애도 있고 의자에 앉지 않거나 칠판을 등진 채 뒷줄 친구와 잡담하는 애들도 많았다. 이런 상황에서 나는 음악이 아니라 악보에 매료당했다.

무슨 이유에서인지 정확히는 모르겠지만, 아무것도 아는 게 없어서가 아니었을까 싶다. 들춰보기만 하면 무슨 말을 하는지 이해할 수 있는 국어나 수학 교과서와 달리 악보는 무슨 일이 벌어지는지 전혀 알 수 없었다. 그저 내게 익숙한 노래들이 일단 인쇄되면 이런 모양이구나, 신기한 모습으로 종이에 누워 있구나, 혼자서 소리의 이야기를 들려주는구나, 라고만 알 수 있었다. 무지는 신비를 구성한 뒤 부름이 되었다. 나는 확실히 깊이 빨려들어 창작욕까지 끌어내기에 이르렀다.

그렇다고 악보를 배울 생각은 전혀 없었기 때문에 나는 곧바로 그것들의 형식으로 나만의 음악 글쓰기를 시작했다. 내 평생에 한 번뿐인 음악 창작이었다. 내 기억으로는 루쉰의 〈광인일기〉를 악보로 작성했다. 일단 루쉰의 작품을 새 공책에 베껴 쓴 뒤 악보 속 각종 부호를 내키는 대로 그 위에 적는 방식으로, 나는 아마도 세상에서 제일 긴 노래를 써 내려갔다. 그리고 그건 아무도 연주할 수 없고 누구도 들을 수 없는 노래였다.

며칠 동안 그 작업에 열정을 쏟은 뒤 국어 교과서의 다른 텍스트도 악보로 만들어보았다. 당시의 최고작은 수학 방정식과 화학 반응식 노래였다. 이후 공책이 가득 찼고 나도 지쳐버렸다. 물론 그때도 역시 악보에 대해서는 아는 게 전혀 없었다. 혼자서 공책 한 권을 다 써가며 음악 작업을 하고 자랑스러워하면서도, 음악적 방향으로는 반걸음도 나가지 못해서 내가 멋대로 적어놓은 악보에서 어떤 소리가 나는지 알 수 없었다. 그저 노래처럼 보이는 것만으로 한껏 만족할 뿐이었다.

얼마 뒤 매끄러운 목청을 가진 그 음악 선생님이 여학생과 성관계를 맺었다는 이유로 구속되면서 음악 수업이 없어졌다. 그 이후 나는 거의 18년 동안 음악에 관심을 두지 않았다. 어쩌다 길거리에 잠시 멈춰 서서 유행가 몇 소절을 듣거나 댄스홀을 지나가다가 안에서 흘러나오는 댄스곡을 들은 게 전부였다.

1983년 나는 두 번째 창작을 시작했다. 물론 그때는 악보를 사용하지 않고 언어를 사용했다. 작가처럼 글을 쓴 뒤 작가처럼 작품을 발표하고 출판하다가 그걸 업으로 삼게 되었다.

또 많은 시간이 흐른 뒤 리장李章이 〈음악애호자音樂愛好者〉에 글을 한 편 써달라고 요청해왔다. 오늘까지 팩스로 넣어달라고 했지만 나는 오늘에서야 책상 앞에 앉았고 이미 네 시간 넘게 앉아 있다. 앞선 두 시간 동안 전화 두 통을 하고 텔레비전을 몇 차례 힐끔거린 뒤 나가서 농구장을 열 바퀴 뛰었다. 그러고 나자 시간이 무척 빠르고 소중하다는 생각과 함께 꼭 써야겠다는 마음이 들었다.

내 글은 아직 끝나지 않았고, 이제부터는 이 글의 제목과 연관시켜 이어가겠다. 나는 늘 삶이 끊임없이 암시를 보낸다고 느낀다. 내가 특정한 방향으로 나아가도록 눈짓을 보내고, 나는 삶에서 별 의견이 없는 사람이라 매번 그 암시를 따라간다. 열다섯 살 때 음악은 악보의 방식으로 나를 미혹했고 서른세 살이 되던 그해에는 정말로 다가왔다.

나는 삶이 내게 음악을 주었다고 생각한다. 처음에는 음향기기를 사라고 요구했다. 1993년 겨울이었다. 어느 날 나는 음향기기가 없다는 것을 깨닫고, 있어야 한다고 느꼈다. 그리고 며칠 뒤 직접 조립한 음향기기를 집으로 들여왔다. 미국 스피커와 영국 앰프, 필립스 CD플레이어, 일본 카세트덱으로 구성된 유엔평화유지군식 음향기기는 그렇게 내 삶으로 들어왔다.

이어서는 CD가 끝도 없이 들어왔다. 고작 반년 만에 나는 거의 4백 장에 이르는 CD를 구매했다. 친구 주웨이朱偉가 CD 구매의 지도교수였다. 그때 주웨이는 〈인민문학人民文學〉을 나와 싼롄三聯서점에서 편찬하는 〈애악愛樂〉잡지로 옮겨, 베이징의 음반 가게는 물론 음반 품질까지 거의 꿰고 있었다. 내가 처음 구매한 스무 장의 CD도 그의 작업이었다. 베이신차오北新橋의 음반 가게에서 그는 판매대를 따라 판본이 다른 CD들을 훑으며 걸어가고 나는 그 뒤를 따라갔다. 판매대에서 쉴 새 없이 CD를 뽑아서 내게 건네는 방식으로 한 바퀴를 돌고 난 뒤 주웨이는 내 손에 있는 CD 무더기를 보면서 물었다. "오늘은 대충 됐지?" 나는 "웬만큼 됐어"라고 말한 뒤 돈을 지불했다.

사실 그렇게 순식간에 내가 음악에 빠지리라고는 전혀 예상하지 못했다. 원래는 그럴듯한 문화 활동의 차원에서 음향기기를 일상에 들여놓은 뒤, 친구들이 구스타프 말러에 대해 이야기할 때 나도 끼어들어 쇼팽에 대해 논하거나 애매한 어휘로라도 카라얀에 대해 몇 마디 말할 수 있게 되기를 바랐을 뿐이다. 하지만 음악은 단숨에 사랑의 힘으로 나를 잡아끌었다. 뜨거운 햇살과 차가운 달빛처럼, 혹은 폭풍우처럼 내 가슴으로 파고들었다. 나는 햇빛과 달빛을 받고 바람과 눈을 맞으며 다가오는 모든 사물을 맞아들여 그것들을 침잠시키고 소화시키는 드넓은 땅처럼 사람의 마음도 활짝 열려 있다는 사실을 다시 한 번 발견할 수 있었다.

내 평화유지군식 음향기기가 처음 맞이한 손님은 글렌 굴드가 연주한 〈영국모음곡〉이었다. 그 뒤는 루빈스타인이 연주한 쇼팽의 〈야상곡〉이었고 이어서는 교향곡이었다. 나는 베토벤, 모차르트, 브람스, 차이콥스키, 하이든, 말러를 들은 뒤 그동안 전혀 알지 못했던 브루크너를 갑자기 발견했다. 카라얀이 지휘한 베를린 필하모니 연주의 〈교향곡 7번〉이었다. 나중에야 그게 주웨이가 베이신차오의 음반 가게에서 건네준 CD 무더기에 있었다는 게 생각났다. 하지만 전혀 모르고 있었다. 결국 브루크너는 갑자기 등장해 서사시 같은 서술 속에서 거대한 현악으로 엄청난 감동을 주었다. 특히 바그녀 튜바를 사용한 제2악장에서 나는 장엄하면서 느린 감정의 힘, 한 시대가 무너져 내리는 소리를 들었다. 브루크너가 이 악장을 쓸 때 바그너가 세상을 떠났다. 나는 당시 브루크너가 어떤 마음이었을지 상상할 수 있었다. 그 시대의 음악이 그랬던 것처럼 바그너를 잃었다는 사실에 만감이 교차했을 것이다.

이어서 나는 벨러 버르토크를 발견하고 풍부한 선율과 매혹적인 리듬을 가진 현악4중주를 만났다. 아름다운 헝가리 민요가 그 현악4중주에서 폴짝 뛰어올랐다가 순식간에 사라지는 반 악절의 방식으로 자신의 사명을 완수하고 있었다. 가장 현대적 선율 속에서 보일 듯 말 듯 드러나는 민요에 나는 깊은 감명을 받았다. 버르토크 뒤에는 올리비에 메시앙을 알았다. 시단西單에 있는 작은 음반 가게에서 나보다 나이가 많지만 우리는 샤오웨이小魏●라 부르는 주인이 안에서 〈투

●　　중국에서는 자기보다 나이 어린 사람을 친근하게 부를 때 '샤오小' 자를 붙인다.

랑갈릴라 교향곡〉을 꺼내다 주며 메시앙이라는 프랑스인이 정말 대단하다고 칭찬했다. 하지만 나는 의혹에 찬 시선으로 그를 바라보다가 구매하지 않고 내려놓았다. 얼마 뒤 다시 샤오웨이의 음반 가게에 갔을 때 그가 안에서 또 메시앙을 꺼내 왔다. 그렇게 해서 나는 〈투랑갈릴라 교향곡〉을 듣고 소유하게 되었다. 파괴와 창조, 죽음과 삶, 그리고 사랑이 한데 어우러진 이 작품에 나는 온몸이 덜덜 떨렸다. 지금까지도 이 작품을 떠올리면 격정적 감정에 휩싸인다. 얼마 뒤 폴란드의 카롤 시마노프스키가 〈슬픔의 성모〉로 다가왔을 때 나는 다시 한 번 감동에 젖어들었다. 가끔은 1905년의 베를린이 보이는 듯했다. 시마노프스키는 다른 세 명의 폴란드인과 세상에서 가장 작은 협회일 '폴란드청년음악협회'를 만들었다. 빈곤과 상심의 이국 타향에서 음악은 벽난로의 불꽃처럼 그들을 따뜻하게 덥혀주었다.

음악의 역사는 끝없는 심연처럼 깊이를 헤아릴 수 없다. 가만히 귀를 기울여야만 그 풍부함을 알 수 있고 경계가 없음을 느낄 수 있다. 또한 누구나 다 아는 유명한 작가와 작품 뒤에도 밤하늘의 별처럼 무수한 선율과 리듬이 우리와의 만남을 기다리고 있다. 그것들은 우리에게 가장 우렁찬 이름 뒤편에 수줍어하고 상심하는 이름들도 있으며 그러한 이름들이 대표하는 음악도 오래도록 지속될 것이라고 알려준다.

그런 다음 음악은 내 글쓰기에 영향을 미치기 시작했다. 더 정확히 말하자면 나는 음악의 서술에 주의를 기울여 버르토크의 방식과 메시앙의 방식을 따져보기 시작했다. 그들의 작품에서 나는 훨씬 직접적으로 예술의 세속성과 현대성을 이해하고, 더 나아가 시간 깊숙이 들어갈 수 있었다. 그렇게 베토벤과 모차르트를 지나고 헨델과 몬테베르디를 거쳐 바흐의 문 앞까지 나아갔다. 그런 다음 바흐에서부터 되돌아오자 버르토크와 메시앙이 지닌 독특한 특성의 역사적 연원을 알 수 있었다. 그것은 사실상 바흐에서부터 시작되었다. 이 바로크 시대의 파이프오르간 대가는 음유시인으로서 궁전과 성당, 시골을 넘나들었기 때문에 그의 내면은 갈수록 삶처럼 광활해졌고 그의 창작은 음악의 깊은 곳, 사실은 과거와 현재, 미래를 향해 나아갔다. 이 예술가가 한 몸에 가지고 있던 세속성과 현대성을 구분하기란 바흐 시대에는 불가능했다. 그리고 2백 년 뒤의 버르토크와 메시앙에서도 그러한 구분은 계속 불가능하다고 여겨졌다. 그런데 후대의 지식인들은 마치 심장외과 의사가 좌심실과 우심실을 구분하고 폐동맥과 대동맥을 구분하며 얼기설기 뒤얽힌 근육을 구분해야만 수술대에서 방향을 잃지 않을 수 있는 것처럼 이것들을 억지로 구분하려 했다. 하지만 음악은 심장이 아니라 마음으로 창조하는 것이며, 설명할 수 없을 만큼 광활한 마음에서 음악이 가진 유래 깊은 사명은 창조, 끊임없는 창조이다. 또한 어떤 사물이 무수한 특성을 가질 때 한 가지 특성이 빠져나가면 다른 특성도 전부 사라지게 된다. 모든 특성이 사실은 하나이기 때문이다. 이것이 바흐가 내게 준 교훈이었다.

나는 멘델스존에게 감사해야 한다. 1829년 베를린에서 펼친 그의 위대한 지휘 덕분에 〈마태오수난곡〉이 응당 받아야 했던 영예를 얻었기 때문이다. 시간이 흘러서도 바흐는 전혀 퇴색하지 않고 바로크 시대의 자랑인 동시에 모든 시대의 자랑으로 여겨지게 되었다. 나는 불행히도 멘델스존의 해석을 못 들어봤지만 틀림없이 최고였으리라 믿는다. 〈마태오수난곡〉은 엘리엇 가디너의 해석으로 처음 들었다. 가디너가 몬테베르디 합창단과 선보인 바흐도 충분히 감동적이었다. 나는 서술의 풍부함이 극에 달하면 더할 나위 없이 단순해진다는 사실을 이해할 수 있었다. 이 위대한 수난곡이 거의 세 시간에 이르지만 한두 곡의 선율로만 구성된 것처럼 말이다. 그 몇 줄의 단순한 선율에서 고요와 찬란함, 고통과 환락이 반복되는 상황은 단편소설 한 편의 구조와 분량만으로 문학 속의 가장 긴 주제를 표현한 것과 비슷했다. 1843년 베를리오즈는 베를린에서 〈마태오수난곡〉을 들은 뒤 이렇게 썼다.

모두들 노래책의 가사를 눈으로 따라 읽느라 홀 안이 쥐 죽은 듯 조용했다. 찬사도 비난도 없고 갈채는 더더욱 없었다. 성당에서 찬송가를 듣는 듯, 조용히 음악을 듣는다기보다 예배에 참석한 듯했다. 사람들은 바흐를 숭배하고 떠받들며 그의 신성함을 조금도 의심하지 않았다.

나는 불행히도 눈으로 노래책 가사를 따라 읽을 수 없었다. 몬테베르디 합창단이 무엇을 부르는지 이해하지 못한 채 그저 선율과 리듬의 확장만 들을 수 있었지만, 그래서 오히려 음악의 서술에 훨씬 집중할 수 있었다. 그런 다음 나는 세상에서 가장 아름다운 서술을 들었다고 믿었다. 그전까지는 이런 서술을 《성경》에서 읽어봤지만 이후에는 바흐의 〈평균율〉과 〈마태오수난곡〉에서도 읽게 되었다. 나는 왜 베를리오즈가 "하느님이 하느님 같은 것처럼 바흐는 바흐 같았다"라고 썼는지 이해할 수 있었다.

그러고 얼마 뒤 나는 또 드미트리 쇼스타코비치의 〈교향곡 7번〉 제1악장에서 서술의 '가벼움'이 지닌 힘을 들었다. 그 유명한 공격적 에피소드는 침략자의 발걸음을 작은북으로 175차례나 반복하며 가슴에 압박을 가해왔다. 음악은 공포와 반항, 절망과 전쟁, 억압과 해방 속에서 점점 더 심해지고 거대해져 위협적으로 느껴졌다. 처음 들었을 때 나는 언제 끝날까, 이 끝없는 힘의 에피소드가 어떻게 끝날까 하는 질문을 스스로에게 끊임없이 던졌다. 그러다 마지막 부분에서 전율에 휩싸였다. 쇼스타코비치는 날카로운 서정적 단조로 그 거대하고 무서운 에피소드를 끝냈다. 짧고 서정적인 현악이 광활함 속으로 가볍게 날려 갈 때 나는 가장 힘 있는 서술을 들었다. 이후 나는 차이콥스키, 브루크너, 브람스의 교향곡 및 다른 많은 교향곡에서도 '가벼움'의 힘에 주의를 기울였다. 정말로 짧은 서정에는 모든 거대한 선율과 격앙된 리듬을 덮을 능력이 있었다. 사실 문학의 서술도 마찬가지이다. 변화무쌍한 문장이나 단락 다음의 짧고 침착한 서술이 훨씬 강력한 전율을 가져올 수 있다.

때때로 열다섯 살 때의 작품, 공책 가득 써 내려갔던 혼란의 악보들이 불현듯 떠오르곤 한다. 언제 잃어버렸는지는 모르겠지만 공책이 사라졌다는 게 가끔씩 서글프기도 하다. 지나온 삶에서 나는 많은 것을 잃어버렸다. 잃는다는 것의 중요성을 모르기 때문이라 앞으로도 비슷할 듯싶다. 그 공책이 아직도 있었다면 언젠가는 연주할 수 있기를 바라지 않았을까. 어떤 소리가 날까? 엉망인 박자와 제멋대로의 음표, 가장 높은 음과 가장 낮은 음의 혼재, 그리고 과도기가 없어 산봉우리가 경사도 없이 협곡으로 직하하는 듯한 구성. 세상에 함께할 이유가 하나도 없는 음절들을 붙여놓았을 테니 연주하면 정말 불안한 소리가 나왔을 게 틀림없다.

1998년 12월 2일

음악의 서술

　　이건 므스티슬라프 로스트로포비치의 첼로와 피터 제르킨의 피아노이다. 선율에서 흐르는 석양빛은 뜨겁지 않고 따스하다. 서술의 명암 사이로 작가의 생각이 가늘게 이어지면서 아득하고 무겁게 느껴진다. 변주마저 집에서 너무 멀어질까 봐 수시로 고개를 돌려 대문을 바라보는 아이처럼 조심스럽다. 음악은 말로 전달하기 힘든 편안함을 드러낸다. 작가의 다른 실내악 작품처럼 자기반성의 느낌이 서정 속에서 보일 듯 말 듯, 흐르는 물의 도약처럼 간간이 눈에 띈다. 여기에서 작가는 너무도 엄숙하고 빈틈 하나 없어서 마치 자신을 질책하는 듯하다. 그의 떨쳐낼 수 없는 여한과 가

책, 슬픔 속에서 생각만이 홀로 금욕주의자처럼 황무지를 걸어가거나 끝없이 펼쳐진 물 사이에서 오랫동안 선 채로 자조하면서 자신의 그림자를 응시하는 것만 같다. 이건 자포자기의 작품이 아니라 자신을 무한히 사랑하는 사람이 스스로에게 실망한 뒤 내뱉는 탄식이다. 이러한 탄식은 흡족함이나 찬미보다 훨씬 사랑으로 충만하고, 낮지만 강력해, 천천히 그의 작품에서 가장 감동적인 특성으로 자리 잡았다.

1862년 요하네스 브람스는 첼로와 피아노를 위한 첫 번째 소나타를 작곡하기 시작해 1865년에 이 E단조의 걸작을 완성하고, 21년 뒤인 1886년에는 F장조의 첼로와 피아노 소나타 2번을 작곡했다. 리스트가 세상을 떠난 해이자 바그너가 작고한 지 3년이 되던 해로, 브람스도 살아온 날보다 남은 날이 훨씬 적은 53세에 들어섰을 때였다. 음악적으로 숙적 관계였던 리스트와 바그너가 연이어 세상을 떠나자 브람스는 마침내 남들이 부추겨대던 분쟁에서 벗어나 여유로운 삶을 즐기는 동시에 혼자만의 영예도 누릴 수 있었다. 그는 존경받는 대가가 되었다. 유럽 도시 곳곳에서 브람스음악제가 열리고 화려한 음악의 전당에 그의 초상화가 모차르트, 베토벤, 슈베르트의 초상화와 나란히 걸렸다. 바그너 추종자들이 새로운 영수領袖로 브루크너를 추대하고 신독일악파가 리하르트 슈트라우스와 구스타프 말러를 배출했지만 브람스에게 브루크너는 '거북한 선교사'이고 그의 방대한 교향곡은 '비단뱀'에 불과했다. 또한 슈트라우스와 말러는 막 발을 내딛은 젊은이일 뿐이라 신독일악파는 브람스에게 진정한 위협이 될 수 없었다. 이 시기 브람스는 자주 길을 나서 자기 작품의 음악회에 참석하고 친구들을 만났다. 나이 많은 이 독신남은 호주머니에 사탕을 잔뜩 넣고 다녔기 때문에 가는 곳마다 아이들의 환대를 받기도 했다. 몇 차례 이탈리아까지 내려갔는데 로시니의 고향을 지날 때면 기차에서 일어나 큰소리로 〈세빌리아의 이발사〉 속 아리아를 불러 로시니에 대한 존경을 표했다. 나폴리 부근의 아름다운 항구 소렌토에 간 브람스와 친구들은 브람스 평생의 지지자인 에두아르트 한슬리크의 오렌지 정원에 앉아 샴페인을 마시며 절벽 아래 나폴리만灣에서 돌고래들이 물장난치는 모습을 감상했다. 그

때 브람스는 젊은 시절과 클라라의 아름다움을 떠올리지 않았을까. 마르크센의 가르침과 슈만의 열정, 요제프 요아힘과 도처를 돌아다니며 연주했던 시간을 회상하고 바로크 시대의 바흐와 헨델을 떠올리고 베토벤의 낭만적 여행, 아버지 생전의 보살핌, 평생 머리가 아팠던 누나와 운 없는 동생을 떠올렸을 수도 있다. 브람스의 동생은 그와 함께 음악을 공부하고 평생 음악에 종사했지만, 평범했기 때문에 브람스의 찬란함에 가려져 빛을 보지 못했다. 그래서 사람들은 그의 동생을 '잘못된 브람스'라고 불렀다. 브람스는 정수리를 맴도는 독수리의 날카로운 발톱처럼 끊임없이 파고드는 회상 덕분에 여생 동안 어떻게 자기 일생을 가슴에 새길지 정리할 수 있었다.

브람스 음악에서 '예상치 못한 창의성과 힘'을 제일 먼저 발견한 사람은 요제프 요아힘으로, 이 위대한 바이올리니스트는 브람스를 리스트에게 추천했다. 당시 마흔한 살이었던 리스트는 전설적인 피아노연주회 무대에서 은퇴한 뒤, 바이마르의 예술 별장에서 멘델스존 추종자들이 따르는 고전적 낭만주의와 완전히 다른 전위적 독일악파를 이끌고 있었다. 리스트 및 후대의 바그너는 느슨한 구조로 깊은 감정을 표현하려 했다. 또한 리스트는 자신과 이상이 같은 음악가들에게 대문을 활짝 열어 알텐부르크 별장은 당대 유럽에서 가장 우수한 젊은이들이 모이는 장소였다. 브람스는 두려운 마음을 품은 채 그곳으로 갔다. 요아힘의 칭찬이 대단했기 때문에 리스트는 잔뜩 기대에 부풀어, 이 젊은 작곡가에게 재자가인들로 가득한 홀에서 자작곡을 피아노로 연주해달라고 부탁했다. 하지만 브람스는 너무 긴장한 나머지 한 음도 제대로 쳐낼 수 없었다. 그러자 리스트는 무표정하게 브람스의 손에서 악보를 빼낸 뒤 정확하고 안정적으로 그의 작품을 연주했다.

알텐부르크 별장에서 브람스는 즐겁게 지내지 못했다. 함부르크 빈민굴 출신이었던 그는 확실히 광희狂喜와 토론의 생활에 적응할 수 없었다. 게다가 모든 대화가 당시 유럽 궁정의 공용어인 프랑스어로 이루어졌다. 브람스는 자신의 음악 스타일을 제대로 알지 못했지만 그 집단에서 호응받기란 힘들겠다는 사실은 인지할 수 있었다. 리스트를 좋아하고 그의 피아노 솜씨를 경모함에도 불구하고 감정 묘사가 과장된 그의 음악에 싫증이 나기도 했다. 그래서 브람스는 리스트가 자신의 작품을 연주하는 동안 의자에 앉아 졸 때도 있었다.

요아힘은 또다시 도움을 아끼지 않고 브람스가 스무 살이 되었을 때 슈만에게 추천해주었다. 슈만과 클라라가 여섯 아이들과 소박한 집에서 다른 사람들 없이, 그를 위협하는 지식인 모임 없이 사는 모습을 보았을 때 브람스는 자신이 그동안 무엇을 찾고 있었는지 깨달았다. 그는 숲과 강처럼 자연스럽고 진정한 음악, 숲과 강처럼 완벽한 음악의 논리와 구조를 찾고 있었다. 또한 자신이 왜 리스트와 바그너의 신독일악파를 거부하고 고전적 낭만주의에 끌리는지도 알았다. 그는 멘델스존, 쇼팽, 슈만으로부터 뻗어 나온 길에서 자신의 길을 보았고, 그의 길은 다시 베토벤과 바흐로 통하고 있었다. 슈만과 클라라는 그를 뜨겁게 맞아주었다. 그들의 진실한 마음에 보답하기 위해 브람스는 자신의 작품을 연주했고 이때는 전혀 긴장하지 않았다. 나중에 슈만은 "그는 정말 신기한 영역을 발굴하기 시작했다"라고 썼고 클라라도 일기에 "그가 연주하는 음악은 마치 하느님이 그를 완벽한 세상으로 파견한 듯 너무도 완벽하게 아름답다"라고 적었다.

브람스는 슈만으로부터 일생 동안 유지하기에 충분한 자신감을 얻었다. 또한 클라라에게서 평생의 사랑을 발견한 뒤 남몰래 사랑을 그리움으로 바꾸어나갔다. 받았으면 갚아야하는 법, 이후 브람스의 창작에는 슈만의 생전과 사후의 시선이 시종일관 반영되었다. 그 시선은 클라라의 변함없는 이해와 지지를 통해 온화하게 브람스를 주목하면서 수많은 작품에 그가 어떻게 자신의 재능을 분배하는지 지켜보았다.

그리고 베토벤과 바흐 역시 브람스 평생의 창작에 시선을 부여했다. 특히 베토벤이 그랬다. 브람스는 마치 베토벤의 그림자에서 출발하겠다고 자원한 듯, 〈교향곡 1번〉에서 베토벤을 뛰어넘었음에도 불구하고 베토벤의 집중되고 응축된 음악 구조에서 벗어나려 하지 않았다. 그래도 다행히 브람스에게는 베토벤과 같은 전쟁과 승리에 대한 열정이 없었다. 그는 냉정하고 엄숙하면서 내향적인 사람이었다. 그러한 품성 덕분에 브람스의 음악 분위기는 매우 정상적이고 심지어 애매하게 느껴질 때도 많았다. 베토벤과 완전히 달리, 브람스 서술의 힘은 늘 서정성을 통해 서서히 발현되었다. 이 또한 슈만이 좋아하는 방식이었다.

〈교향곡 1번〉에 브람스가 가장 사랑한 도시 비엔나는 열정적 호응을 보였다. 비엔나 사람들은 그의 〈교향곡 1번〉을 베토벤 〈교향곡 10번〉에 비유했고 에두아르트 한슬리크도 "베토벤의 위대한 작품에 이렇게까지 근접했던 작곡가는 한 명도 없었다"라고 말했다. 그로부터 얼마 뒤 브람스는 시냇물과 파란 하늘, 햇살과 시원한 녹음이 가득한 〈교향곡 2번〉을 선보였고 비엔나는 또다시 이 〈전원〉에 환호했다. 비엔나 사람들은 베토벤을 미칠 듯이 그리워했기 때문에 브람스를 환생한 베토벤으로 간주하면서 두 사람을 음악 외적으로도 비교하기에 이르렀다. 두 사람 모두 독신이고 몸이 왜소하며 외모에 신경 쓰지 않고 술을 좋아할 뿐만 아니라 자신들을 공격하는 사람들에게 성깔을 부렸다는 공통점을 찾았다. 브람스는 이에 무척 분개하며 한번은 베토벤을 거론하면서 "그

작자가 내 앞길을 얼마나 가로막는지 모를 거요"라고 말했다. 그런 이유로 브람스는 〈교향곡 1번〉을 20년 내내 주저하며 꺼렸다. 브람스가 베토벤에게 애증의 감정을 모두 가지고 있었다면 바흐에게는 애정만을 갖고 있었다고 말할 수 있다. 당시 바흐는 사람들에게 거의 알려지지 못했다. 브람스는 평생 동안 수없이 바흐를 언급하고 찬미했다. 그래서인지 시간이 흐르면서 속세를 초월한 듯한 바흐 작품의 특성이 브람스 작품에서도 드러나기 시작했다.

그때 브람스는 고전음악에 완전히 빠져서 마치 열성팬처럼 모차르트의 G단조 교향곡, 하이든의 Op. 20 현악사중주, 베토벤의 〈함머클라비어〉 등 명곡 악보를 소장하고 출판사에 최초로 온전한 모차르트 작품집과 슈베르트 교향곡 일부를 편집해주었다. 고전주의를 향한 애정 덕분에 브람스는 흠잡을 데 없는 작곡 능력과 함께 엄격한 자기비판의 용기까지 얻을 수 있었다. 브람스 개인의 성품이 그의 음악 서술을 결정했지만 반대로 그의 음악이 성격에 영향을 미치기도 했다. 그 둘이 서로 어우러지면서 브람스는 갈수록 시대에서 멀어져 거의 한 시대의 걸림돌처럼 취급받았다.

복고적 태도와 고집스러운 성격으로 브람스는 보수적 이미지를 스스로에게 부여하고 그 시대 급진주의자들의 적이 되었다. 그렇게 한도 끝도 없는 분쟁 속으로 스스로 휩쓸려 들어갔다. 브람스를 칭찬하는 사람이든 공격하는 사람이든 전부 그의 보수성을 지적했다. 차이점이라면 칭찬하는 사람들은 그의 보수성을 옹호했고 공격하는 사람들은 그에게 과격성을 요구했다는 것이다. 때때로 실상은 이렇게 불안정해, 한 가지 특성에 사랑과 미움이 동시에 쏟아지기도 한다. 그래서 그는 독일 음악의 반모더니즘 영수가 되는 한편 일각에서는 음악 종말의 상징으로 여겨졌다.

급진주의자였던 리스트와 바그너는 그 시대를 대표할 뿐만 아니라 그 시대를 대표하기에 전혀 부족함이 없는 인물이었다. 특히 바그너가 그랬다. 절반은 무정부주의자이고 절반은 혁명가인 바그너는 천재와 미치광이의 특성을 한 몸에 가진, 19세기 음악에서 가장 극적인 인물이라 할 만했다. 그는 의문의 여지 없는 극장의 대부였고 무대와 음악을 호주머니 속 돈으로 여기며 바람둥이처럼 흥청거렸지만 그렇다고 절대 본분을 잃는 적도 없었다. 〈니벨룽의 반지〉는 악극의 길이를 바꾼 것은 물론 음악사의 발전 과정까지 바꾸어 놓았다. 바그너에게서 25년의 재능과 25년의 광기를 흡수한이 4부작은 19세기의 대형 오페라를 낭떠러지로 몰아갔고, 후배들을 누구든 한 걸음만 더 나아가면 몸이 갈가리 찢길거라는 두려움에 떨게 만들었다. 바로 여기에서, 바그너는 또 다른 작품을 통해 모두의 감각기관을 뒤흔드는 음악 언어를 한 걸음 한 걸음 발전시켜 나갔다. 그의 화성 사용은 화성의 아버지 바흐마저 구천에서 혼비백산하게 만들 수 있을 듯했다. 그래서 그보다 열한 살이 많은 로시니는 "바그너는 아름다운 순간도 있지만 대부분은 아주 두렵다"라고 표현할 수밖에 없었다.

반면 리스트는 두려움과 거리가 멀었다. 그의 주제는 늘 조화로웠고 주도적이며 대규모인 동시에 슈만의 말처럼 마귀가 들러붙은 듯하기도 했다. 여기에서 짚고 넘어가야 할 부분은 그의 주제 속 일부 서술이 19세기 음악에서 급진적이고 현대적으로 등장했다는 것이다. 리스트의 거대하고 조직적인 구조는 그의 학생인 바그너에게 직접적인 영향을 미치면서 바그너가 한층 격화될 수 있는 길을 열어주었다. 바그너가 엄청난 규모의 주제를 불안스러운 서술 속으로 집어넣도록 종용한 것이다. 그렇지만 리스트는 자신의 음악에서는 좁게 오르락내리락하는 산길이 아니라 드넓게 기복을 이루는 산비탈과 같은 조화를 추구했다. 그런 조화는 바로크식의 깔끔함과 거리가 멀어서 리스트는 격정에 휩싸이고 나면 미치광이에 가까워졌지만, 그렇다고 베토벤처럼 자기 자신을 내버려두는 법도 없었다. 내면 깊은 곳에서 리스트는 시인이었다. 죽음과 삶, 현실과 미래, 상실과 사랑의 경계를 오가는 시인이었다. 리스트는 〈전주곡〉 서문에 "우리의 삶은 미지에 대한 일련의 서곡이니, 첫 번째 장엄한 음표는 죽음이 아닐까? 매일 사람을 매혹시키는 여명은 사랑으로 시작된다……"라고 적었다.

사람들은 리스트를 유사 이래 가장 위대한 피아니스트로 여겼다. 이 헝가리인의 연주 기술은 바흐의 파이프오르간 연주처럼 신화 비슷하게 퍼졌다. 녹음 시대의 느릿한 도래가 이러한 신화에 영원히 깨지지 않을 보호막을 제공해주었다. 그리고 리스트의 무대 연출은 그의 연주 기술만큼이나 탁월해, 어느 영국 학자는 그의 연주에 대해 이렇게 말했다. "리스트의 얼굴에서 나는 웃음을 짓고 있지만 고통스러운 표정을 보았다. 그건 고대 대가들이 그린 구세주 초상화에서만 보았던 표정이었다. 그의 손이 건반을 훑자 바닥이 철사처럼 흔들리기 시작하고 모든 관중석이 소리에 파묻혔다. 바로 그때 예술가의 손과 온몸이 무너져 내리면서 악보를 넘겨주는 친구의 품으로 쓰러졌다. 그의 히스테릭한 발작 속에서 우리는 계속 기다렸다. 홀에 있는 사람들은 숨을 죽인 채로 가만히 앉아 있다가 예술가가 감각을 회복한 뒤에야 안도의 한숨을 내쉬었다."

브람스는 이런 시대에 살았다. 거의 바그너에 속하는 시대, 이처럼 마귀에 씐 리스트의 시대, 군주제가 쇠락하고 공화제가 발흥하는 시대, 프리드리히 횔덜린이 "공예가는 보여도 사람은 보이지 않는다. 사상가는 보여도 사람은 보이지 않는다. 목사는 보여도 사람은 보이지 않는다. 주인과 하인, 성인과 미성년자는 보여도 사람은 보이지 않는다"라고 비난한 시대에 살았다. 그때 휠덜린은 이미 정신착란증으로 피곤한 삶을 가까스로 이어가고 있었지만 독일을 비난할 기회는 절대 놓치지 않아 "독일인보다 더 지리멸렬한 민족은 당최 떠오르지 않는다"라고 말했다. 독일 시인인 휠덜린은 가정에만 집중하는 독일인의 얕은 안목에 불만을 품고 프랑스에 환호하며 공화주의자에게 환호했다. 그 시대 파리에서는 빅토르 위고가 〈크롬웰Cromwell〉 서문을 발표해 "의회를 내 가방 안에 처넣고 국왕을 호주머니에 넣겠다"는 크롬웰의 호언장담을 선보이고 있었다.

그 뒤 〈에르나니Hernani〉가 무대에 오르면서 파리 극장의 전쟁이 시작되었다. "막이 오르자마자 폭풍우가 휘몰아쳤다. 연극이 상연될 때마다 극장은 사람들 소리로 들끓었고 엄청난 노력을 쏟은 뒤에야 공연을 마칠 수 있었다. 〈에르나니〉는 일백 밤 연속 '우우' 하는 야유를 받는 동시에 일백 밤 연속 열성 청년들의 폭풍우 같은 갈채도 받았다." 젊은 화가와 건축가, 시인, 조각가, 음악가, 인쇄업자들로 구성된 빅토르 위고의 지지자들은 며칠 밤 연속 리볼리 거리를 돌아다니며 "빅토르 위고 만세"라는 구호로 아케이드를 메웠다. 위고의 적들은 극장 박스석을 예약한 뒤 비워놓음으로써 극장이 텅 비었다는 기사를 유도했다. 그들은 극장에 가더라도 무대를 등진 채 앉아 신문에 집중하는 척하거나 서로 얼굴을 구기며 크게 경멸의 웃음을 터뜨리고, 비명을 지르거나 휘파람을 불기도 했다. 빅토르 위고는 3백 석을 자기 뜻대로 안배할 수 있었기 때문에 3백 명의 지지자들로부터 철옹성 같은 보호를 받았다. 여기에는 발자크, 뒤마, 라마르틴, 생트 뵈브, 보들레르, 메리메, 고티에, 조르주 상드, 들라크루아 등 19세기 프랑스 예술의 엘리트들이 포함되어 있었다. 폴란드인 쇼팽과 헝가리인 리스트도 파리로 왔다. 나중에 위고의 부인은 남편의 젊은 지지자들을 이렇게 묘사했다. "자유분방하고 범상치 않은 사람들이 떼를 지어 몰려왔다. 콧수염과 긴 수염을 기르고 온갖 차림으로, 그러니까 요즘 복장이 아니라 양털 상의, 스페인 망토, 로베스피에르의 조끼, 헨리 3세의 모

자 등 온갖 시대와 여러 나라의 기이한 옷을 입고서 백주 대
낮부터 극장에 나타났다."

그렇게 위대한 시대가 시작되었다. 거의 독일에 있었던 횔
덜린이 도처에서 공예가와 사상가, 목사, 주인과 하인, 성인
과 미성년자는 볼 수 있어도 '사람'은 한 명도 볼 수 없었을
때, 젊은 세대의 예술가들은 각자 기이하고 다채로운 반역을
시작했다. 그들의 반역은 약속이라도 한 듯 완전히 다른 부
류로 꾸미는 것으로 시작되었다. 품행이 단정하고 정장에 스
카프나 넥타이를 맨 채 경건한 자세를 취하는 자산계급을 아
주 불안하게 만드는 유형으로 분장한 것이다. 리스트의 손이
건반을 지날 때처럼 그들은 19세기를 철사처럼 휘청거리게
만들었다. 거칠고 자유분방하고 제멋대로 행동하는 데다 일
부러 미친 척까지 하면서 기존의 규범과 제도를 뒤흔들었다.
그들 무정부주의자에 혁명가, 주색에 빠진 젊은 예술가들은
횔덜린이 보고 싶어 하던 '사람' 같았다. 그들이 생기발랄하
게, 혹은 이성을 잃은 것처럼 재능과 욕망, 패악을 마음껏 발
산하고 나자 천재가 하나둘씩 등장했다.

하지만 브람스의 작품은 지난날과 마찬가지로 근엄했다. 갈수록 이성을 잃고 광기가 예술 흐름이 되어가는 시대에도 그는 여전히 조심스럽게 억제하고 적당한 수준에서 멈추면서, 괴담을 멀리한 채 옛것을 고수했다. 그는 진정한 독일인처럼 내향적이면서 침착한 성품을 보여주었다. 하지만 그의 동포인 바그너도 진짜 독일인, 횔덜린처럼 독일에 불만을 품은 독일인이었다. 바그너는 브람스와 완전히 다른 이미지를 구축했다. 멀리 파리에 호응하는 이미지, 약속이라도 한 듯 시대와 일치하는 이미지였다. 그렇게 비교하면 브람스는 예술가 같지 않았다. 그 시대의 몇 명 되지 않는 천재들이 반역자를 자처할 때 브람스는 기꺼이 고전적 이상에 뿌리를 둔 자신만의 창작을 시작했다. 그들 천재는 서로를 칭찬하면서도 모두들 자기가 고독하고 자신의 작품 정신은 동시대 다른 사람들의 작품은 물론 과거의 작품과도 완전히 다르다고 믿었다. 브람스도 고독하다고 느꼈지만 고독의 방식이 그들과 달랐다. 사실 브람스가 바그너처럼 불안을 야기하는 음향 효과를 몇 차례 시도했더라면, 혹은 리스트처럼 예술을 위해

진짜이든 가짜이든 사람들 앞에서 혼절하거나 히스테릭하게 발작했다면 그 시대의 예술가와 비슷해졌을지도 모른다. 하지만 브람스는 언제나 엄숙하게, 한 걸음 한 걸음 한층 더 추상적인 엄숙함으로 나아갔다. 가련한 브람스는 그러한 시대에 살아서, 바흐의 화성이 바그너의 거대한 선율로 들어가듯 수많은 사람들이 제거하고 싶어 하는 음표가 되었다. 멀리 러시아의 차이콥스키도 일기에 "무료한 브람스의 작품, 정말 천재성이라고는 조금도 없는 멍청이의 작품을 막 연주했다"라고 적을 정도였다.

브람스는 자신의 생각을 견지했다. 그래서 처음 슈만을 만났던 스무 살 때 이미 드러난 보수성과 내향성, 심사숙고의 성향을 평생 유지했다. 1885년 그는 여름의 오스트리아에서 마지막 교향곡을 완성했다. 교향곡 4번의 지나치게 근엄한 마지막 악장에 친한 친구들은 의외라고 생각하면서 맑지만 생기가 없다고 비평하고는, 그 악장을 삭제한 뒤 새로 쓰는 게 어떻겠냐고 제안했다. 평생 고집스럽던 브람스는 그 자리에서 바로 거절했다. 그는 자기 작품이 지닌 특수한 엄숙함을 누구보다 잘 이해했기에 무거운 마지막 악장이 대체될 수 없다고 여겼다. 이듬해 브람스는 F장조의 첼로와 피아노를 위한 소나타를 작곡하기 시작했다.

19세기는 얼마 남지 않고 광기의 시대도 어느새 자취를 감춘 때였다. 바그너와 리스트가 연이어 세상을 떠났고 횔덜린과 쇼팽은 이미 반세기 전에 작고했다. 프랑스에서 똘똘 뭉쳤던 청년 예술가들도 각자 자기 길을 걸어가고 있었다. 빅토르 위고는 저지 섬으로 망명하고 알렉상드르 뒤마는 일찌감치 문학을 생계 수단으로 바꾸었으며, 생트 뵈브와 테오필 고티에는 사교계에 빠지고 프로스페르 메리메는 외제니 드 몽티조 황후가 사랑한 궁전에서 권세를 누렸다. 알프레드 드 뮈세는 싸구려 술에 취하고 조르주 상드는 노앙으로 은퇴했으며 몇몇은 무덤으로 들어갔다.

브람스가 두 번째이자 마지막으로 첼로와 피아노를 위한 소나타를 완성한 것은 첫 번째의 E단조 소나타를 작곡한 지 21년이 흐른 뒤였다. 아득한 옛일이 되어 돌이켜보기도 힘들 정도의 시간이었다. 브람스는 나이가 들면서 갈수록 비대

음악의
서술

262

해지고 움직임도 점점 불편해졌다. 하지만 다행히도 그는 아직 살아 있고 자신의 음악 속에 태생적인 명상 기질을 담아낼 수 있었다. 그는 여전히 엄숙할 뿐만 아니라 점점 더 엄숙해져서 가슴속 심연으로 끊임없이, 끝도 없이 가라앉았다. 평생 동안 같은 길을 걸으면서 자신의 방향이 틀렸는지 의심조차 해본 적이 없었다. 남의 비난이나 바그너 같은 본보기는 브람스의 마음을 흔들지 못했고, 심지어 자신을 둘러싼 논쟁에 익숙해져 브람스는 논쟁 속에서 자신의 음악을 서술해나갔다. 그는 평생 명료한 정신을 유지해 음악에서의 분쟁이 무엇인지 이해했고, 그것이 아득한 바로크 시대에서부터 끊임없이 아웅다웅하면서 대를 이어 내려왔음을 간파했다. 그는 분명 카를 필리프 에마누엘 바흐의 서신을 읽었을 테니 그 충실한 학생이기도 했던 아들이 만년에 얼마나 열정적으로 아버지 요한 제바스티안 바흐를 옹호했는지도 알았을 것이다. 잉글랜드 사람 베른이 파이프오르간 연주에서 헨델이 요한 바흐를 넘어섰다고 했을 때, 카를 바흐는 분개하며 잉글랜드인은 파이프오르간을 제대로 이해하지 못한다고 비난했다. 그들의 파이프오르간에는 페달이 없어서 뛰어난 파이프오르간 연주를 위해 어떤 조건이 필요한지 모른다는 거였다. 카를 바흐는 아이젠버그 교수에게 보낸 편지에 "가장 흥미롭고 화려하며 베른이 전혀 모르는 일을 해결할 때 발이 핵심적 역할을 합니다"라고 적었다.

브람스는 침묵했다. 바흐와 모차르트, 베토벤, 슈베르트, 그리고 스승인 슈만의 음악이 대대로 이어져 내려왔으며 음악의 분쟁 역시 대를 이어 지속됐음을 알았기 때문이다. 음악의 분쟁은 한때 그의 옆까지 왔다가 이제는 더 젊은 세대를 찾아 지나쳐 갔다. 바그너와 리스트가 이미 세상을 떠났고 급진적 음악과 보수적 음악을 둘러싼 분쟁도 그들에게서 멀어졌다. 마차가 역참을 지나버린 듯했다. 브람스에게는 마지막 마차여서 바퀴가 진창을 지나고 나자 황량한 역참과 황량해진 그만 남았다. 분쟁의 마차는 이미 황량한 곳에 머물기를 거부하며 젊은이들의 뜨거운 피가 끓는 도시로 향하고 있었다. 브람스는 홀로 남았고 황혼이 다가오고 있었다. 첼로와 피아노를 위한 두 번째 소나타를 완성했을 때 이 F장조의 소나타는 그의 아흔아홉 번째 작품이기도 했다. 첼로와 피아노를 위한 첫 번째 소나타와 비교하면 별개의 작품이 아니라 첫 번째 소나타의 3악장이 끝난 뒤 4악장을 덧붙인 듯했다.

그 21년 동안 무슨 일이 있었을까? 브람스는 또 어떻게 지냈을까? 의문에 대한 대답은 얻을 길이 없고 누구도 그의 작품에서 그의 과거를 느낄 수 없다. 브람스의 작품과 작품 사이에는 하룻밤의 간격만 느껴질 뿐, 길고도 긴 21년은 느껴지지 않는다. 브람스가 언제나 현실보다 큰 가슴을 지녔을 뿐만 아니라 그 가슴에 변함이 없었기 때문이다. 그는 스무 살 때 이미 쉰세 살의 노련함을 지녔고 쉰세 살이 되었을 때는 또 스무 살처럼 젊었다.

첼로와 피아노를 위한 두 번째 소나타에는 브람스의 자기 반성적 열정이 담겨 있어서, 긴 회상은 끊어졌다가도 선율 속에서 언뜻언뜻 탄식 같은 단락으로 나타난다. 그래서 이 소나타는 훨씬 무겁고 음울하지만 처음부터 끝까지 따스함으로 가득하다. 므스티슬라프 로스트로포비치와 피터 제르

킨의 연주는 황혼이 내리면서 만물이 평온함에 빠져드는 듯, 인생이 꿈의 경계에 이르는 듯 노래 같고 호소 같으며 죽음 마저 따뜻하게 느껴지도록 만든다. 이때 첼로와 피아노는 사이좋은 두 노인이 석양의 풀밭에 앉아 미소를 지으며 상대의 말을 경청하는 듯하다.

시간이 흘러 브람스의 생명은 사라졌지만 그의 음악은 여전히 남아 있다. 브람스의 음악은 그의 생명이 끝난 곳에서 멈추지 않고 계속 앞으로 나아가 바그너의 음악과 함께, 리스트와 쇼팽의 음악과 함께, 또 바흐와 베토벤, 슈만의 음악과 함께 원망이나 미움 없이 끝없는 길에서 끝없는 행보를 계속하고 있다.

한편 그들에 이어 젊은 세대가 성장하기 시작했다. 20세기 가장 위대한 음악 혁명가이자 바그너의 추종자인 동시에 브람스의 추종자이기도 한 아널드 쇤베르크는 그 유명한 〈정화된 밤〉에서 바그너의 반음 화음과 브람스 실내악의 치밀한 구조 및 생생한 동기motif를 하나로 합쳤다. 당연히 쇤베르크는 바그너와 브람스의 분쟁을 알았고 스스로도 비슷한 분쟁을 겪었다. 그런데 그에게, 또 다른 젊은 작곡가들에게 브람스는 음악 언어의 위대한 혁신가였다. 예전에 보수적이라고 여겨졌던 브람스의 음악은 후대의 시선에서는 미래를 내다본 위대한 특성으로 읽혔고, 당시에 이미 공인된 급진주의자이자 공인된 음악 언어의 혁신가였던 바그너는 더 이상 후대 사람들이 속 끓일 대상이 되지 못했다. 바그너와 브람스가 세상을 떠나면서, 그 시대가 끝나면서 보수와 급진의 분쟁도 자연스럽게 사라졌다. 생전에 물과 불처럼 서로를 용납하지 못했던 두 작곡가는 죽고 나자 쇤베르크 세대, 또 쇤베르크 이후 세대의 눈에 형제처럼 친한 사이로 보였다. 그들의 지혜는 〈정화된 밤〉에서 만나 나란히 연주의 신성한 시간을 누리고 후배들에게 효과적인 충고와 귀중한 일깨움을 안겨주었다.

사실 보수냐 급진이냐는 어떤 한 시대의 견해일 뿐, 애당초 음악의 견해가 아니다. 어떤 시대에든 끝이 있기 때문에 시대와 관련된 견해 역시 소멸을 피할 수 없다. 음악에는 무슨 보수적 음악이나 급진적 음악이 존재한 적이 한 번도 없었다. 음악은 각각의 시대와 다양한 국가 및 민족의 사람들, 다채로운 경력과 성격을 가진 사람들이 서로 다른 이유와 다양한 인식에서 출발해 나름의 입장과 각양각색의 형식으로, 그리고 마지막에는 똑같은 정성을 기울여 창조해왔다. 따라서 음악에는 서술의 존재만 있을 뿐 다른 존재는 없다.

1939년 파블로 카살스는 프랑코 정부에 항의하느라 에스파냐를 떠나 프랑스의 프라드 마을로 이주했다. 그렇게 위대한 첼리스트이자 고상한 인도주의자의 은거 생활이 시작되었다. 에스파냐 국경에 근접한 프라드 마을을 선택했기 때문에 카살스는 에스파냐를 떠난 뒤에도 계속해서 그곳을 바라볼 수 있었다. 파블로 카살스의 존재는 세계 각지를 돌아다니는 음악가들을 프라드 마을로 불러들였다. 매년 특정한 날이 되면 서로 생소하거나 오랫동안 만나지 못했던 음악가들이 조용한 프라드로 찾아와 카살스음악제에 동참한다. 프라드 마을의 광장은 음악 광장이 되고 피부색과 나이, 성별이 서로 다른 음악가들이 한데 모여 하얀 눈으로 뒤덮인 알프스 산 아래서 바흐와 헨델의 소리를 듣고 버르토크와 메시앙의 소리를 듣는다. 그들은 원하기만 하면 음악 속 모든 형식의 서술을 연주할 수 있지만 그들 중 누구도 음악사의 분쟁을 연주할 수는 없다.

1998년 12월 13일

클라이맥스

쇼스타코비치와 호손

　드미트리 쇼스타코비치는 1941년 작품 번호 60의 〈교향곡 7번〉을 완성했다. 그해 히틀러의 독일은 32개 보병사단과 4개 차량화사단, 4개 탱크사단, 1개 기병사단, 그리고 6천 문의 대포와 4천5백 문의 박격포, 1천여 대의 비행기로 레닌그라드(지금의 상트페테르부르크)에 맹공을 퍼부었다. 히틀러는 가을이 끝나기 전에 그 도시를 지구상에서 없앨 작정이었다. 그리고 같은 해 쇼스타코비치는 레닌그라드가 전화에 휩싸인 상태에서 서른다섯 번째 생일을 맞았다. 어느 친구가 지하에 숨겨놓았던 보드카를 가져오고 다른 친구는 검은 빵 껍질을 가져왔지만 쇼스타코비치는 감자만 내놓을 수 있었다. 굶주림과 죽음, 슬픔과 공포가 거대한 그림자를 형성하며 그의 생일과 생일 이후의 시간을 뒤덮었다. 그래서 쇼스타코비치는 '힘겨운 생활과 무한한 슬픔, 무수한 눈물' 속에서 제3악장 침울한 아다지오, '대자연에 대한 추억과 도취'의 아다지오를 써 내려갔다. 처량한 현악이 수시로 떠오르며 끊어질 듯 말 듯 추억과 도취에 잠기게 만들고, 악몽처럼 마음과 호흡을 옥죄는 전쟁과 고난의 현실 때문에 공포의 리듬과 기괴한 음이 아름다운 서정 속에서 수시로 떠오르는 아다지오였다.

사실 이는 쇼스타코비치의 오랜 불안으로, 그의 악몽은 전쟁이 일어나기 한참 전에 시작되었다. 상트페테르부르크음악원 출신의 이 젊은 천재는 열아홉 살에 이미 모든 것을 갖추고 있었다. 졸업 작품인 〈교향곡 1번〉이 니콜라이 말코의 호평을 받으면서였다. 이 러시아 지휘자가 레닌그라드에서 처음 연주하자마자 〈교향곡 1번〉은 토스카니니와 발터 등의 프로그램 명단에 들어갔다. 음악은 세계적인 언어라 명성이 세계로 뻗어나가는 데 긴 번역 기간이 필요 없었다. 반면 쇼스타코비치의 나이는 여전히 융통성 없이 느릿하게 늘었다. 그는 너무 어려서 세계적 명성이 작곡가에게 어떤 의미인지 몰랐다. 그래서 여전히 자기 나이에 맞는 방식으로, 생기발랄하고 장난스럽게 살았다. 그러다 1936년 스탈린이 그의 오페라 〈므첸스크의 맥베스 부인〉을 관람한 뒤 공개적으로 매서운 질책을 가했다. 스탈린의 말이 어떤 의미인가. 나라 전체를 공포로 몰아넣는 소리였다. 그런 목소리가 두 갈래 콧수염 밑에서 터져 나왔을 때 서른 살의 쇼스타코비치는 여전히 달콤한 꿈에 빠져 있었는데, 이튿날 아침 깨고 난 뒤에는 이미 식은땀만으로 자신의 처지를 설명할 수 있는 상황이 아니었다.

그 직후 쇼스타코비치는 성숙해졌다. 그의 운명은 오로지 타격을 막기 위한 방패 같았다. 쇼스타코비치는 영예 앞에서는 생각 없는 듯 굴었지만 액운 앞에서는 결코 방심하지 않았다. 이후 40년의 세월 동안 쇼스타코비치는 거세게 달려드는 매 차례의 비판에 노련하게 대처했다. 온몸과 마음을 다해 자신을 향한 비판에 가담해서는 불에 기름을 끼얹듯 인정사정없이 스스로를 비판했다. 스스로를 남들보다 더 사지로 내몰려는 듯해서 비판자들은 할 말을 잃은 채 그에게 갱신의 길을 열어줄 수밖에 없었다. 하지만 그의 속마음은 달랐다. 쇼스타코비치는 잘못을 뉘우치고 새롭게 태어날 시간이 없었다. 상처가 낫자마자 고통도 잊어버리는지 그는 일단 위기만 넘기면 전철을 되풀이했다. 사실 그에게는 애당초 상처가 없었다. 물감으로 그럴싸하게 그려놓은 가짜 상처만 잔뜩 있었을 뿐이다. 이 방면의 기술도 작곡 능력에 뒤처지지 않을 만큼 뛰어나 쇼스타코비치는 한 차례 또 한 차례 재난을 피하면서 운명이 그에게 부여한 147곡의 작품을 완성해 나갔다.

겉으로만 보면 미하일 불가코프나 보리스 파스테르나크, 동시대 다른 예술가들의 참혹한 운명에 비해 행복한 생활을 하는 듯했다. 쇼스타코비치는 적어도 먹고 입는 데 걱정이 없고 실내악단을 거실로 불러 자기 작품을 연습할 수 있을 만큼 넓은 집에 살았다. 하지만 속으로는 쇼스타코비치도

힘겨운 일생을 보냈다. 그가 작품에서 즐거운 소리를 시도한다고 예브게니 알렉산드로비치 므라빈스키가 생각할 때마다 쇼스타코비치는 "어디에 무슨 즐거움이 있다는 겁니까?"라고 말했다.

타계하기 1년 전 쇼스타코비치는 열다섯 번째이자 마지막 현악사중주를 완성했다. 이 곡에서 사람들은 무엇을 들었을까? 1악장의 길고도 질식할 것 같은 선율은 무슨 의미일까? 몇 초에 불과한 간단한 악절을 20분으로 늘여놓은 것은 이미 작곡가의 기교적 길이를 넘어 인생의 길이를 의미하고 있었다.

쇼스타코비치의 경력은 음악가가 갖춰야만 하는 경력이었다. 그는 온 마음과 재능을 음악에만 쏟으며 자신이 처한 시대와 정치 상황에는 전혀 개의치 않았기 때문에 남들이 말하는 대로 주관 없이 구차하게 살아갔다. 하지만 양심이 시종일관 따라다니면서 그를 박해로 죽어간 친구들의 무덤으로 반복해 이끌었다. 그가 침묵 속에 한참을 서 있을 때 그의 슬픔도 침묵하고 있었다. 쇼스타코비치는 다음 무덤이 자신의 무덤이 될지도 모른다고 생각했고 계속 속임수로 고비를 넘길 수 있을지 갈수록 확신할 수 없었다. 그래도 다행히 쇼스타코비치는 끝까지, 진짜 죽음이 찾아올 때까지 고비를 넘길 수 있었다. 여타 사람들과 달리, 고도 근시용 안경을 쓴 이 작곡가는 자신의 험난한 길을 가슴 깊은 곳에 묻어둔 채 넉넉한 웃음은 현실에 부여하고 생각에 잠긴 이미지는 사진으로 남겼다.

그래서 독일 히틀러의 광기가 공격을 개시한 뒤 이미 악몽에 휩싸여 있던 쇼스타코비치는 새로운 악몽을 또 하나 얻었다. 이번 악몽은 대낮처럼 환하고 실질적이었다. 굶주림과 추위, 시시각각 등장하는 죽음이 어지러운 발걸음처럼 그의 주변을 끊임없이 오갔다. 나중에 그는 《증언Svidetelstvo》에서, 전쟁이 터지자 러시아 사람들은 생각지도 못한 슬픔의 권리를 얻었다고 말했다. 이 말은 이중적인 의미를 가지고 있었다. 한 민족의 고통 외에 쇼스타코비치는 자유의 도래, 혹은 의외로 얻게 된 권리를 암시했다. 확실히 전제정치는 슬퍼할 권리를 박탈해버려서 사람들은 억지로 웃음을 지으며 살아야 했다. 눈물이 나도 웃어야 했다. 이 부분에서 쇼스타코비치는 작곡가로서 더욱 애매한 불안을 안고 있었는데 전쟁으로 모든 게 바뀌었다. 굶주림과 혹한의 시달림, 죽음의 위협적 발소리에서 쇼스타코비치는 뜻밖에도 슬퍼할 핑계를 찾고 마침내 안전하게 자신의 작품 속에서 슬픔을 드러낼 수 있게 되었다. 전쟁에서 비롯된 슬픔인 동시에 평화의 슬픔, 개인의 슬픔인 동시에 인간 공동의 슬픔, 오래전부터 내려온 슬픔인 동시에 대대손손 전해질 슬픔을 표출할 수 있었다. 그리고 누구도 그를 비난할 수 없었다.

어쩌면 이것이 쇼스타코비치가 〈교향곡 7번〉을 작곡한 근본적인 이유일지도 모르겠다. 창작의 영감은 《성경》〈시편〉 속 끊임없는 희비의 교차에서 비롯된 듯하며, 이러한 교차는 때로는 순식간에 완성되기도 하고 또 때로는 길고도 먼 여정으로 드러나기도 했다. 사실 전쟁 전에 이미 구상을 시작해 1악장을 완성한 상태였다. 쇼스타코비치는 전쟁이 발발한 뒤에도 작곡을 계속해 피비린내로 처참한 레닌그라드 전투 중에 〈교향곡 7번〉을 완성했다. 그러고 나자 쇼스타코비치 앞에 새로운 시대가 펼쳐졌다. 1942년 3월 5일 후방 도시 쿠이비셰프에서 초연되자마자 〈교향곡 7번〉은 치욕을 겪고 있는 민족의 저항의 소리가 되었고 또 다른 제목인 〈레닌그라드 교향곡〉이 원제 〈교향곡 7번〉을 대체해버렸다.

이는 모든 서술 작품의 운명, 즉 서술 작품은 한 시대의 사랑을 받아야만 성공적 위치를 차지하고 영원히 그 자리를 유지할 수 있다는 운명처럼 보인다. 설령 그것들이 시대와 무관하게 단지 책벌레들의 일시적 충동이나 순식간에 사라지는 어떤 사건으로 인해 창조되었을지언정, 서술 작품 자체에서 드러나는 특성은 어떤 시대이든 시대와 연관될 수 있다. 그리고 서술 작품이 시대의 도움을 얻어야만 성공할 수 있는 것처럼 한 시대 역시 서술 작품 속에서 합리적인 위치를 찾아야만 한다. 쇼스타코비치는 자신이 무엇을 쓰는지 알고 있었다. 그가 써 내려간 것은 개인적 감상과 관심일 뿐이었다. 《성경》〈시편〉에서 얻은 모종의 영감을 적고 억눌린 속마음과 전원의 회상을 쓰고 격앙과 비장, 고난과 인내를 썼다. 말할 것도 없이 전쟁에 대해서도 썼다. 그래서 1942년 소련 사람들은 피투성이 항전의 소리를 들었다고 여겼고 〈교향곡 7번〉은 반파시즘의 노래로 떠올랐다. 전쟁 전에 완성된 1악장의 에피소드, 그 거대한 불안을 야기하는 에피소드도 침략자의 발걸음으로 해석되었다.

에피소드가 훨씬 오래된 불안에서 기원했음을 쇼스타코비치가 인지했든 아니든 현실의 해석은 변함없이 강력했다. 쇼스타코비치는 시대 흐름에 따라 자신이 정말로 '우리의 반파시즘 전투, 우리 미래의 승리, 우리가 나고 자란 도시'에 바치기 위해 항전의 〈레닌그라드 교향곡〉을 썼다고 여겼다. 그의 지혜로운 태도는 음악 작품의 가치, 즉 음악은 각각의 시대 해석에 부합할 수 있어서 시대 변화에 따라 끊임없이 변주될 수 있다는 사실을 잘 알았기 때문에 나올 수 있었다. 쿠이비셰프에서 초연된 이후 〈교향곡 7번〉은 운명의 개선문에 이르렀다. 전체 악보가 찍힌 마이크로필름이 군용 비행기에 실려 겹겹의 포탄을 뚫고 미국으로 운송되었다. 같은 해 7월 19일 토스카니니가 뉴욕에서 〈교향곡 7번〉을 지휘하자 이 연주는 세계인의 반파시즘 합창으로서 전 세계에 실황 중계

되었다. 오랜 시간이 흐른 뒤에도 제2차 세계대전의 생존 노병들은 〈교향곡 7번〉의 1악장에 격앙되곤 했다. 쇼스타코비치는 1906년에 출생해 1975년에 세상을 떠났다.

시간을 한 세기 전으로 돌리면, 고통과 환락의 세기에 앞서 기억과 침묵의 세기가 나온다. 1804년 너새니얼 호손이라는 이민자의 후손이 세일럼을 통해 세상에 왔다. 미국 동부 뉴잉글랜드 지역에 위치한 세일럼은 항구도시여서 너새니얼 호손의 아버지가 선장이었다는 사실은 무척 자연스럽게 들린다. 그의 조상 중에는 17세기 말 열아홉 명의 여자를 교수형에 처해 유명해진 판사 존 호손도 있었다. 하지만 너새니얼 호손이 태어났을 때는 가문이 이미 쇠락해, 그의 아버지는 타인의 운명을 좌지우지하던 존 판사의 위엄을 잃었을 뿐만 아니라 자기 운명을 바다와 폭풍에 맡긴 채 표류하는 삶을 시작하고 유지할 수밖에 없었다. 1808년, 너새니얼 호손이 네 살 때 아버지는 황열병으로 동인도의 수리남에서 사망했다. 그 시대에 흔히 발생하는 비극이었다. 바다로 나갔던 범선이 몇 개월 만에 돌아오면 해안에서 오매불망 기다리던 여자와 아이들은 천진하게 기쁜 표정을 짓고 있다가 아버지를 잃었다는 사실에 경악하고 이후 기나긴 슬픔에 빠지곤 했다. 나중에 작가가 되는 너새니얼 호손은 이러한 비극에 기형적으로 변해버린 가정에서 30여 년의 침울하고 고독한 시간을 보냈다.

가정이 삶의 방향을 잃자 망연자실의 정서가 매일 떠오르는 해처럼 그들을 비췄다. 가족 구성원들 모두 자기도 모르게 괴팍해지고 시간이 흐를수록 가련한 자아 속에 깊이 침잠해들어, 결국에는 모자지간이든 형제자매지간이든 서로를 상관없는 사람으로 취급하기에 이르렀다. 보르헤스는 '너새니얼 호손Nathaniel Hawthorne'이라는 글에서 이렇게 적었다. "호손 선장이 죽은 뒤 미망인인 너새니얼 호손의 어머니는 2층 침실에 틀어박혀 나오지 않았다. 두 누이 루이자와 엘리자베스의 침실도 2층에 있었고 맨 마지막이 너새니얼의 방이었다. 그들은 함께 식사하지 않았고 대화도 거의 나누지 않았다. 음식은 쟁반에 담아서 복도에 놓았다. 너새니얼은 하루 종일 방에서 글만 쓰다가 저녁 무렵에야 밖으로 나와 산책을 했다."

호리호리한 몸에 수려한 외모의 호손은 확실히 쇼스타코비치처럼 생기발랄한 젊은 시절을 보내지 못했다. 어린 시절에 시작된 노년의 삶은 서른여덟 살에 아내 소피아를 만날 때까지 이어졌다. 그 이후에야 호손은 삶의 진정한 즐거움을 맛볼 수 있었다. 이전까지의 주된 즐거움은 보든대학 시절의 친구인 헨리 롱펠로에게 편지를 쓰는 일이었다. 호손은 편지에 "나는 문밖으로 나가지 않네. 전혀 의도하지 않아서 내가 이런 상황에 놓일 줄 상상도 못 했네. 나는 죄수가 되어서 스스로를 감방에 가두었고 이제는 열쇠를 못 찾겠어. 문이 열려도 나가기 두려울 것 같네"라고 적었다.

19세기 미국 낭만주의 문학을 대표하는 이들 두 사람은 같은 학교를 나왔지만 완전히 다른 삶을 살았다. 롱펠로는 호손보다 훨씬 총명해 유명한 시인들의 다양한 장점을 어떻게 받아들여야 하는지 잘 알았다. 반면 암울하고 괴팍한 호손은 이에 대해 완전히 무지했다. 그는 글쓰기를 무척 좋아했지만 그것을 생계 수단으로 삼을 수 없어서 세관 업무에 더 많은 시간과 정력을 쏟아야 했다. 그러고 나서는 답답하고 짜증나는 심정을 편지에 적어 롱펠로에게 보내며 친구의 감정도 끌어내리려 했다. 하지만 롱펠로는 한 번도 말려들지 않았다. 그는 편지로만 호손을 위로했지, 친구를 위해 불안해하거나 잠을 설치는 법이 없었다. 호손에게 정말 사심 없는 관심과 사랑을 준 사람은 소피아뿐이었다. 소피아는 호손만큼 그의 글쓰기를 좋아했을 뿐만 아니라 최소한의 비용으로 가정생활을 유지하는 법까지 알아서, 호손이 세관을 그만두고 풀이 죽어 돌아왔을 때 더할 나위 없이 기뻐했다. 그녀는 진심으로 좋아하며 "이제 당신 책을 쓸 수 있겠네요"라고 말했다.

너새니얼 호손의 작품에 자욱하게 깔린 기괴하고 암울한 분위기, 보르헤스의 표현을 빌리자면 '귀신 이야기'는 분명 그의 기괴하고 암울한 가정에 뿌리를 두고 있다. 일반적으로 인간의 기억은 다섯 살 이후가 되어서야 진정으로 시작된다고 한다. 호손의 기억도 예외가 아니라면, 네 살 때 아버지가 돌아가셨으니 호손의 기억에는 어린 시절이 없는 셈이다. 여기서 내가 말하는 어린 시절이란 대다수 사람들이 겪는 어린 시절, 쇼스타코비치와 롱펠로 등이 보낸 어린 시절, 들판과 거리에 속하고 말다툼과 몸싸움에 속하는, 무지하고 걱정 없는 어린 시절을 뜻한다. 이러한 어린 시절은 가난이나 질병, 죽음 따위로 바뀌지 않는다. 반면 호손은 새장에 갇힌 새처럼 암울한 방에서 어린 시절을 보냈고, 모든 희망을 잃은 어머니와 어머니를 따라 하다가 결국에는 어머니보다 더 우울해진 누이들과 함께 살았다.

이것이 바로 너새니얼 호손의 어린 시절이다. 기쁨과 호응하고 교류할 기회를 벽이 차단해버려서, 호손은 바깥에서 아이들이 와자지껄 떠드는 소리를 들으면서도 죽은 듯 고요한 방에 틀어박혀 있을 수밖에 없었다. 문은 열려 있었으니, 나갈 수 없는 게 아니라 그 자신의 말처럼 나가기를 두려워했던 거였다. 이러한 환경에서 성장했기 때문에 당연히 호손은 웨이크필드의 기이한 생각을 이해할 수 있었다. 그래서 2천 페이지 가까운 그의 소설과 잡문에서는 기괴하고 흥미로우면서 여러 생각을 안겨주는 웨이크필드 같은 인물이 곳곳에서 불쑥불쑥 튀어나오게 되었다. 보르헤스는 호손의 세 장편 소설과 백여 편의 단편소설 외에 온전하게 남아 있는 메모도 읽었다. 창작하면서 떠오르는 느낌을 적어둔 호손의 메모에 는 특이하고 재미있는 생각이 포함되어 있었고 보르헤스는 '너새니얼 호손'에서 호손이 서술로 완성하지 못한 생각들 을 보여주었다. "어떤 사람이 열다섯 살부터 서른다섯 살까 지 뱀 한 마리를 배 속에 품고 먹이다가 끔찍한 고통을 맞는 다." "어떤 사람이 정신이 맑을 때 다른 사람한테 좋은 인상 을 받고 완전히 마음을 놓았다가 꿈에서 원수처럼 구는 친구 를 보고 불안해한다. 그러다 마지막에 꿈에서 본 모습이 친 구의 진면목임을 발견한다." "한 부자가 자기 집을 가난한 부 부에게 증여한다는 유언을 남긴다. 부부가 이사를 들어가 보 니 집에 음침한 하인이 한 명 있는데 유언 때문에 그를 해고 할 수 없다. 하인은 그들의 생활을 파탄으로 몰아가고 그들 은 마지막이 되어서야 하인이 바로 집을 준 사람임을 알게 된다." ……

소피아는 호손의 삶으로 들어온 뒤 솜씨 좋은 장인처럼 호손의 망가진 삶을 수리하기 시작했다. 구멍 난 바지를 꿰매고 비가 새는 지붕의 기와를 바꾸듯 호손에게 정상적인 생활을 선사해 호손의 창작에도 차츰 정상적인 분위기가 등장했다. 호손이 《주홍 글자》를 쓰기 시작한 것도 이때였다. 웨이크필드 등의 이야기처럼 《주홍 글자》에서도 호손의 과도한 생각 때문에 갈수록 답답해지는 분위기는 사라지지 않았다. 이런 정서는 아주 오래전, 너새니얼의 아버지가 세상을 떠난 때부터 시작된 것이라 소피아가 바꿀 수 있는 부분이 아니었다. 사실 소피아는 호손의 무엇도 바꾸지 않았다. 그저 호손의 내면 깊숙이에 자리 잡은 또 다른 감정을 불러냈을 뿐이다. 이러한 감정은 호손의 마음속에 30여 년을 잠들어 있다가 마침내 깨어났다. 그래서 사람들은 《주홍 글자》에서 우아하고 차분한 문장, 《성경》 이전부터 존재했던 동정과 연민, 충성과 눈물 등을 읽을 수 있게 되었다. 〈웨이크필드〉 같은 이야기에는 없는 것들이었다.

가난에 허덕이던 에드거 앨런 포가 세상을 떠난 지 얼마 되지 않은 1850년, 《주홍 글자》가 출판되었다. 《주홍 글자》

의 출판으로 너새니얼 호손은 앨런 포와 비슷했던 운명에서 완전히 벗어나 명성을 얻고 이듬해에는 독일어 번역본, 그다음 해에는 프랑스어 번역본을 갖게 되었다. 호손 가문은 존 판사가 죽은 뒤 다시 한 번 혁혁한 명성, 이번에는 영원히 사라지지 않을 명성을 얻었다. 이후 호손은 일생에서 가장 평화로운 14년을 보냈다. 더 이상 창작으로 부를 쌓지는 못했지만 이미 생활하는 데 지장이 없어서 아내 소피아, 아이들과 편안하게 살았다. 그러다 거의 예순 살이 되었을 때 호손은 네 살 때 겪었던 운명과 또다시 맞닥뜨려 딸을 잃어버렸다. 쇼스타코비치의 삶이 부단한 외부 공격을 받는 방패와 같았다면 호손의 삶은 날카로운 화살이 전부 심장에 박히는 과녁 같았다. 그는 묵묵히 견뎌냈지만 치아가 부서져 목구멍으로 넘어갔다. 아내 소피아마저 호손의 심적 고통이 대체 어느 정도인지 알 수 없었다. 이것은 소피아가 그를 완전히 이해할 수 없었던 이유이기도 했다. 소피아가 보기에는 미광微光이 늘 호손의 몸을 감싸고 있었다. 딸이 죽은 지 1년도 되지 않은 1864년의 어느 날, 중압감을 견뎌내지 못한 호손은 평화롭게 자신의 일생을 마감했다. 잠결에 세상을 떠난 것이다. 호손의 죽음은《주홍 글자》의 서술처럼 차분하고 우아했다.

너새니얼 호손과 쇼스타코비치는 1804년부터 1864년까지 살았던 미국인과 1906년부터 1975년까지 살았던 러시아인으로, 한 명은 문학 작품을 쓰고 다른 한 명은 음악 작품을 썼다. 완전히 다른 시대에 판이하게 다른 운명을 살았기 때문에 두 사람의 거리는 그들 사이에 놓인 한 세기보다 더 멀다. 하지만 내면의 의지를 들여다보면 두 사람이 똑같이 고집스럽고 빈틈없다. 그런 영혼의 유사성 때문에 완전히 다른 두 사람이 때때로 한 사람처럼 느껴진다. 너새니얼 호손과 쇼스타코비치는 신비한 동일성 덕분에 비슷한 방식을 취하고 시간만큼 긴 서술에서 동일한 클라이맥스를 경험했다.

〈교향곡 7번〉과《주홍 글자》

쇼스타코비치의 〈교향곡 7번〉 1악장의 서술, 더 정확히는 1악장 속의 유명한 침략자 에피소드와《주홍 글자》

의 서술을 맞춰보면 서로를 응시하는 거울 같아서, 이들 음악 작품과 문학 작품은 상대의 서술에서 자신의 이미지를 발견할 수 있을 듯하다. 쇼스타코비치는 그 에피소드 길이를 10분 이상 전개하는 동시에 내적으로 음악 없이, 혹은 관현악 부분 없이 구성함으로써 단일한 곡조가 북소리 속에서 끊임없이 나타났다 사라지게 만들었다. 이는 호손의 《주홍 글자》에서 단일한 정서의 주제가 끊임없이 변주되는 것과 흡사하다. 쇼스타코비치가 서술에서 가끔씩 음악을 포기했듯 너새니얼 호손도 장편소설에서 필요한 플롯의 기복을 포기했다. 구조가 단편소설 비슷한 이 장편소설에서 호손은 서술에서의 관용적 대비마저 포기했으며 쇼스타코비치 역시 침략자 에피소드에서 대비를 포기해버렸다. 그래서 두 사람은 서술 작품에서 가장 강력한 도전을 원초적 상태로 받아들여 크레셴도의 방식으로 서술을 이어갈 수밖에 없었다. 그리고 두 사람 모두 성공했다. 그들은 연약해진 서술을 침착하면서 가뿐하게, 점점 강대하게 키워냈다. 의심할 여지 없이 이런 크레셴도 방식은 아이들의 눈동자처럼 가장 천진하고 단순한 동시에 가장 강력한 서술이기도 하다. 그것은 서술자의 기교가 최고 경지에 이르렀음을 보여줄 뿐만 아니라 차츰차츰 강해지다가 최후의 클라이맥스에 이르렀을 때는 인생의 무게와 운명의 광활함까지 드러낸다.

이러한 방식 때문에 서술의 현은 언제라도 끊어질 듯 팽팽해진다. 또한 클라이맥스에 가까워질 때는 반복해서 클라이맥스를 밀어내는 식으로, 다가올 클라이맥스를 더욱 방대하고 무거워지게 만든다. 그래서 클라이맥스에 이르면 사람들은 종말의 날이 다가온 듯 어쩔 줄 몰라 하는 것이다.

쇼스타코비치는 거의 질식할 듯한 침략자 에피소드에서 북소리를 175차례 반복하고, 11차례의 변주 속에서 주제를 힘겹게 끌고 나간다. 관현악이 없는 상태에서 작은북을 반복해 맞이하고 보낼 때, 쇼스타코비치는 북채가 오가는 간격을 갈수록 줄이다가 나중에는 순간적으로 전환시키고 마지막에 이르면 북채의 떠남과 도착을 동일화한다. 거대한 불안의 음향은 하늘처럼 우리를 뒤덮을 뿐만 아니라 끊임없이 계속되기 때문에 하늘이 빠르게 압축되어 줄어드는 것만 같다. 보통 클라이맥스는 서술의 막다른 길을 의미한다. 따라서 클라이맥스에서 어떻게 끝을 맺고 서술을 어떻게 떨어뜨리지 않고 하강 없이 한층 고조시키는가가 서술 작품의 핵심이라 할 수 있다.

쇼스타코비치는 서술에서 메인 테마를 돌출시킨다. 날카로운 서정 단락을 거대하고 두려운 음향 속에서 키워내는 것이다. 순식간에 기적이 일어나면서 사람들은 '가벼움'이 '무거움'보다 더 강력하다는 사실을 발견한다. 마치 먹구름이 성을 무너뜨릴 듯 덮쳐올 때 가느다란 햇빛이 재난을 와해시키는 듯하다. 그 서정의 현악이 날카롭게 부상해 광활함 속을 가볍게 떠다니는 순간 사람들은 클라이맥스의 클라이맥스를 경험한다. 이렇게 쇼스타코비치는 아무리 거대한 선율이나 격앙된 리듬이라도 짧은 서정으로 전부 뒤덮을 수 있음을 증명했다. 이제 호손의 증명에 대해 논해보자. 변화무쌍한 문장 뒷면에서 짧고 차분한 서술은 무엇을 드러낼까. 너새니얼 호손은 문학의 서술도 똑같다는 것을 증명했다.

아마 너새니얼 호손이 《주홍 글자》에서 로맨스를 만들어냈다는 사실을 부인하는 사람은 없을 것이다. 실제로도 《주홍 글자》의 출판 덕분에 너새니얼 호손은 순식간에 낭만주의 작가로 탈바꿈하고 에드거 앨런 포와 다른 길을 가게 되었다. 그전까지는 두 사람 모두 어두운 방에서 영혼이 붕괴되는 이야기를 썼다. 물론 《주홍 글자》는 달콤한 환상으로 가득한 로맨스가 아니라 인내와 충성의 역사이다. D. H. 로렌스의 말을 인용하자면 그것은 "생생하게 살아 있는 사람들의 이야기이지만 지옥 같은 의미를 품고 있다."

헤스터 프린과 젊은 목사 아서 딤스데일의 이야기는 아담과 하와의 이야기처럼 유혹하고 유혹당한 뒤, 혹은 순간의 사랑을 나눈 뒤 인류 기원의 신화와 함께 죄악의 신화를 가진다. 같은 이유로 《주홍 글자》의 이야기에는 정령과도 같은 딸인 펄이 등장하고, 펄은 두 사람의 짧은 행복이자 긴 고통의 근원이 된다. 이야기는 이미 돌이킬 수 없는 상황에서부터 출발한다. 청교도가 널리 퍼진 뉴잉글랜드 지역에서 헤스터 프린은 남편도 없이 임신했기 때문에 감옥에 갇히고 옥중에서 펄을 낳는다. 호손의 서술이 시작되는 그날 아침, 감옥

바깥의 시장에는 사람들이 잔뜩 모여 헤스터 프린을 기다리며 교구의 수치이자 탕부인 헤스터가 감옥에서 어떤 모습으로 나올지 의견을 나누고, 헤스터 프린이 영어로 '간통^{adultery}'의 첫 글자를 의미하는 주홍색 A자를 가슴에 달고 수치심과 죄책감 속에서 평생을 살아야 한다고 말한다. 곧이어 호리호리하고 완벽할 정도로 우아하며 당당한 헤스터가 3개월밖에 안 된 펄을 안고 눈부신 모습으로 감옥을 빠져나온다. "재난의 안개 속에서 빛을 잃은 사람"과는 거리가 멀고 가슴의 주홍 글자는 "화려한 주홍색 천을 재단한 뒤 사방을 금실로 세심하게 수놓고 정교하게 장식해놓았다." 손에 곤봉을 든 형리가 헤스터를 시장 서쪽의 처형대로 데려간 뒤 그 위에서 주홍 글자를 드러낸 채 오후 1시까지 서 있도록 한다. 사람들은 그녀를 욕하며 누가 아이 아버지인지 말하라고 압박한다. 심지어 아이의 진짜 아버지, 존경받는 딤스데일 목사까지 앞으로 나와서 진실을 밝히라고 하지만 그녀는 "싫습니다"라고 대꾸한다. 헤스터는 자신이 깊이 사랑하는 사람을 보고 사색이 되어 말한다. "내 아이는 하늘의 아버지를 찾아야 합니다.

세상의 아버지는 영원히 모를 겁니다."

이것은 인내의 시작에 불과하다. 이후 2백 여 페이지에 달하는 세월 속에서 헤스터는 갈수록 잔인하게 자신을 괴롭히고 수치의 공범인 딤스데일, 종교적 열정이 강하고 말재주가 뛰어난 젊은 목사도 마찬가지로 스스로를 괴롭힌다. 너새니얼 호손은 두 사람 사이에 로저 칠링워스를 끼워 넣는다. 연금술과 의술에 정통한 이 노인은 헤스터의 진짜 남편으로 실종되었다가 갑자기 돌아오는데, 호손의 서술을 보면 연금술이 아니라 계략에 더 정통한 것 같다. 칠링워스는 아주 수월하게 헤스터를 제압해 그녀가 자신의 진짜 신분을 발설하지 못하도록 만든다. 그런 다음 갈수록 약해지는 딤스데일의 마음을 끊임없이 자극하고 괴롭혀 죽음으로 몰아간다. 헤스터가 펄을 안고 처음 처형대에 오른 이후 호손의 서술은 기묘한 내적 여정을 시작한다. 그는 헤스터가 견뎌야 하는 고통과 딤스데일이 견뎌야 하는 고통을 점차 가까워지게 만들다가 마지막에는 하나로 합친다. 호손의 서술은 쇼스타코비치의 침략자 에피소드, 혹은 모리스 라벨의 〈볼레로〉와 약속이라도 한 듯 일치한다. 모두 무척 길면서 대비가 없고 서술이 갈수록 강해진다. 너새니얼의 재능이 빛을 발하던 시절이라, 그의 서술은 명상 속 이미지처럼 고요하고 온화한 한편 이미지의 동맥에서는 선혈이 끊임없이 심장으로 돌격한다. 쇼스타코비치의 침략자 에피소드와 라벨의 〈볼레로〉에 클라이맥스가 하나뿐인 것처럼 2백 여 페이지에 달하는 호손의 《주홍 글자》에도 클라이맥스는 하나밖에 없다. 이는 크레센도 방식으로 완성되는 서술 작품이 공통적으로 갖는 운명 같다. 점점 강해지는 서술이 산비탈을 따라 위로 올라가듯 조금씩 이어진 끝에 정상에 이르는 것이다.

《주홍 글자》의 최고봉은 23장 '주홍 글자의 폭로'에서 나온다. 사실 서술의 클라이맥스는 21장 '뉴잉글랜드의 경축일'에서부터 시작된다. 여기에서 너새니얼 호손은 떠들썩한 장면을 침착하게 지배하는 재능을 선보인다. 신임 주지사의 성대한 취임식이 뉴잉글랜드 지역의 경축일이 되는 이날, 호손은 헤스터가 펄을 안고 시장으로 나가도록 설정한 다음 부단한 확장을 통해 시장의 즐거운 분위기와 난잡한 사람들을 교차시킨다. 그리고 옷차림으로 사람들이 여러 곳에서 왔음을 보여줌으로써 시장에 다채로운 활기를 더한다. 이러한 배경에서 호손은 헤스터의 내면을 비밀스러운 즐거움으로 채운 다음 그녀가 가슴 앞의 주홍 글자를 보다가 오만한 표정으로 "이 주홍 글자와 주홍 글자를 달고 있는 사람을 마지막으로 한 번 보라고!"라고 속으로 외치도록 만든다. 그건 헤스터가 다음 날 출항하는 배에 자신과 펄, 젊은 목사 딤스데일을 위해 몰래 자리를 잡아두었기 때문이다. 순결한 마음을 가진 목사가 암울한 로저 칠링워스의 괴롭힘에 초췌하고 나약해지자 헤스터는 그의 생명이 위태롭다고 느낀다. 그래서 약속을 어기고 자신과 같은 집에 사는 늙은 의사가 누구인지 목사에게 밝힌다. 두려움과 절망에 시달리던 목사는 헤스터가 보여준 사랑의 힘에 감동을 받고 마침내 그 식민지와 로저 칠링워스에게서 벗어날 용기를 낸다. 그들은 바다의 넓은 길을 떠올리며 이튿날 떠나 그들의 고향인 잉글랜드나 프랑스, 독일, 혹은 유쾌한 이탈리아에서 진짜 삶을 시작하려 한다.

시장 사람들의 맹목적인 기쁨과 달리 헤스터의 기쁨은 진정한 기쁨이다. 너새니얼 호손은 피아노의 승리 테마로 군중의 협주를 압도하는 것처럼 그녀의 기쁨을 도드라지게 서술한다. 그러다 어울리지 않는 음을 하나 등장시킨다. 색색의 리본을 단 선장과 칠링워스가 대화하는 모습을 헤스터가 발견하는 것이다. 이야기를 마친 선장은 헤스터에게 다가와 로저 칠링워스도 자리를 예약했다고 알려준다. 헤스터는 "속으로 소스라치게 놀라지만 차분한 태도로 응대"한 뒤 멀리에서 자신을 보며 빙그레 웃는 남편을 발견한다. 그 음험한 의사는 "소란스러운 광장 건너편에서 사람들의 웃음과 각종 생각, 감정과 흥분 너머로 비밀스럽고도 끔직한 의도를 전해왔다."

이때 호손의 서술은 22장의 '행렬'로 넘어가고, 우렁차게 울리는 협주곡이 헤스터에게 속하는 피아노 테마를 덮어버린다. 시장에서 환호성이 울리고 근처 거리에서 군악대와 주지사 및 시민들의 대오가 다가올 때 딤스데일 목사는 호위대 뒤쪽의 훨씬 훌륭해 보이는 사람들 사이에 섞여 있다. 이날 목사는 "지금 대오를 따라 행진할 때처럼 힘찬 발걸음과 태도를 보인 적은 한 번도 없었을" 만큼 의기양양하다. 행렬은 공회당을 향하는 중이며 젊은 목사는 선거 축하 설교를 할 예정이다. 헤스터는 자기 앞으로 지나가는 목사를 바라본다.

호손은 서술에 불안을 등장시킨다. 불안한 테마가 헤스터를 휘감을 때 또 다른 암울한 인물인 히빈스 부인이 등장하고, 이 비열한 노부인은 헤스터의 정신에 압박을 가한다. 그녀는 로저 칠링워스와 공모하지 않았지만 똑같이 헤스터를 안절부절못하게 몰아간다. 불안의 서술은 히빈스 부인의 날카로운 웃음 속에서 흩어진다.

이어서 다시 기쁨이 시작된다. 대단한 사람들이 교회로 들어가고 시민들도 공회당에 가득 모였을 때 신성한 딤스데일 목사의 강연이 울려 퍼진다. 헤스터는 저항할 수 없는 감정에 이끌려 다가가지만 도처에 사람들이 가득해 처형대 옆쪽에 자리를 잡을 수밖에 없다. 목사의 목소리가 "음악처럼 열정과 감동을 전하고 숭고하거나 온화한 느낌을 불어넣어" 헤스터는 "골똘히 귀를 기울여" 듣는다. "그녀는 아래로 떨어져 휴식을 취하려는 바람 소리처럼 낮은 음성에 사로잡혔다. 이어서 음성이 점점 달콤하고 강력하게 솟아오르자 헤스터도 덩달아 고조돼 그 엄숙하고 장엄한 음성에 온몸을 내맡겼다."

호손은 서술의 기쁨을 신성함으로 바꾸어 모든 것을 고요하게 만든다. 그런 다음 딤스데일의 목소리만 장엄하게 살려서 청중들 모두 "거친 파도 위로 영혼이 떠오르는 듯한" 느낌을 받도록 설정한다. 7년 동안 양심의 가책에 시달리다 죽음 직전에 이른 젊은 목사는 이때 평생의 정력을 모아 소멸 직전 잠깐 정신을 차리는 순간으로 들어서는 듯하다. 그리고 그의 맞은편 멀지 않은 처형대에서, 이 고요한 순간, 목사의 신성한 설교로 뒤덮인 시장에서 헤스터가 다시 한 번 불협화음을 들을 때 서술의 신성함이 끊어진다. 아무것도 모르는 선장은 다시 한 번 로저 칠링워스의 전달자가 되고 또 다른 무지의 인물인 펄을 통해 전달을 완성한다. 헤스터는 7년의 고통, 핍박, 괴로움과 바꾼 유일한 희망, "바다의 넓은 길"이라는 내일의 희망이 끔찍하게 사라지고 로저 칠링워스의 죄악이 영원히 그들을 점유할 것이라는 무서운 번민에 빠진다. 이때 자기의 신성한 음성에 빠져 있는 딤스데일은 상황을 전혀 알지 못한다.

그리고 나서 서술은 클라이맥스 챕터인 '주홍 글자의 폭로'로 들어간다. 딤스데일의 목소리가 마침내 멈추면 서술은 기쁨의 협주를 재개해 "거리와 시장 사방팔방에서 사람들이 목사를 칭찬했다. 그의 청중들은 하나같이 남들보다 낫다고 생각하는 자신의 견해를 있는 힘껏 토로한 뒤에야 조용해졌다. 그들은 너 나 할 것 없이 오늘 목사처럼 지혜롭고 숭고하며 신성한 정신으로 설교한 사람은 없었다고 증언했다." 이어서 음악 소리와 호위대의 가지런한 발걸음 속에 딤스데일과 주지사, 관리 및 지위 높고 명망 있는 사람들이 교회에서 나와 시청의 성대한 연회장으로 향한다. 호손은 이때의 단락을 화려하게 묘사한다. 원래의 박자를 잊은 듯 최대한 과장해 광풍 같은 환호성, 우레 같은 소리, 바다의 포효 등 화려한 비유를 잇달아 선보인 뒤 이어서는 "뉴잉글랜드 땅에서" 같은 대구를 등장시키며 시장의 즐거운 분위기를 거창하고 지속적으로 이어간다.

그러고는 불안한 악절을 조용히 등장시킨다. 사람들은 목사의 "하얗게 질려 살아 있는 사람 같지 않은 얼굴"을 본다. 목사는 언제든 쓰러질 것처럼 비틀거리며 나아간다. 그렇게 지력과 감성이 모두 빠져나간 목사는 덜덜 떨면서도 노목사 윌슨의 부축을 단호히 거부한다. 신임 주지사도 무척 불안해 하지만 그의 표정 때문에 감히 다가가 부축하지 못한다. 이런 육체적 쇠약의 불안한 악절은 서서히 진행되다가 처형대 앞에 이르러 헤스터와 펄이 등장하면 곧바로 격앙된다. 딤스데일이 모녀에게 팔을 벌리며 조용히 그들의 이름을 부를 때 얼굴에는 "온화하고 기이한 승리의 표정"이 드러난다. 그는 노목사 윌슨의 떨리는 손을 치우고 헤스터에게 구원의 외침을 내뱉는다. 헤스터는 "피할 수 없는 운명에 이끌리듯" 젊은 목사에게 다가가 "팔을 내밀어 그를 부축해서는 처형대의 계단을 올라갔다."

그 높은 처형대에서 서술은 클라이맥스에 이르고, 죽음과 도 같은 정적 가운데서 딤스데일에게 속한 악절이 날카롭게 허공을 찌른다. 딤스데일은 "나를 여기까지 이끌어주신 하느님께 감사드립니다!"라고 말한 뒤 헤스터에게 "이게 더 좋지 않소"라고 속삭인다. 너새니얼 호손은 딤스데일이 "바다의 넓은 길"로 도망가지 않고 7년 전 헤스터가 펄을 안은 채 처음 수치를 참아냈던 처형대에 서는 용감한 선택을 하도록 설정한다. 7년 동안 똑같은 수치심에 시달리던 그가 전부 풀어놓기 때문에 서술은 여기에서 화산처럼 폭발한다. 그는 어리둥절해하는 시장 군중을 향해 7년 전 그들이 헤스터에게 밝히라고 했던 사람이 자신임을 공개한다. 그때 딤스데일의 악절은 더 이상 불안하지 않고 기이한 강인함과 예리함으로 바뀌어, 시장 군중에게 속하는 협주를 완전히 몰아낸 뒤 왕처럼 홀로 선회한다. 딤스데일은 꺼져가는 생명의 마지막 목소리로 헤스터 가슴의 주홍 글자는 자기 가슴 주홍 글자의 그림자일 뿐이라고 말한다. 이어서 "그는 경련하듯 가슴 앞의 목사복 띠를 잡아떼" 사람들에게 피부에 찍힌 주홍색 A자를 내보인다. 그런 다음 쓰러진다. 그렇게 클라이맥스가 최고봉에 이르면서 모든 일이 극단으로 내몰리고 모든 감정도 갈 곳을 잃어버린다.

이때 너새니얼 호손은 쇼스타코비치와 똑같은 경험을 선

사한다. 침략자 에피소드의 짧은 서정이 거대한 선율을 뒤덮어 클라이맥스에 클라이맥스를 세우듯, 호손은 느닷없이 극도로 차분한 서술을 펼친다. 헤스터가 딤스데일의 얼굴 가까이 고개를 숙이도록 해서 젊은 목사가 세상을 떠나는 순간 두 사람의 마지막 말을 완성한다. 헤스터와 딤스데일의 마지막 대화는 무척 감동적으로, 거기에는 고통이나 비애, 원한은 하나도 없고 짧고 간절한 차분함만 있다. 직전 클라이맥스 단락에서 이미 《주홍 글자》의 모든 고통과 슬픔, 원한이 응축되어 호손의 전체 서술을 강력하게 압박했기 때문이다. 하지만 너새니얼 호손은 형언하기 힘든 온화함을 미처 드러내지 못했기 때문에 서술을 이어가고, 이러한 온화함은 바로 직전의 격앙을 곧바로 이어받는 동시에 덮어버린다. 차분함과 온화함의 이 작은 단락에서 호손은 앞쪽 2백 여 페이지에서 차츰 축적된 감정, 서술로는 더 이상 감당하기 어려워진 거대한 감정을 순식간에 해방시킨다. 이것이 바로 너새니얼 호손, 그리고 쇼스타코비치가 짧은 서정 단락으로 강대한 클라이맥스 단락을 종결하는 이유이다. 두 사람 모두 구원이 필요했고 갈수록 가라앉거나 격렬해지는 서술에서 벗어날 필요가 있었기 때문이다. 또한 이러한 클라이맥스의 클라이맥스는 삶에 대한 죽음의 보답 같은, 전체 서술에 대한 보답이기도 하다.

1999년 1월 26일

부정

어니스트 뉴먼이 편집 및 출판한 《회상록Memoirs of Hector Berlioz》에서 엑토르 베를리오즈는 작가다운 면모를 여실히 드러내, 음악을 처리할 때만큼이나 뛰어난 재능으로 언어의 리듬과 변화를 처리하고 신랄하면서도 유머러스한 기조를 선보인다. 그가 스스로의 음악을 변화무쌍하다고 여긴 것처럼 《회상록》의 이야기도 그렇다. 베를리오즈는 자신의 일생을 돌아보는 동시에 낭만적 감성과 과장된 상상력, 언어 서술에 대한 애착으로 자기 일생을 재구성한다. 낭만주의 시기 음악가의 언어 작품 중에서 베를리오즈의 《회상록》은 사료적 가치가 제일 부족한 작품일지도 모른다. 하지만 이것이 바로 그의 스타일이다. 관현악 배치에 관한 작품인《악기법De l'instrumentation》에서 화려한 산문 스타일을 한껏 드러냈던 것과 마찬가지로 말이다.

모차르트 오페라에 대해 쓴《회상록》의 챕터에서 베를리오즈는 "나는 모차르트에게 대단히 감탄하지는 않는다……" 라고 적었다. 이때 베를리오즈의 관심은 크리스토프 글루크와 가스파레 스폰티니에게 쏠려 있었고, 그는 이것이 〈돈 조반니〉와 〈피가로의 결혼〉 작곡가에게 냉담했던 원인이라고 인정하며 "훨씬 더 충분한 또 다른 이유도 있다. 모차르트가 돈나 안나를 위해 쓴 수준 낮은 음악에 깜짝 놀랐기 때문이다. ……그건 2막의 숨 막힐 만큼 애절한 서정적 소프라노 아리아인데, 슬픔과 눈물로 가득한 그 사랑의 시구가 우습고 부적절한 악절로 끝나는 게 아닌가. 동일한 사람이 어떻게 이처럼 완전히 어긋나는 곡을 쓸 수 있는지 의문을 제기하지 않을 수 없다. 돈나 안나는 갑자기 눈물을 닦고 저속하면서 익살스러운 역할로 변하는 듯하다"라고 말했다. 이어서 베를리오즈는 격앙된 어조로 또 언급했다. "내 생각으로는 이처럼 용인할 수 없는 모차르트의 잘못을 사람들에게 양해하라고 할 수는 없을 듯싶다. 그 수치스러운 페이지를 찢어버리고 그의 작품 속 비슷한 오점들을 씻어버릴 수만 있다면 나는 기꺼이 피를 흘리며 목숨을 내놓을 것이다."

이는 젊은 베를리오즈가 파리음악원 입학시험에 응시했을 때의 견해로, 당시 베를리오즈는 "그 유명 음악원의 극음악에 완전히 매료되었다. 이러한 연극은 서정적 비극이라고 말해야 한다"고 했다. 한편 파리의 이탈리아 오페라극장에서는 이탈리아 사람이 이탈리아어로 〈돈 조반니〉와 〈피가로의 결혼〉을 줄기차게 공연하고 있었다. 베를리오즈는 이탈리아인과 대위법에 줄곧 편견을 가지고 있었기 때문에 모차르트에게까지 화가 나서 "그때 모차르트의 극 원칙을 믿을 수 없어서 그에 대한 열정을 영상 1도까지 낮췄다"고 했다. 이런 상황은 베를리오즈가 음악원 도서관에서 원래의 악보를 찾아 오페라극장의 이탈리아인 공연과 대조할 때까지 한참 동안 지속되었다. 그때서야 꿈에서 깨어난 듯 베를리오즈는 오페라극장의 공연이 사실은 프랑스식 잡곡이며 진짜 모차르트는 도서관의 누렇게 바랜 악보에 누워 있음을 발견했다. "일단 극도로 우아한 사중주, 오중주와 소나타들 때문에 천사 같은 그 천재를 숭배하기 시작했다." 모차르트는 베를리오즈에게서 곧장 명예를 되찾았다. 그런데 재미있게도 모차르트에 대한 숭배가 그 소프라노 아리아에 대한 베를리오즈의 견해까지 바꾸지는 못했다. 오히려 한층 날카롭게 "나는 심지어 창피하다는 표현까지 써가며 그 음악을 비난했는데 그래도 결코 지나치지 않다"라고 말했다. 베를리오즈는 "여기에서 모차르트는 예술사상 가장 눈에 띄는 실수를 저질렀다. 그것은 사람들의 감정과 정서, 우아함과 양심을 저버렸다"라고 인정사정없이 비난했다.

사실 당시 모차르트 오페라의 선율과 가사는 더할 나위 없이 완벽한 조화라며 광범위한 찬사를 받고 있었다. 설령 그러한 조화가 절반은 성공하고 절반은 금이 갔을지언정 말이다. 그것은 극과 음악이 각자의 독립성을 강조하기 때문이었다. "선율과 가사는 항상 상대의 권리를 침범하거나 양보한다"는 에두아르트 한슬리크의 말처럼 음악의 완벽성 원칙과 극의 정확성 원칙은 오페라에서 툭하면 대립했다. 한슬리크는 "오페라는 대등한 두 세력이 영원히 경쟁하는 입헌정체立憲政體와 비슷하다. 이러한 경쟁에서 예술가는 어떨 때는 이 원칙의 승리를, 또 어떨 때는 저 원칙의 승리를 편들어주는 수밖에 없다"라는 적절한 비유를 내놓기도 했다. 그런데 모차르트는 다른 원칙, 그러니까 극의 원칙이 이기는 기회를 한 번도 허락하지 않았던 것 같다. 그는 좋은 음악이 가장 나쁜 가사를 잊게는 만들어도 반대 상황은 없다고 믿었다. 그래서 모차르트의 음악은 늘 오페라에서 독립돼 발전했으며 가장 복잡한 부분, 피날레 부분들은 가사 없이 음악만 들어도 언제나 명료하고 아름다웠다.

시는 음악의 순종적 딸이어야 한다는 모차르트와 상반되게 크리스토프 글루크는 음악을 시 아래에 예속시켰다. "프랑스에서 이탈리아 오페라와 오랜 투쟁을 벌인" 이 독일인, 여기에서 말하는 이탈리아 오페라는 몬테베르디 이후 150년 동안 차츰 유명무실하고 현학적으로 변해버린 오페라를 뜻하며, 글루크는 이 점만으로 프랑스인 베를리오즈의 호감을 얻었다. 글루크는 그 시대 허세만 부리던 가수로부터 오페라의 주권을 넘겨받았다. 그의 계승자인 바그너는 이에 대해 "글루크는 표정과 가사가 일치해야만 합당하고 효과적이며, 아리아와 레시터티브 모두 그렇다고 의식적으로 자신감 있게 말했다. ……그는 오페라의 모든 요소들이 서로 간에 차지하고 있던 위치를 완전히 바꿔…… 가수는 작곡자의 목적을 실행하는 대리인이 되었다"라고 말했다. 하지만 글루크는 시인과 작곡가의 관계는 바꾸지 않았다. 갈수록 독재적이 되어가는 다른 작곡가들과 달리 글루크는 가사 앞에서 늘 공손했고, 베를리오즈가 글루크를 좋아한 이유 가운데 하나도 여기에 있었다. 글루크의 오페라에서 베를리오즈는 모차르트 같은 실수, 선율과 가사가 정반대로 가는 실수를 찾지 못했다.

그러자 나는 문득 모차르트가 정말 실수했을까 하는 의문이 들었다. 혹시 돈나 안나를 위한 모차르트의 아리아를 창피하다고 여겼을 때 베를리오즈는 음악 서술 속 부정의 원칙을 외면한 게 아닐까? 혹은 단순히 선율과 가사의 관계에 부정의 원칙을 적용하는 것에 반대하기 위해서 그랬을 수도 있다.

간단히 말하자면 작곡가가 가사 앞에서 독단적으로 구는 게 불만스러웠던 것이다. 사실 천사 같은 모차르트가 그 서정적 소프라노 아리아의 눈물에 젖은 가사를 못 봤을 리 없다. 하지만 오페라에서 선율은 범람하기 시작한 홍수가 제방에 구애받지 않듯이 자기 방향을 취하기 마련이다. 모차르트의 음악이 고삐 풀린 망아지를 탔을 때 누가 그에게 방향을 지시할 수 있겠는가? 음악사에서 가장 천진한 성격과 독보적인 재능을 가진 모차르트만이 말발굽 아래로 뻗어나가는 길을 설계할 수 있을 것이다.

따라서 모차르트의 음악은 돈나 안나의 아리아 속 가사가 지닌 의미를 부정했다고 봐야 한다. 베를리오즈는 그걸 주의 깊게 보고는 실수, 심지어 창피한 실수라고 여겼다. 베를리오즈와 동시대에 살았던 다른 사람들도 발견했겠지만 그들은 아무 말도 하지 않았다. 아마 그들은 실수라고 보지 않았을 것이다. 브람스 못지않게 치밀한 한슬리크는 오히려 모차르트 오페라의 선율과 가사가 더할 나위 없이 조화를 이룬다고 칭찬했다. 이는 어떻게 서술 작품을 대할 것인가의 방식과 비슷하다. 음악 작품과 언어 작품에서 이미 수없이 증명되었듯 사람들은 늘 자기 의견을 고집하며 양보 없이 팽팽하게 맞선다. 다음 단락의 멘델스존이 쓴 편지만 봐도 그렇다. 멘델스존은 베를리오즈의 변화무쌍하고 감성적인 〈환상교향곡〉을 들은 뒤 로마에서 어머니에게 "어머니도 베를리오즈와 그의 작품에 대해 들어보셨겠지요. 저는 정말 실망했습니다. 그는 교양과 문화를 갖춘 온화한 군자이지만 음악은 끔찍하더군요"라고 편지에 적었다.

멘델스존은 그 표제음악•과 그것이 암시하는 음산한 이야기에 호감을 느낄 수 없었다. 혹은 베를리오즈가 교향곡에서 문학을 과시하는 게 싫었다고 말할 수도 있겠다. 뉴먼이 "현대의 모든 표제음악 작곡가는 베를리오즈를 기반으로 한다"라고 말했지만, 당시의 멘델스존은 베를리오즈가 문학으로 음악을 공격하려 한다고 보았기 때문에 그렇게 플롯을 가

•   제목으로 곡의 내용을 설명 혹은 암시하는 음악. 베토벤, 베를리오즈 등에서 시작해 19세기 낭만주의 음악에서 발달했다.

진 음악을 받아들일 수 없었다. 게다가 연주하기 전에 베를리오즈가 작품해설서 2천 부를 배부하자 멘델스존은 심기가 불편해져 한층 거센 어투로 "저는 상술한 모든 것을 혐오합니다. 사람들이 무척 소중하게 여기는 사상이 만화 같은 수법으로 처리되고 왜곡돼 폄하되는 것을 보면 정말 화가 치밀어 오릅니다"라고 적었다. 이것이 바로 베를리오즈의 음악 혁명을 대하는 멘델스존의 태도였다. 반복해서 등장하는 테마, 즉 나중에 리스트와 바그너에게 영향을 준 '고정 악상idée fixe, 固定樂想'도 멘델스존의 눈에는 그저 "왜곡된 최후의 심판일 속 바소오스티나토●"에 불과할 뿐이었다. 베를리오즈가 악기 고유의 소리를 배제할 뿐만 아니라 악기의 음과 색채를 혼합해 새로운 소리를 냈을 때는 "가능한 모든 관현악을 과장해 허구의 감정을 표현합니다. 팀파니 네 개, 피아노 두 대의 연탄으로 방울 소리를 모방하고 하프 두 대와 큰북 여러 개, 바

● 　　같은 선율의 저음을 되풀이하는 것. 고집저음固執低音이라고도 한다.

이올린을 여덟 파트로 나누며 두 파트는 콘트라베이스로 연주합니다. 이런 방식(제대로나 운용하면 반대하지 않겠지만)으로 표현하는 게 고작 평범하고 썰렁한 헛소리, 신음이나 고함, 반복적인 비명일 뿐이고요"라고 썼다.

멘델스존은 편지 말미에 "사물은 그렇게 날카롭고 적절하게 평하고 인식하면서 자기 자신에게는 얼마나 무지한지, 그걸 보시면 어머니도 무척 안타까우실 거예요"라고 말했다. 베를리오즈가 모차르트의 음악에서 그 창피한 페이지를 찢어버릴 수만 있다면 기꺼이 피를 흘리며 목숨을 내놓을 거라고 했던 것처럼 멘델스존은 "그를 보고서 제가 얼마나 실망했는지 말로 표현할 수가 없습니다. 며칠 동안 일이 손에 잡히지를 않았어요"라고 반응했다.

우아하고 섬세하며 조화로운 선율을 추구한 멘델스존은 확실히 모차르트의 신념에 동조할 수밖에 없었다. 모차르트는 "음악이란…… 절대로 귀에 거슬려서는 안 되고 마음을 편안하게 만들어줘야 한다. 다시 말해 음악은 영원히 음악이길 포기하면 안 된다"라고 말했다. 선율을 지나치게 길거나 짧게 작곡해본 적이 한 번도 없는 멘델스존은 베를리오즈와 완전히 반대 방향에 서 있었다. 베를리오즈가 과격한 감정으로 자신의 천재성을 드러낼 때 멘델스존은 서술의 억제를 통해 천재성을 펼쳐 보였다. 멘델스존이 베를리오즈 작품 속 요란함을 참을 수 없었던 것처럼, 많은 사람들은 멘델스존이 음악에서 자기 자신을 제대로 풀어놓지 않는다며 그가 베를리오즈에게 실망했던 것과 똑같이 실망했다. 이것이 바로 음악, 혹은 서술 작품의 개방성이다. 칭찬과 비난이 같은 이유에서 나오기 때문에 무엇을 칭찬하고 비난하는가는 목적이 될 수 없다. 그것들은 길이 머물기 위해서가 아니라 지나가기 위해서 존재하는 것처럼 그저 지나갈 뿐이다. 멘델스존이 바흐에게 감탄하고 베를리오즈에게 실망한 것은 사실 자신의 입장을 드러내기 위해서, 혹은 자신의 음악적 이해를 옹호하고 그 이해를 합리화하기 위해서에 불과하다. 서술 작품이 완성된 뒤 존재하는 미완성성과 언제까지고 완성을 기다리는 자세는 한편으로는 서술 작품이 끊임없이 확장되는 풍부함을 드러내지만 다른 한편으로는 의견이 쉽게 갈리도록 부채질하기도 한다.

사실 모차르트에 대한 베를리오즈의 비난과 베를리오즈에 대한 멘델스존의 실망은 많든 적든 모두 음악 속에 존재하는 부정의 원칙을 드러낸다. 여기에서 논하고자 하는 부정이란 음악 서술의 스타일이나 관념의 다툼이 아니다. 이 방면이 훨씬 더 직접적이고 적나라하게 드러나 음악과 문학의 서술 역사가 거의 그런 식으로 구성되는 듯 보일지언정 말이다. 바로크 시대, 고전주의 시대, 낭만주의 시대부터 모더니즘에 이르기까지 각 시대의 혁혁한 인물과 평범한 인물이 어떻게 자신을 보호하고 남을 부정했는지를 살펴보면, 스타일과 관념에 관한 음악사의 논쟁이 사실은 한도 끝도 없는 혼전이었음을 알 수 있다. 어느 숲에 불이 난 뒤 다른 숲에 불똥이 튀는 것처럼 18세기의 전화戰火도 20세기까지 퍼져나갔다. 이것으로 음악 작품을 완성하면 거기에서 드러나는 '소란과 소동'은 베를리오즈 〈환상 교향곡〉의 '소란과 소동' 정도는 어둠 속에 잠재워버릴 것이다. 따라서 여기에서 말하는 부정이란 서술의 발전 과정에서 갑자기 등장하는 행위를 뜻한다. 이러한 우연처럼 보이지만 사실은 오랫동안 계획했을 가능성이 높은 행위, 혹은 서술 자체의 임의성과 방탕함, 또는 서술자에게 특혜처럼 갑자기 찾아오는 영감 등은 순식간에 서술의 방향을 바꿔버린다. 미소를 짓고 있던 사람이 갑자기 안색을 바꾸는 것처럼 모차르트는 선율로 돈나 안나의 아리아를 부정하고 베를리오즈는 전통적 교향곡에서 교향곡 같지 않은 욕망을 드러냈다.

모데스트 무소륵스키는 블라디미르 스타소프에게 보낸 편지에서 자신이 생각하는 네 명의 거장은 호메로스, 셰익스피어, 베토벤, 베를리오즈이며 다른 사람들은 전부 이 네 사람의 장교와 부관 및 무수한 추종자라고 말했다. 그런 다음 마지막에 "그들은 거장이 그어놓은 좁은 길을 따라 펄쩍펄쩍 뛸 뿐이지만, 바로 눈앞까지 뛰어간다면 정말 섬뜩해질 겁니다!"라고 덧붙였다. 느낌표로 마무리한 이 문장을 보면 무소륵스키는 예술 숙명론자를 자처하는 듯 보여도, 분명 음악 창작에서의 최대 난제가 무엇인지도 지적하고 있다. 이러한 난제는 심하게 과감한 사람이나 매사에 조심스러운 사람 모두 직면해야 하는 문제라서, 정통에서 벗어난 베를리오즈이든 규칙을 고수한 멘델스존이든 피할 수 없었다.

한편 이러한 난제가 서술자를 끊임없이 압박해야 비로소 서술 속의 부정이 합법적으로 계속 등장해 서술자를 '눈앞까지 뛰어가도록' 만들 수 있으며, 무소륵스키가 지적한 '섬뜩함'도 유혹으로 작용하는 동시에 서술의 압박에서 벗어나는 강력한 무기가 될 수 있다. 특히 재능 넘치는 젊은이들은 생소함과 지루함 때문에 창작의 여정에서 평범한 서술에 빠지기 쉬운데, 이럴 때는 햇살이 운무를 밀어젖히듯 패시지•에서 새로운 힘을 얻어 한창 진행 중인 서술에 지속적인 진동을 주어야 한다. 그래서 그들은 부정의 손을 빌려 과감하게 앞쪽 서술을 바보처럼 헤매게 만들고 서술을 넘어뜨린 뒤 새로운 방향을 확립한다. 바그너는 열일곱 살 때 이미 이러한 방법에 통달했다. 독창적인 이 젊은이는 크리스마스이브에 〈B플랫 장조 서곡〉을 라이프치히 궁정극장에서 공연했는데

•　　악곡 구조에서 빠르게 변하는 교량 부분. 경과구라고도 한다.

네 소절마다 부정하듯 강력한 북소리를 끼워 넣어 크리스마스이브의 청중들을 깜짝 놀라게 만들었다. 하지만 매번 놀라움이 지나가면 극장 안에서는 떠들썩한 웃음이 터졌다.

1924년 에드워드 엘가는 '대영제국박람회'를 주제로 쓴 글에서 이렇게 말했다. "방망이를 두드리는 1만7천 명의 사람, 확성기, 스피커, 하늘 위를 선회하는 비행기 네 대 등등 온통 끔찍한 기계들이었다. 텔레비전도 없고 낭만도 없고 상상력도 부족한…… 그러다 발밑에서 살아 있는 데이지 꽃들을 발견했을 때 내 눈은 촉촉해지지 않을 수 없었다."

여기에서 엘가는 내면 깊숙한 곳에서 펼쳐지는 서술을 드러낸다. 작은 데이지는 눈에 띄지도 않고 아주 연약한 존재지만 갑자기 1만7천 개의 방망이 소리와 확성기 및 비행기 등을 전부 부정할 수 있는 힘을 갖는다. 그와 동시에 엘가는 서술 속 부정의 원칙을 위해 심전도心電圖를 제공한다. 이는 매우 중요하다. 예술가의 내면 깊숙한 곳에 숨겨진 감정과 생각은 바다에 산재한 섬과 암초처럼 내면 곳곳에 흩어져 모습을 드러내지 않다가, 서술의 배가 지나갈 때 배를 정박시키거나 좌초시켜 버리기 때문이다.

이는 모든 위대한 서술자가 맞닥뜨리는 운명일 것이다. 두 합창단과 두 관현악단을 위한 〈마태오수난곡〉을 썼을 때 바흐는 레시터티브의 독창으로 합창대의 대창^{對唱}을 끊임없이 중단시켰다. 기존 서술에 불쑥불쑥 끼어든 새로운 서술은 방향을 바꾼 부정식 서술이 되고, 그것은 앞 단락의 서술을 부정하자마자 다시 새로운 단락에 부정되곤 했다. 악곡이 서술의 순환 속에서 죽었다 살아날 때마다 작곡가도 내적으로 번개처럼 짧은 인생을 경험하게 된다. 다시 말해 악곡은 그의 내적 경험을 녹음하는 셈이다. 거의 같은 이유에서 뉴먼은 베를리오즈의 음악이 내면에서 기묘한 성과를 얻었다고 여기는 동시에, 이처럼 내면에서 나온 음악은 터무니없는 작품이 될 수 없다며 "적절한 객관성을 지니고 있다. ……겉모습에 의거해 사물을 관찰하지, 사람들이 생각하듯 추측과 공상으로 육안의 증거를 보충하지 않는다"고 지적했다.

수피파 교도들의 지혜로 충만한 말씀 중에 박식다식한 학자가 죽은 뒤 천국에 가는 이야기가 있다. 그가 천국의 문에 이르자 천사가 맞이하며 "이보게, 평범한 인간. 더 이상 나아가지 말고 자네가 천국으로 들어갈 자격이 있는지부터 우리에게 증명하게!"라고 말한다. 천사가 그의 발걸음을 부정하자 학자도 똑같이 부정의 방식으로 대구한다. "제가 먼저 묻겠습니다. 당신은 여기가 제가 죽은 뒤 혼란에 빠진 영혼이 조급하게 만든 환상이 아니라 진짜 천국이라고 증명할 수 있습니까?" 음악 서술의 부정이 후퇴가 아니라 전진을 위한 선택인 것처럼 언어 서술에서 불현듯 등장하는 부정도 마찬가지이다. 박학다식한 학자가 눈앞의 천국에 강한 의심을 드러낼 때 천국에서 천사보다 훨씬 권위 있는 목소리가 들려온다. "들여보내라! 그는 우리에게 속하는 사람이다."

이 의미심장한 이야기는 계속 확장되거나 서술 작품 속 부정의 운명을 암시하는 비유로 활용될 수 있다. 박학다식한 학자가 천국의 문에 이르렀을 때 서술의 부정은 사실 천국으로 들어가기 위해서이다. 〈격앙된 적The Generous Friend〉이라는 시를 보면 적이 보내온 축복의 말이 펼쳐진다. 아일랜드 왕국을 정복해나가던 마그누스 바포드는 12세기의 어느 밤, 그러니까 세상을 떠나기 전날 밤. 죽음 앞에서 원수인 더블린의 왕, 미르헬타흐로부터 음험한 축복을 받는다. 이 더블린 왕은 축사에 가장 화려한 어휘를 동원함으로써 증오의 금자탑을 쌓는다. H. 게링이 지은 이 시는 10여 줄의 짧은 서사에 완전히 다른 두 방향을 담고 있다. 더블린의 왕은 우선 "황금과 폭풍이 그대의 군대와 나란히 싸우기를. 내일 그대의 전투가 내 왕국의 전쟁터에서 행운을 누리기를. 그대 제왕의 손으로 무서운 검의 그물을 짜내기를. 그대의 검에 반항하는 사람들이 붉은 백조의 먹이가 되기를. 그대의 신들이 그대의 영광을 채워주고 그대의 핏빛 욕망을 만족시켜 주기를. 그대가 여명 속에 승리해 아일랜드 왕을 짓밟기를"이라고 기원한다. 그런 다음 이 격앙된 적은 서술의 진짜 방향을 드러낸다.

모든 나날이 내일의 영광보다 못하기를.

이날이 마지막이 될 터이므로. 내가 그대에게 맹세하노니, 마그누스 왕이여.

여명이 사라지기 전에 내가 그대를 격파하고 말살할 터

이므로, 마그누스 바포드여.

마그누스 왕이 아일랜드를 짓밟은 것처럼 H. 게링도 "이 날이 마지막이 될 터이므로"라는 시구로 "황금과 폭풍이 그대의 군대와 나란히 싸우기를……"을 짓밟아버린다. 갑작스러운 부정은 서술에서 가장 잔인한 순간처럼 보이고, 그것은 늘 원래의 서술이 강대해지기 시작할 때 폭군의 발을 내밀어 유린한다. H. 게링의 시는 하이든의 유명하고 유머러스한 〈놀람 교향곡〉을 연상시킨다. 이 교향곡은 고상한 척하느라 음악을 듣다가 졸기 일쑤인 사람들을 깜짝 놀래주기 위한 작품이라고 전해지지만 사실은 서술 자체로서의 이유를 가지고 있다. 가장 부드러운 안단테가 진행될 때 하이든은 갑자기 폭탄을 던지듯 열여섯째 마디의 예상하지 못한 강력한 북소리로 상당수 청중에게 일생일대의 순간적 놀라움을 안겨준다. 물론 사람들은 이 작품 속의 기분 좋은 음악, 말하자면 느린 서주序奏와 1악장의 명랑한 테마, 왈츠 풍의 미뉴에트, 활발한 선율도 잊지 못한다. 따라서 하이든의 〈놀람 교향곡〉

과 H. 게링의 시는 모두 서술 속의 일출이나 생명의 탄생을 가리킨다고 말할 수 있다. 열여섯째 마디의 강렬한 북소리가 순간적으로 부드러운 안단테를 부정하고 나면, 또 "내가 그대를 격파하고 말살할 터이므로"가 순간적으로 "내일 그대의 전투가 내 왕국의 전쟁터에서 행운을 누리기를"을 부정하고 나면 서술도 순간적으로 날아오른다.

1999년 3월 23일

영감

영감靈感이란 무엇일까? 아리스토텔레스는《수사학》에서 조국을 위해 전사한 젊은이들을 두고 "1년 가운데 봄을 빼앗긴 듯하다"라고 말한 그리스 정치가 페리클레스의 비유를 인용한다. 그렇다면 페리클레스는 왜 빼앗긴 봄을 전사한 젊은이와 중첩시켰을까? 고전주의에서는 매우 단순하게도, 신의 뜻이라는 답을 내놓는다. 이렇게 책임을 전가한 답은 증명될 수 없는 동시에 반박받을 일도 없기 때문에 영감을 가장 잘 해석한 것처럼 보인다.

아마도 플라톤의《이온》이 상술한 답안과 관련해 최초라고 할 수는 없어도 가장 완전한 기원이라고 말할 수 있을 것이다. 말솜씨가 뛰어난 소크라테스가 멀리에서 찾아온 음유시인 이온을 집에서 접대한 뒤 영감에 관한 전설이 생겨난다. 호메로스 전문 낭송자로 사람들의 총애를 받던 이온은 두 가지 고집스러운 견해를 안고 소크라테스를 찾아온다. 그는 자신이 호메로스의 작품은 완벽하게 외우지만 헤시오도스나 아르킬로코스의 작품은 제대로 외울 수 없는 이유를 첫째, 호메로스의 작품이 다른 두 시인보다 훨씬 뛰어나고 둘째, 자신의 음송 능력이 뛰어나기 때문이라고 여긴다. 소크라테스와 이온의 이 대화는 논리학에서 유명한 논쟁이다. 소크라테스는 끊임없이 함정을 만들고 이온은 계속해서 함정에 빠진다. 그래서 마지막에 이르면 소크라테스는 이온이 호메로스의 작품을 완벽하게 외울 수 있는 이유를 자신의 능력 때문이나 다른 시인보다 호메로스가 뛰어나서가 아니라 영감, 그러니까 일종의 신력神力이 자신을 지원하기 때문이라고 믿게 만든다. 가련한 이온은 "저는 이제 대시인들이 영감의 신적 대변인이라는 것을 알았습니다"라고 말하고 소크라테스는 한 걸음 더 나아가 "당신들 음유시인은 시인의 대변인이기도 합니다"라고 말한다. 그렇게 이온은 자기 생각을 버리고 소크라테스의 생각을 지닌 채 돌아간다.

리하르트 슈트라우스는 아버지로부터 "모차르트가 서른여섯 살까지 살면서 창작한 작품은 가장 뛰어난 필사가라도 동일한 시간에 베껴 쓰기 어려울 정도이다"라는 말을 늘 들었다. 그렇다면 그 음악가의 아들은 짧은 일생 동안 어떻게 그토록 많은 작품을 쓸 수 있었을까? 리하르트 슈트라우스는 '틀림없이 천사의 계시를 받아 날듯이 완성했을 거야. 한스 피츠너의 오페라 〈팔레스트리나〉 1막 마지막 장면처럼 말이지'라고 생각했다. 다른 작곡가의 초고에서 보이는 수정 자국을 모차르트에게서는 찾아보기 힘들었기 때문에 리하르트 슈트라우스는 고전주의의 기존 답안을 따라 "모차르트의 작품은 대부분 영감으로 창작됐다"라고 말하는 수밖에 없었다.

사람들이 부러워할 만큼 모차르트의 영감은 소소한 계시가 아니라 완벽한 작품으로 떠올랐던 것 같다. 마치 천사의 펜을 쥐고 있는 듯, 잉크만 남아 있으면 영감은 언제든지 날아오르는 듯했다. 슈트라우스는 고전주의 작곡가들의 끊이지 않는 창작 영감에 항상 놀라움을 금치 못했다. 하이든, 베토벤, 슈베르트도 마찬가지로 엄청난 창작 속도와 수량을 선보였기 때문이다. "그들의 선율은 얼마나 많고 그 자체로 새로운지. 독창적일 뿐만 아니라 하나하나의 특성이 모두 다르다." 게다가 "그들의 선율에서는 처음 영감이 떠오른 부분과 지속된 부분, 완전한 칸타빌레 악절로 확장되는 부분을 파악하기 매우 어렵다." 다시 말해 리하르트 슈트라우스는 그들의 작품에서 영감과 창작이 어떻게 연결되는지 분석할 수 없었다. 한마디로 답안을 찾지 못해 제대로 말을 못 하는 아이처럼 손짓만 할 수 있었다.

괴테의 경우 "내가 내면에서 얻는 느낌은 내 주동적 상상력보다 수천 가지 방면에서 더 미적이고 강력하며 아름답고 화려하다"고 했다. 그 내면의 느낌은 어디에서 오는 것일까? 괴테는 그것을 신이 부여한 힘이라고 암시했다. 괴테뿐만 아니라 거의 모든 예술가가 영감 앞에서는 약속이라도 한 듯 스스로를 하인처럼 낮췄고, 그런 겸손함 때문에 그들의 성과는 영감이 그들을 사랑해서 얻은 행운처럼 보였다. 그리고 예술가의 소양과 기교, 통찰력이란 괴테의 말을 빌리자면 "심리적 관찰과 느낌이 예술적으로 성숙해져 생동적인 작품으로 복제되는 것"에 불과할 뿐이었다. 이어서 괴테는 "나는 내 모든 노력과 성과를 상징으로 간주한다"는 유명한 말을 했다. 다시 말해 영감이나 신의 의도적 상징으로 본다는 뜻이다.

영감은 리하르트 슈트라우스에게 다음과 같이 찾아왔다. "어떤 동기, 혹은 서너 소절의 선율이 갑자기 머릿속으로 들어오는 게 느껴졌다. 나는 그것을 종이에 기록하고 곧장 여덟 소절, 열여섯 소절, 혹은 서른두 소절로 확장시켰다. 당연히 그것은 고정된 게 아니라 길거나 짧은 '장식'을 거친 뒤 조금씩 수정된 끝에, 내가 취할 수 있는 가장 가혹한 심의를 통과한 마지막 형식으로 변했다." 그리고 "작품의 진전 속도는 상상력이 한층 더 나아간 계시를 언제 주는가에 달려 있었다." 슈트라우스에게 영감이 떠오를 때의 정신활동은 타고난 재능뿐만 아니라 그 스스로의 요구 및 성장과도 관련 있었다.

여기에서 영감이 떠오를 때의 서로 다른 두 운명이 드러난다. 모차르트와 소포클레스의 경우 영감은 밤하늘의 별처럼 무수하고 끊임없이 이어져 내려오며, 피곤함을 모르는 조수潮水같이 암초의 해안과 모래사장을 쉼 없이 때렸다. 반면 슈트라우스 같은 후대 예술가에게 영감은 사막에서 드물게 만나는 오아시스 같았다. 떠오른 뒤에도 '장식'의 시간을 거쳐야 하고 길거나 짧은 '장식'이 끝난 뒤 영감이 성숙했는가는 상상력의 진일보한 계시에 달려 있었다.

리하르트 슈트라우스는 "대체 영감이란 무엇인가?"라는 질문을 스스로에게 던진 뒤 "음악의 영감은 특정한 동기나 선율로 여겨진다. 나는 갑자기 '자극'을 받아 이성의 지시 없이 그것을 표현해냈다"라고 답했다. 슈트라우스가 영감을 '장식'하고 상상력의 진일보한 계시를 기다릴 때, 여기에는 이미 이성에서 비롯된 판단과 깨달음이 함축되어 있었다. 사실 베를리오즈와 슈트라우스처럼 표제음악에 열중한 작곡가들에게 이성은 음으로든 양으로든 서술 방향의 선택으로 작용했다. 이성은 오직 고전주의 예술가, 특히 모차르트에게서 찾아보기 힘들 뿐이었다. 바로 이런 이유에서 사람들은 모차르트를 천사에 비유하기 좋아했다. 그와 영감의 친밀도가 워낙 독보적이기 때문이다. 비록 영감이 떠오를 때 그것을 체화하는 과정은 달랐지만 영감 자체를 대하는 태도는 슈트라우스도 고전주의자들과 다를 바 없었다. 그도 이성의 지시를 부정하고 갑작스럽게 찾아온 '자극'을 강조했다.

차이콥스키는 폰 메크 부인에게 보낸 편지에서 일부 사람들이 음악 창작을 냉정함과 이성의 작업으로 여기는 태도에 대해 비난했다. 그러고는 폰 메크 부인에게 그들 말을 믿지 말라면서 "영감에 자극받은 예술가의 정신 깊은 곳에서 우러나온 음악만이 감동과 전율을 일으킬 수 있습니다"라고 덧붙였다. 차이콥스키도 마찬가지로 영감이 떠오르는 유일한 방식, 즉 자극을 강조한 것이다. 편지에 차이콥스키는 영감이 떠오를 때의 미묘한 느낌도 자세히 서술했다. "모든 것이 뇌리에서 사라지고 미친 듯 가슴이 떨립니다. 얼른 초고를 쓰면 또 다른 악상이 꼬리에 꼬리를 물듯 떠오르고요."

그럴 때 차이콥스키는 "가슴을 메우는 더할 나위 없는 기쁨은 뭐라 형언할 수 없습니다"라는 상황에 놓였지만, 가끔은 재수 없는 일과 맞닥뜨리기도 했다. "이런 신기한 과정 속에 있다가 갑자기 외부 충격을 받으면 그 몽유夢遊의 경지에서 정신이 돌아옵니다. 누군가 초인종을 누르거나 하인이 들어오거나 시계가 울리거나 꼭 해야 할 일이 떠오르는 것이지요." 일단 중단되면 영감이 사라지기 때문에 차이콥스키는 그렇게 중단되는 것을 참을 수 없어 했다. 예술가가 작업을 중단했다가 지속하려면 다시 영감을 찾아야 하는데 이미 날아간 영감을 불러올 수 없어서였다. 그렇게 위대한 작곡가들의 작품에 왜 유기적으로 연결되지 않는 부분이 있겠는가? 왜 그들이 구멍 뚫린 중간 중간을 억지로 붙여놓은 듯한 작품을 썼겠는가? 차이콥스키는 작곡가들이 영감을 잃은 뒤 기교에 의지해 계속 작업한 탓이라고 여겼다. "무척 냉정하고 이성적이며 기교적인 작업으로 지탱하는 겁니다." 차이콥스키 덕분에 폰 메크 부인은 영감이 끊임없이 정신을 지탱해주지 않으면 예술가는 하루도 살 수 없다고 믿게 되었다. 영감이 없으면 현은 팽팽해지다 끊어지고 악기는 산산조각 날 것이라고 말이다.

차이콥스키는 영감이 떠오른 뒤의 상태를 몽유에 비유했

다. 리하르트 슈트라우스는 대부분의 영감이 꿈에서 만들어진다고 여겨서 〈뉘른베르크의 명가수〉 속 샤흐트의 말을 인용해 "가장 진실한 환상은 꿈에서 나타난다"라고 했다. 또한 슈트라우스는 때때로 생리적인 요소가 결정적 역할을 한다고 믿어 "저녁에 창작을 하다가 어떻게 해도 해결되지 않는 난제에 부딪히면 피아노 뚜껑과 원고를 덮고 침대로 들어간다. 한잠 자고 일어나면 난제가 해결돼 순조롭게 진행할 수 있다"고 말했다.

리하르트 슈트라우스는 영감이란 "새롭고 감동적이며 흥미를 유발하고 영혼 깊숙이 파고드는 미증유의 무엇"이기 때문에 신체가 건강해야만 그것들의 연이은 강림을 견딜 수 있다고 보았다. 그의 친구인 구스타프 말러는 〈교향곡 2번〉을 창작할 때 겪은 일을 거론하면서, 특정한 분위기가 예술가와 영감의 미묘한 데이트를 성사시킨다는 핵심 요소를 보충했다. 당시 야심만만하던 말러는 〈교향곡 2번〉의 마지막 악장에 계속 합창을 넣고 싶었지만, 남들이 베토벤을 모방했다고 생각할까 봐 매번 주저하며 진전시키지 못했다. 그때 친구인

영감

한스 폰 뷜러가 세상을 떠나 말러는 친구의 추도회에 참석했다. 엄숙하고 조용한 추도회장에 앉아 있을 때, 말러는 고민 중인 작품에서 표현하려는 마음이 바로 지금의 자기 심정임을 발견했다. 그것은 시작에 불과했다. 운명 속에 감춰져 있던 우연이 활시위에 놓인 화살처럼 말러를 격정의 해안으로 밀고 갔다. 그런 다음 가장 중요한 순간이 찾아왔다. 합창단이 오르간이 있는 층에서 클롭슈토크의 찬송가 〈부활〉을 부를 때 말러는 번개에 맞은 것처럼 영감에 휩싸였다. "그 순간 내 가슴속 모든 것이 선명하고 확실해졌다. 창조자가 기다리는 것은 바로 이런 번뜩임, 신성한 구상이다."

말러는 친구 안톤 자이들에게 보낸 편지에서 영감이 예술가에게 얼마나 중요한지 설명했다. 그가 보기에 예술가들은 자기 성격이 어떻고 자기 목표가 무엇인지 분명하게 밝히지 못하는 사람들이었다. "목표를 향해 몽유병자처럼 비틀비틀 걸어가지만 자신이 어떤 길로 가는지 알지 못한 채(어쩌면 아찔하게 위험한 길일 수 있는데도) 멀리의 불빛을 향해 나아간다네. 그것이 영원한 별빛이든 매력적인 도깨비불이든 상관없이 말이지." 말러는 여기에서 예술가란 영원히 자신이 어떤 길을 가는지 알지 못하며 그들이 용감하게 전진하려면 영감의 신도가 되어야 한다는 중요한 사실을 지적했다. 사실 멀리에서 반짝이며 그들을 이끄는 영감이 별빛이냐 도깨비불이냐는 중요하지 않았다. 중요한 것은 그 영감의 빛이 예술가의 가슴속 일체를 선명하고 확실하게 밝혀주는가에 있었다. 또한 영감은 자신감도 동반해 남의 그림자 속에서 고민하며 나아가지 못하는 사람이 자신의 햇빛을 발견하도록 해주었다. 이러한 햇빛의 도움을 받아 말러는 베토벤의 그림자를 날려버린 뒤 밝고 넓은 길을 걸어가기 시작했다.

리하르트 슈트라우스처럼 구스타프 말러도 구상에 '장식'이 필요하다고 생각했다. 그는 아주 깊이 고민한 후였기 때문에 뷜러의 추도회에서 영감이 갑자기 떠오른 뒤 그토록 맹렬하게 밀려왔던 거라고 안톤 자이들에게 말했다. "그때 내 마음속에 이 작품이 전혀 없었다면 어떻게 그런 느낌을 받았겠나? 따라서 이 작품은 계속 나와 함께였던 걸세. 그런 느낌이 있어야만 창작으로 이어지고, 창작할 때에야 그런 느낌을 받을 수 있어."

가르시아 마르케스에게 '장식'은 '방치'와 같았다. 그는 멘도사와의 대화를 기록한 《구아바의 향기El Olor de la Guayaba》에서 "무엇이든 수년간의 방치를 견딜 수 없는 소재라면 나는 절대 흥미를 느끼지 못할 걸세"라고 말했다. 그는 《백년의 고독》을 15년 동안 구상하고 《족장의 가을El otoño del patriarca》은 16년을 구상했으며 고작 백여 페이지에 불과한 《예고된 죽음의 연대기》도 30년을 생각했다. 마르케스는 자신이 그 작품들을 순조롭게 써낼 수 있었던 이유를 오직 그런 구상이 시간의 시련을 견뎌냈기 때문이라고 여겼다.

서사의 구상은 결혼처럼 심사숙고해야 한다. 이 방면에서 마르케스와 말러는 동일한 견해를 가졌지만 헤밍웨이는 달랐다. 소재를 '장식'해야 하고, 촉박하게 집필하면 안 된다는 데는 동의했지만 헤밍웨이는 너무 오래 내버려두는 것에는 반대했다. 지나치게 오래 방치할 경우 서술자가 열정을 잃어 결국 아름다운 구상이 사라져버릴 수 있다는 이유에서였다. 하지만 마르케스와 말러는 거기에 대해 조바심을 내지 않았던 듯하다. 아내가 다른 남자와 정분이 날까 한 번도 걱정하지 않은 것처럼 그들은 자신들의 구상이 아내처럼 충실하고 확실하다고 믿었다. 사실 어떤 구상을 오랜 시간 장식하거나 방치할 때 마르케스와 말러는 수수방관한 게 아니라 기다리고 있었다. 정확하게 말하자면 리하르트 슈트라우스가 말한 '자극'을 찾으며 영감이 불현듯 떠오르기를 기다렸다. 말러가 뷜러의 추도회에서 조우했듯,《백년의 고독》구상을 15년이나 방치한 뒤 어느 날 마르케스가 아내, 아들과 함께 자동차를 몰아 아카풀코로 여행을 갈 때 머릿속에 갑자기 "여러 해 뒤 총살 집행대원들 앞에 선 아우렐리아노 부엔디아 대령은 아버지를 따라 얼음을 보러 갔던 그 아득하게 먼 오후를 떠올렸다"라는 단락이 나타난 것처럼 말이다.

그래서 여행은 중단되고《백년의 고독》집필이 시작되었다. 그런 상황은 옥타비오 파스가 영감이 떠오르면 "우리가 부르기도 전에 어휘가 알아서 튀어나온다"고 말한 것과 비슷한 면이 있다. 파스는 이러한 순간을 '광채의 번득임'이라고 부른 뒤 "영감은 문학적 경험 자체이다"라고 또 다른 각도에서 영감을 설명했다. 다만 괴테와 달리 파스는 예술가 본인의 소양과 기교, 통찰력의 중요성을 강조하는 동시에 '장식'이나 '방치'의 필요성도 지지했다. 파스가 보기에는 이러한 요소들이 강바닥을 구성해야 영감의 물이 비로소 끊이지 않고 영원토록 출렁이며, 문학적 경험 자체도 예술가의 개성을 창조할 수 있었다. 파스는 예술가의 독특한 성향이란 영감에서 비롯되며, '경험'의 차이 때문에 획득하는 영감도 달라진다고 보았다. 그는 "영감이 무엇인지는 모르지만, 그런 것들 덕분에 루벤 다리오의 11음절 시구가 루이스 데 공고라 및 프란시스코 드 케베도와 차별화된다는 것은 안다"라고 말했다.

영감에 대한 가르시아 마르케스의 해석은 창작의 현실, 혹은 소크라테스의 부정을 지향한다. 그는 멘도사에게 "영감이라는 단어는 이미 낭만주의 작가들에 의해 엉망이 되었네. 나는 영감을 지적 능력이나 천부적 재능이라고 보지 않네. 그건 작가의 흔들리지 않는 열정, 뛰어난 기교가 그들이 표현하고자 하는 주제로 드러나는 일종의 화해라고 생각하네"라고 말했다. 마르케스의 말은 '천재란 꾸준한 노력의 결과'

라는 괴테의 유명한 격언과 비슷하지만 그는 자신의 성과를 상징적이라고 보지 않았다. 그에게 영감은 스스로를 매혹시키는 작업이었다. "누군가 뭔가를 쓰고 싶을 때 그 사람과 그가 드러내려는 주제 사이에는 서로를 제약하는 일종의 긴장 관계가 형성되지. 창작자는 어떻게든 주제를 탐구하려 하고 주제는 온갖 장애물을 만들기 때문이라네. 그러다 때때로 모든 장벽이 일시에 사라지고 모순이 자연스럽게 풀리는, 전에는 꿈에도 생각 못 한 일이 벌어지곤 해. 그럴 때야말로 창작이 삶에서 가장 아름다운 일이라고 느껴지지." 작가는 그런 다음에야 비로소 영감을 이해할 수 있는 것이다. 마르케스는 "이것이 바로 내가 생각하는 영감이라네"라고 덧붙였다.

내가 가진 자료에서는 두 가지 상이한 사실이 드러난다. 영감에 대한 고전주의의 해석은 예술 창작을 단순하고 정적으로 만들지만 리하르트 슈트라우스 이후의 해석은 창작 활동을 다가가기 두렵게 만든다. 하지만 어떤 해석이든 하나의 목소리만 있는 것은 아니다. 고전주의에서 영감을 신의 뜻으로 여길 때 사상의 권위자인 몽테뉴는 신의 뜻을 신중하게 살펴야 한다고 말했다. "누가 하느님의 뜻을 알 수 있겠는가? 누가 천주의 뜻을 상상할 수 있겠는가?"라는 이유에서였다. 몽테뉴는 늘 그렇듯 유머러스하게 "우리는 태양이 주고 싶은 만큼의 햇빛만 받을 수 있다. 누구든 더 많은 햇빛을 받겠다며 눈을 치켜들고 잘난 척해 봐야 벌을 받을 뿐이다"라고 말했다. 동일한 이치로, 영감을 해석하겠다며 도전한 후대 사람들은 해석을 끝낸 뒤 파스와 비슷한 걱정에 휩싸였다. 파스는 자신의 해석 작업을 마친 뒤 "모든 사람처럼 내 대답도 잠정적일 뿐이다"라고 밝혔다.

소크라테스부터 마르케스까지 영감의 해석에 관한 역사는 창작이 점점 어려워진다는 사실만 알려주는 듯하다. 그리고 대체 영감이란 무엇일까에 대한 대답은 언제나 변주되고 있다. 누군가 내게 "사람들이 영감을 해석하려는 이유는 그들이 영감을 알아서가 아니라 모르기 때문이다"라고 말한다 해도 전혀 이상하지 않을 것 같다.

1999년 7월 18일

색채

　　"언젠가 니콜라이 림스키코르사코프, 알렉산드르 스크랴빈과 '카페 드 라페'의 소파에 앉아 토론했던 일이 생각난다." 세르게이 라흐마니노프는 《회고록》에서 이렇게 옛일을 회상했다. 모스크바악파의 구성원인 그는 상트페테르부르크파 5인방 중 한 명인 림스키코르사코프와 친분이 깊었다. 두 사람이 속한 악파는 거의 영원토록 대립각을 세웠지만 실제 세상에서의 우정과 음악적 재능은 양측의 적대 상황을 무색게 만들고 두 사람을 한 자리로 이끌었다. 라흐마니노프의 명랑한 분위기 속 회상에서 그들이 얼마나 자주 만났는지는 확인할 수 없어도 내가 보기에 아주 적게 만난 것 같지는 않다. 어쨌든 그때 두 사람이 카페에 앉아 있을 때 스크랴빈도 함께였다.

화제는 스크랴빈에게서 시작되었다. 훗날 러시아 인상파를 이끈 스크랴빈은 그때 새로운 발견을 통해 음악과 태양스펙트럼 사이의 관계를 구축하려 했고, 이미 구상해놓은 대형 교향곡에 이 관계를 접목시키고 있었다. 스크랴빈은 향후 자신의 작품에 선명한 색채를 부여할 생각이라며 빛과 색, 음악의 변화를 결합시키고 총보總譜에서 특수한 시스템을 활용해 빛과 색의 가치를 표시하겠다고 밝혔다.

주로 음울하고 신비로운 분위기에서 곡을 쓰던 라흐마니노프는 스크랴빈의 생각이 실현 가능한지 강한 의문을 품었는데 뜻밖에도 림스키코르사코프가 스크랴빈에게 동의해 깜짝 놀랐다. 이어서 라흐마니노프는 음률과 색채가 관련 있다고 여기는 두 사람과 격렬한 논쟁을 벌이기 시작했다. 다른 논쟁들과 마찬가지로 세 사람이 논쟁을 벌이자 서로 다른 견해는 두 가지로 그치지 않았다. 림스키코르사코프와 스크랴빈은 원칙에서 동의한 뒤 음과 색의 접점에서 다른 주장을 펼쳤다. 림스키코르사코프는 E플랫 장조를 파란색이라고 여겼지만 스크랴빈은 딱 잘라서 자홍색이라고 단언했다. 그들이 견해차를 보이자 라흐마니노프는 자신이 옳다는 증명이라며 무척 기뻐했다. 하지만 기쁨은 오래가지 않았다. 두 사람이 곧 D장조는 골드브라운이라고 일치된 견해를 내놓았기 때문이다. 그때 림스키코르사코프가 갑자기 몸을 돌려 라흐마니노프에게 큰 소리로 말했다. "자네 작품으로 우리가 옳다는 것을 증명하지. 예를 들어 자네의 〈인색한 기사Skupój rýtsar〉 속 단락에서 말일세. 늙은 남작이 보석함을 열 때 금은 보석이 불빛 속에서 반짝반짝 빛나지 않나?"

라흐마니노프는 인정하지 않을 수 없었다. 정말로 그 단락은 D장조였던 것이다. 림스키코르사코프는 라흐마니노프에게 "자네 직감이 무의식적으로 그런 규칙을 따르도록 만든 걸세"라고 이유를 찾아주었다. 라흐마니노프는 림스키코르사코프의 오페라 〈사드코Sadko〉의 어떤 장면을 떠올렸다. 사드코의 지휘하에 사람들이 일멘 호수에서 황금 물고기를 그물 가득 끌어올린 뒤 "금이다, 금!" 하고 기쁨의 환호성을 지를 때도 마찬가지로 D장조였다. 결국 라흐마니노프는 "그들이 승리감에 젖어 카페를 떠나도록 내버려둘 수밖에 없었다. 그들은 나를 완전히 제압했노라고 믿고 있었다"라고 적었다.

《회고록》에서 보면 라흐마니노프는 유쾌한 사람이지만 그의 음악은 우울하다. 이는 많은 예술가들의 공통된 특성으로, 그들은 자신의 성품과 상반되는 작품 스타일을 추구하곤 한다. 확실히 예술가들은 자기 주머니에 이미 들어 있는 물건에는 별 흥미를 느끼지 못하는 것 같다. 그들이 예술에서 추구하는 바는 인생에서 추구하는 바와 같으며, 당연하게도 여기에서 말하는 인생이란 허구의 사물로 현실 세계 속 지나치게 많은 공백을 메워야 하는 예술가의 특성상 완전히 생소한 인생을 뜻한다. 피카소는 예술가란 천성적으로 예감을 타고나서, 유쾌할 때는 슬픔을 예감해 작품에서 미리 슬픔을 드러내고 슬플 때는 반대로 고진감래苦盡甘來의 기쁨을 예고한다고 설명했다. 라흐마니노프는 두 가지를 모두 가지고 있었다. 《회고록》을 보면 라흐마니노프의 유쾌한 인생길은 안정적이면서 탄탄해 보이고, 그 때문인지 작품 속 우울한 정서도 똑같이 안정성을 확보해 평생의 일관된 창작 기조로 자리를 잡는다. 우리는 그의 작품에서 러시아 초원의 광활한 기운을 아주 쉽게 느낄 수 있지만 그의 광활한 초원은 시종일관 어두침침하다. 그는 자신의 작품에 선명한 색채가 부족함을, 혹은 색채의 변화가 부족함을 잘 알았다. 이 때문에 그는 림스키코르사코프를 존중해 "나는 림스키코르사코프가 내 작품에 가했던 비평을 영원히 잊을 수 없다"고 말했다.

라흐마니노프가 말한 작품은 칸타타 〈봄^{Vesna}〉이다. 림스키코르사코프는 이 작품이 작곡은 훌륭하지만 악단에서 '봄'의 기운이 드러나지 않는다고 보았다. 라흐마니노프는 정곡을 찌르는 비평이라고 생각해 오랜 시간이 흐른 뒤에도 칸타타 〈봄〉의 악기 배치를 수정하고 싶어 했다. 그리고 자기 친구를 이렇게 칭찬했다. "림스키코르사코프의 작품에서는 누구도 그의 음악이 표현하려는 '기상氣象' 분위기에 의문을 품지 않는다. 폭설이 몰아치는 광경을 묘사할 때는 목관악기와 바이올린의 울림구멍에서 눈송이가 펑펑 쏟아지는 듯하고, 햇살이 쨍할 때는 악기마다 눈부신 빛을 뿜어내는 듯하며, 물

흐르는 소리를 묘사할 때는 물보라가 악단 사방에서 흩날리는 듯하다. 이런 효과는 저렴한 하프를 긁어서 만들 수 있는 게 아니다. 별이 반짝이는 겨울의 밤하늘을 묘사할 때면 음향이 맑고 서늘하며 거울처럼 투명해진다."

그러면서 자기 자신에게는 불만이 많았다. "예전에 작곡할 때는 전혀 이해하지 못했다. ······악단의 음향과 기상학의 관계를 어떻게 표현해야 할지 몰랐다." 라흐마니노프가 보기에 림스키코르사코프의 작품세계에는 예보가 정확한 기상관측소가 있고 자신의 작품세계에는 매번 틀리는 기상관측소조차 없는 듯했다. 이로 인해 라흐마니노프는 불안의 원인이 무엇인지 절감했다. 그의 작품에는 늘 어둑어둑한 날씨가 깔려 있어서 기상 예보 자체가 필요치 않은 게 문제였다. 그런데 누가 자기 꿈속에서 기상관측소를 필요로 하겠는가. 라흐마니노프의 작품세계는 꿈의 세계였다. 또 꿈에서는 슬픔이든 기쁨이든 모두 암울한 색으로 표현되니 라흐마니노프의 색채는 기본 감정이 쾌락이든 고통이든 언제나 동일할 수밖에 없었다. 분명 라흐마니노프의 작품에 기본적으로 깔린 어두침침함은 색채가 단일하다는 인상을 주었지만, 동시에 그의 안정적이고 어둑한 색채 때문에 사람들은 무한한 깊이에 주목할 수 있었다. 광활한 초원과 더 광활한 하늘처럼 앞으로 계속 뻗어나가는 느낌이었다. 이는 사람들이 라흐마니노프의 음악에 신비한 분위기가 가득하다고 느끼는 이유이기도 했다.

또 다른 예는 같은 러시아 사람인 바실리 칸딘스키에게서 찾아볼 수 있다. 칸딘스키가 보기에는 거의 모든 색채가 음악 속 악기에 대응될 수 있었다. 그는 "파랑은 전형적인 천국의 색깔이며 거기에서 드러나는 가장 기본적인 감정은 평온이다. 파랑이 검정에 가까워지면 인간에게 없을 법한 비애를 드러내고, 하양으로 향하면 사람에게 미치는 영향력이 약해진다"고 보았다. 그래서 그는 파란색은 플루트, 짙은 파랑은 첼로, 더 짙은 파랑은 우레 같은 더블베이스, 제일 짙은 파랑은 파이프오르간에 해당한다고 단언했다. 파란색과 노란색이 균등하게 섞인 녹색의 경우 칸딘스키는 인상파를 계승해 특유의 안정과 평정의 느낌을 받았다. 하지만 초록에서 일단 노랑이나 파랑이 우세해지면 상응하는 활력을 동반하면서 내재된 영향력이 바뀌기 때문에, 칸딘스키는 초록에 바이올린을 연결시켰다. 그리고 "순수한 초록은 바이올린의 조용한 중간 음색 같다"고 평했다. 또한 빨강은 제어할 수 없는 생기를 가졌다며, 노랑 같은 제멋대로의 영향력은 없어도 성숙하고 충분히 강력하다고 보았다. 칸딘스키는 옅은 빨강과 중간 노랑이 힘과 열정, 과감함과 개선의 느낌을 비슷하게 준다며 트럼펫 소리 같다고 말했다. 또 날카로운 감각의 빨강인 주홍은 파랑을 만나면 냉각되지만 빛을 죽이는 검정을 만나면 깊이를 잃게 된다며 "주홍은 튜바 혹은 천둥 같은 북소리처럼 들린다"고 비유했다. 그리고 보라는 냉각된 빨강이므로 슬픔과 고통을 의미해 "잉글리시호른이나 목관악기(바순 등)의 깊은 음색을 가진다"고 말했다.

칸딘스키는 외젠 들라크루아의 "노랑, 주황, 빨강이 즐겁고 여유로운 느낌을 주는 건 누구나 안다"는 말을 자주 인용했다. 들라크루아는 부인이 가구 색을 파란색에서 진빨강으로 바꾸자 부인을 대하는 자기 목소리가 변하더라는 어느 프랑스인의 예를 든 적이 있다. 또 다른 예는 마르셀 프루스트에게서 찾을 수 있다. 그는 여행 중 여관에 투숙했을 때 방이 바다 빛깔이라서 바다에서 멀리 있는데도 공기에서 생생하게 소금기를 느낄 수 있었다.

칸딘스키는 색채가 영혼에 직접적인 영향을 줄 수 있는 힘을 가졌다고 믿어서 "색채의 조화는 영혼과 상응하는 떨림에 의지해야 하며 이는 내면의 목적을 따라 움직이는 원칙 중 하나이다"라고 말했다. 칸딘스키가 말한 '내면의 목적'에는 정신세계의 충동과 갈망뿐만 아니라 실제 표현의 의미까지 포함됐다. 또한 칸딘스키는 음악도 똑같이 영혼에 직접 작용할 수 있다고 보았다. 그래서 셰익스피어의 〈베니스의 상인〉 속 시구를 인용하며 그처럼 영혼에 음악이 없는 사람들, 달콤하고 조화로운 음악을 듣고도 마음이 흔들리지 않는 사람들은 전부 극악무도하고 간사한 사람이라고 과감하게 분류했다. 칸딘스키가 보기에 영혼은 모종의 그릇 같아서, 미술과 음악은 그곳에서 만나 비슷한 화학반응을 일으키고 서로를 받아들인 뒤 새로운 조화를 이루어내는 듯했다. 혹은 영혼에게 색깔과 음향은 모두 내면의 감정이 확장될 때 필요한 길, 동일한 길이라고 할 수 있었다. 이 방면에서 스크랴빈과 칸딘스키는 확실히 일치된 견해를 보였다. 한 사람은 미술에서, 다른 사람은 음악에서 출발했다는 점만 달랐다.

스크랴빈은 림스키코르사코프보다 한층 더 나아가, 악기 배치나 관현악 분야의 조예를 통해서 음악 속 색채를 드러내는 게 아니라 정신적으로 한층 더 동등한 소리와 색의 관계를 추구했다. 1911년 모스크바에서 출판된 〈음악Muzyka〉 잡지 제9호에 스크랴빈은 자신의 이론을 설득력 있게 증명한다고 여기는 관련 도표를 싣기도 했다. 그전에도 또 다른 러시아 사람인 A. 사샤킨 빈코프스키 여사도 자신의 연구 성과를 도표로 발표하며 "대자연의 색으로 소리를 묘사하고 대자연의 소리로 색을 묘사하면 색을 들을 수 있고 소리를 볼 수 있다"고 주장했다. 호기심 많은 러시아 사람들은 이 분야에 즐겁게 몰두했고 칸딘스키와 스크랴빈은 각각 개별적으로 대등한 예를 보여주었다. 음악과 미술 사이에 깊은 관계가 있다고 여긴 칸딘스키는 미술이 이러한 관계를 근본으로 삼아

야 한다고 했던 괴테의 말을 인용하고 그대로 실행했기 때문
에 자기 작품이 '오늘날 회화가 차지하는 위치'를 드러낸다
고 여겼다. 스크랴빈이 자신의 악단에게 미술을 연주하게 하
고 싶어 했다면 바실리 칸딘스키는 그림 속에서 음악을 추구
했다고 말할 수 있다.

파리 몽마르트르의 술집에서 오랫동안 피아노를 쳤던 에
릭 사티는 프랑스 음악사상과 작품을 휩쓸려는 바그너 물결
을 자신이 막았다고 여겼다. 그는 클로드 드뷔시에게 "프랑
스인은 틀림없이 바그너의 음악 속 모험에 말려들지 않을 걸
세. 그건 우리 민족의 성향이 아니지"라고 말하기도 했다. 다
른 사람들 눈에는 그가 동시대의 드뷔시와 모리스 라벨에게
미친 영향이 과장된 듯 보여 "사티 스스로 과장했다"는 말이
나오기도 했지만, 사티는 확실히 인상파 음악의 선구자였다.
그는 자신의 길, 다시 말해 인상파 음악의 길이 인상파 미술
에서 시작된다고 여겼으며 "우리는 왜 모네와 세잔, 툴루즈
로트레크 및 다른 화가들이 이미 창조해 널리 퍼진 방법을
사용할 수 없는가? 이러한 방법을 왜 음악에 옮길 수 없겠는

가? 이보다 더 쉬운 일은 없다"라고 말했다.

사티는 실제로 행했고 라벨과 드뷔시도 실현했다. 가장 복잡하게 실행한 사람은 라벨이고 가장 유명해진 사람은 아마도 드뷔시일 것이다. 프랑스인의 우아한 기질 때문인지 그들은 러시아 사람들보다 화성을 훨씬 섬세하게 처리했다. 드뷔시 음향의 색채도 스크랴빈보다 더 풍부하고 부드러워, 바다의 층층 파도처럼 그러데이션을 이루며 대서양을 물들이는 황혼의 하늘빛 같았다. 아널드 쇤베르크는《12음 기법》에서 "그(드뷔시)의 화성은 구조적 의미 없이 종종 색깔만을 목적으로 감정과 화면을 드러낸다. 감정과 화면은 음악이 아니지만 구조적 요소가 되어 음악의 기능 속으로 편입된다"고 적었다. 모네와 세잔의 방법을 음악에 옮겨오면서 쇤베르크가 말한 것처럼 비음악적 회화를 구조적 요소로 삼아 음악적 기능에 편입시킨 것이다.

여기에서 사티 등이 정말로 바그너의 거센 흐름을 막았을까 하는 의문이 든다. 그들 모두 낭만주의를 반대하고 인상주의를 옹호했지만 다들 총명한 사람들이라 바그너 음악의 힘을 느끼지 않을 수 없었다. 사실 이는 그들이 불안에 떨었던 이유이기도 했다. 사티는 "바그너에게 절대 반대하지 않지만 우리에게는 우리의 음악이 있어야 한다. 가능하다면 어떤 '사워크라우트'든 거부하고 싶다"고 했다. 사티가 말한 사워크라우트란 독일인이 즐겨 먹는 양배추절임이다. 여기에서 알 수 있듯 인상주의자들의 저항운동은 민족적 자존감에서 시작해 음악으로 넘어갔다. 실제로 바그너의 영향력은 누구도 부인할 수 없을 만큼 막강했고 사티와 라벨, 드뷔시도 속으로는 분명히 알고 있었다. 바로 여기에 예술의 묘미가 있다. 학습과 모방에서만 거대한 영향력이 나오는 게 아니라 가끔은 격렬한 반대와 저항에서도 형성되는 것이다. 그래서 제삼자인 쇤베르크의 말에 한층 신뢰가 간다. 그는 "리하르트 바그너의 화성은 화성의 논리와 구조적 힘에서 변화를 촉진한다. 그 결과의 하나가 소위 말하는 화성의 인상주의 기법이며 이 방면에서는 드뷔시가 특히 돋보인다"라고 말했다.

그런데 보드빌극장의 아름다운 민요에 심취했던 사티가 광활하고 극적인 바그너를 어떻게 진심으로 이해할 수 있었겠는가? 사티에게 바그너는 음악의 메피스토이자 광기와 공포의 상징으로, 바그너의 음악이 국경을 넘어 파리로 다가오는 것은 홍수나 맹수가 밀려오는 것과 같았다. 반면 빈센트 반 고흐는 진심으로 바그너를 이해할 수 있어서 누나 헬미나에게 보낸 편지에 "색을 한층 강렬하게 쓰면 평화와 조화를 다시 얻을 수 있어요"라고 썼다. 분명 사티 같은 사람은 상상할 수 없는 일이었다. 그들에게 평화와 조화는 저음의 아름다움을 의미해, 광기에 가깝도록 강렬한 색채를 대비시키면 눈이 색에 마비돼 조화를 볼 수 없고 평화는 더더욱 볼 수 없었다. 하지만 바그너와 고흐에게는 그것이 낙원이었다. 고흐는 누나에게 "대자연에는 바그너의 음악 같은 것들이 있어요. 그런 음악은 방대한 교향곡 악기로 연주되더라도 여전히 친밀하게 느껴지지요"라고 말했다. 고흐에게 바그너 음악의 색채는 태양보다 강렬하고 풍부한 동시에 진정한 평화와 조화, 인상주의 음악으로서는 도달하기 어려운 평화와 조화를 의미했다. 이 부분에서 고흐는 "색채의 조화란 영혼과 상응하는 떨림에 의지해야 한다"는 칸딘스키와 비슷한 생각을 가지고 있었다. 따라서 색채가 예술작품에 적용될 때는 음악이 든 미술이든 색채 자체의 환원이 아니라 내적 표현이 된다고 정리할 수 있다. 다시 말해 그것들이 드러내는 것은 강물의 색이 아니라 강바닥의 색이지만 강바닥의 색은 강물의 색에 직접적인 영향을 미친다는 뜻이다.

칸딘스키는 색깔마다 따뜻하고 차가울 수 있지만 어떤 색 깔의 온랭 간 대립도 빨강처럼 강렬할 수는 없다고 보았다. 에너지와 강도가 얼마나 크든 빨강은 "자신을 태워 장엄한 성숙을 이룰 뿐 에너지를 바깥으로 많이 내보내지 않는다"고 여겼으며 "빨강은 냉혹하게 연소하는 열정이자 자체적으로 존재하는 견고한 힘이다"라고 말했다. 그에 앞서 괴테도 진 빨강에서 고도의 장엄함과 엄숙함을 발견하고 빨강은 다른 모든 색깔을 자기 안에서 통합시킨다고 보았다.

마르그리트 유르스나르의 동양과 관련된 이야기 중에 프 랑스 분위기가 물씬 풍기는 중국 이야기 〈왕포는 어떻게 구 원되었나〉가 있다. 기이한 화가인 왕포는 제자 링과 아주 단 출한 짐만 들고 한나라를 유람한다. 유르스나르는 그런 단출함을 "왕포가 사물 그 자체가 아니라 사물의 형상을 좋아하기 때문이다"라고 설명한다. 링은 부유한 집안 출신으로 부족함 없이 자라서 성격이 소심하다. 부모는 링에게 "갈대처럼 연약하고 우유처럼 보드라우며 침처럼 달콤하고 눈물처럼 짠" 아내를 얻어준 뒤 사려 깊고 눈치 빠르게 나란히 세상을 뜬다. 링과 아내는 주홍색 집에서 서로 아끼고 사랑하며 살아간다. 그러던 어느 날 링은 작은 술집에서 왕포를 만난 뒤 새로운 영혼과 감각을 얻었다는 생각에 왕포를 집으로 데려오고, 그때부터 그림 속 광경에 빠진 채 세상의 광경에는 관심을 잃어간다. 아내는 "왕포가 그린 자기 초상화를 링이 그녀 자신보다 더 사랑하자 점차 시들어가다가" 목을 매어 자진한다. 유르스나르는 이를 "어느 날 아침, 사람들은 분홍색 꽃이 열린 매화나무 가지에 목을 맨 그녀를 발견했다. 목에 걸린 줄 끝자락이 그녀의 긴 머리카락과 뒤섞여 공중에 나부끼면서 그녀는 평소보다 훨씬 가냘프게 보였다"라고 무척 아름답게 묘사한다. 링은 스승을 위해 서역에서 들여온 자주색 물감을 한 단지 한 단지씩 사대느라 가산을 탕진하고 결국 사제師弟 두 사람은 방랑생활을 시작한다. 링이 먹을 것을 구걸하며 스승을 모시는 모습은 이렇게 묘사된다. "그림으로 가득 찬 주머니를 메고 몸을 구부려 극진하게 공경하는 모습이 하늘을 등에 짊어진 듯했다. 그가 보기에는 주머니 속에 하얀 눈이 뒤덮인 산봉우리와 봄물이 졸졸 흐르는 강, 달빛이 교교한 여름밤이 들어 있었다." 나중에 그들이 황제의 병사들에게 잡혀 황궁으로 끌려간 뒤에도 유르스나르의 이야기는 불가사의한 여정을 계속 이어간다. 한나라 황제는 어렸을 때 왕포의 그림이 걸린 방에 유폐된 뒤 그곳에서 성장했다. 나중에 그는 인간세상의 모습이 그림 속 모습과 완전히 다르다는 것을 발견하고 왕포에게 분노를 느낀다. "한나라는 가장 아름다운 나라도 아니고 짐도 최고의 황제가 아니다. 통치할 만한 제국은 오직 하나, 그대 왕포가 수천의 선과 수만의 색으로 만든 그 왕국뿐이다. 그대만이 하얀 눈이 일 년 내내 녹지 않는 산과 영원히 시들지 않는 수선화 들판을 평화롭게 통치할 수 있다." 그래서 황제는 말한다. "과인은 그대의 두 눈을 지져버리기로 결정했다. 그대 왕포의 눈이 그대의 왕국으로 들어가는 신비로운 문이기 때문이다. 그리고 과인은 그대의 두 손도 자르기로 결심했다. 그대의 두 손이 그대 왕국의 심장으로 이끄는, 열 개의 갈림길을 가진 두 개의 큰길이기 때문이다." 왕포의 제자 링은 황제의 판결을 듣자마자 허리춤에서 이가 나간 칼을 뽑아 황제에게 달려들었다가 병사에게 머리를 잘린다. 이어서 황제는 과거에 완성하지 못한 그림을 끝내라고 왕포에게 명한다. 바다와 하늘의 형상이 대충 그려진 미완성의 그림을 두 태감이 들고 나왔을 때 왕포는 미소를 짓는다. "그 작은 그림을 보고 자신의 젊은 시절을 떠올렸고" 화폭의 참신한 경지는 그가 그때 이후 더는 이룰 수 없는 것이었기 때문이다. 왕포는 미완성의 바다에 널찍널찍하게 바다를 뜻하는 파란색을 칠한 뒤 잔물결을 덧칠해 바다의 고요한 느낌을 한층 깊게 만든다. 그때 이상한 일이 벌어진다. 궁전의 옥석 바닥이 축축해지면서 바닷물이 올라오기 시작한다. "신하들은 어깨까지 잠기는 깊은 물속에서도 예의상 움직일 수 없었다. ……결국 물이 황제의 가슴까지 차올랐다." 조각배가 왕포의 붓 아래서 점점 커지고 멀리에서 노 젓는 소리가 규칙적으로 들리더니 점차 가까워진다. 왕포는 배 위에 제자 링이 서 있는 것을 본다. 링은 스승을 부축해 배에 태운 뒤 말한다. "바다가 정말 아름답습니다. 바닷바람은 따스하고 바닷새는 둥지를 만들고 있습니다. 스승님, 이제 떠나시지요! 바다 맞은편 저곳으로요." 그래서 왕포는 배의 방향타를 잡고 링은 허리를 숙여 노를 젓는다. 노 젓는 소리가 대전을 메우면서 조각배는 점점 멀어진다. 대전의 바닷물도 사라지고 대신들의 관복도 전부 마른다. 그저 황제의 겉옷 술에만 물보라가 몇 개 남았을 뿐이다. 휘장 옆에 놓인 왕포의 완성작에서는 앞쪽 전체를 차지하던 조각배가 점점 멀어지다가 결국에는 그림 속 바다 깊은 곳으로 사라진다.

유르스나르는 이 비현실적인 이야기에서 피, 즉 빨간색을 무척 절묘하게 묘사한다. 제자 링이 죽기 직전 자신의 피가 왕포의 옷을 더럽히지 않도록 몸을 날리는 상황이 그렇다. 병사의 커다란 칼 아래 링의 머리가 목에서 떨어질 때 유르스나르는 "가지에서 잘린 꽃 같았다"고 표현한다. 또한 왕포가 비통함에 휩싸이지만 자기도 모르게 "초록빛 돌바닥에 남은 아름다운 붉은 핏자국을 감상했다"고 서술한다. 유르스나르의 묘사는 빨강에 대한 칸딘스키의 '냉혹하게 연소하는 열정'과 같다. 피와 관련된 묘사는 여기에서 끝나지 않는다. 왕포가 대전에서 젊은 시절의 걸작을 완성하자 링은 왕포가 그린 배 위에 서 있다. 유르스나르의 신묘한 글재주로 링이 왕포의 그림 속에서 되살아난 순간, 가장 중요한 것은 링의 목과 머리가 분리된 뒤 다시 붙었을 때 유르스나르가 첨가한 도구이다. 그녀는 이 부분을 "그의 목에 기이하고 붉은 목도리가 둘러져 있었다"라고 쓴다. 이처럼 감탄스러운 표현으로 링의 부활은 한층 짜릿해지고 링의 생전과 회생 사이에 차이가 생기면서 서술도 더욱 힘 있고 합리적이 된다. 이는 유르스나르가 서술에서 시도한 빨간색의 변주이며, 심지어 클라이맥스 단락에 진입한 이후의 변주이다. 아름다운 선율이 나부끼는 것처럼 왕포와 링의 배가 그림 속 바다에서 멀어져 더 이상 사제 두 사람의 형상을 분별할 수 없을 때도 사람들은 링이 목에 두른 붉은 목도리만큼은 볼 수 있다. 그렇게 변주는 마지막에서 더할 나위 없이 아름다운 서정이 된다. 이때 유르스나르는 피를 상징하는 붉은 목도리와 왕포의 수염을 함께 휘날리도록 만든다.

"빨강은 다른 모든 색깔을 자기 안에서 통합시킨다"라는 괴테의 말처럼 어쩌면 빨강은 수많은 작가가 서술에서 기꺼이 드러내고 싶어 하는 색깔일지도 모른다. 스테판 말라르메가 여자에게 어떻게 알랑거렸는지 살펴보자. 그는 여자 친구 마리에게 보낸 편지에 "냉염한 장미는 생기 가득하고, 가지마다 일색-色인 자태 사랑스러워라"라는 시를 썼다. 가지마다 일색이라는 여성의 이미지는 얼마나 찬란한가. 또한 말라르메는 냉염이라는 기조를 통해 그녀를 '냉혹하게 타오르는 열정'으로 만들었다. 말라르메의 시 중에는 훨씬 더 열정적인 시도 있다. 물론 다른 여성에게 헌사한 시로 "꽃송이마다 엘리스 부인을 꿈꾸니, 우아한 향기가 사방에 가득하네"라고 적었다. 이보다 더 여심을 뒤흔들 칭찬이 어디 있겠는가. '가지마다 일색'도 상대가 되지 않는다. 여자를 꽃에 비유한 것만으로 이미 절절한데 꽃마다 어떤 여자를 꿈꾼다니, 이런 서술에 도취되지 않을 수 있을까? 말라르메는 남자가 일단 색깔에 정통하면 글쓰기이든 유혹이든 거칠 것이 없다는 이치를 증명해주는 듯하다.

1999년 5월 12일

글자와 음

　보르헤스는 단테의 시에서 소리를 들었다. 〈지옥편〉 다섯 번째 곡의 마지막 구절인 "쓰러졌다, 죽어버린 몸체가 거꾸러지듯"이라는 구절을 거론하며 "왜 이 구절이 계속 떠오를까? 쓰러질 때의 소리 때문이다"라고 말했다. 보르헤스는 단테가 자기 상상을 글로 썼다고 생각했다. 그리고 비슷한 이유에서 보르헤스는 자신이 단테의 힘과 정교함도 발견했다고 여겼다. 정교함에 대해 그는 "우리는 늘 이 피렌체 시인의 음산함과 근엄함에만 주목할 뿐 작품이 주는 아름다움과 기쁨, 부드러움은 잊어버린다"라고 보충했다.

　"죽어버린 몸체가 거꾸러지듯"이란 단테의 비유에서 쓰러지는 소리는 서술 속에서 전해진다. 만약 이 구절을 "쓰러졌다, 풍덩 소리와 함께"라고 바꾸면 소리는 확실히 어휘에서 나오게 된다. 상술한 예는 보르헤스가 어휘의 함의가 아니라 서술의 특징에 주목하고 있음을 보여준다. 그는 시인의 음산함과 근엄한 스타일이 서술 속에서 끊임없이 출렁이는 아름다움, 기쁨, 부드러움과 대칭을 이룬다는 사실을 민감하게 감지해냈다.

책에서 더 많은 소리를 느끼고 싶다면 호메로스의 서사시가 《신곡》보다 훨씬 쉽게 만족감을 줄 수 있다. "봄날의 나뭇잎과 꽃처럼 많은" 아카이아 사람들이 군대를 정렬할 때 "다양한 부족의 파리 떼가 양 우리 주변을 선회하는 듯했다." 《일리아스》에서 호메로스는 함대를 통솔하는 지휘관과 함선의 수를 묘사하는 데에만 3백 여 줄을 할애한다. 호메로스의 서사시는 휘몰아치는 폭풍처럼, 세상을 뒤덮을 듯한 문체로 세상에서 나올 수 있는 거의 모든 소리를 수용하지만 온갖 소리가 뒤섞인 장면의 뒤편에서는 조용한 서술을 전개한다. 피와 희생을 갈망하는 이들 그리스인의 조상들이 길에 오를 때 호메로스의 시는 바흐의 선율처럼 아름답고 분명하며 통속적이 된다.

> 병사들이 빠르게 평원을 지날 때 발밑에서 짙은 흙먼지가 일었다. 얼마나 자욱한지 남풍이 산봉우리에서 일으킨 짙은 안개 같았다.

단테의 유명한 시구와 마찬가지로 여기의 소리 역시 어휘가 아니라 서술에서 나온다. 호메로스의 서술을 볼 때 우리는 상상 속에서 아카이아 병사들의 발걸음 소리를 듣는다. 해변을 뒤덮은 모래처럼 길을 가득 메운 병사들의 발 때문에, 나는 대지가 쿵쿵 울렸으리라 확신한다. 흙먼지가 산봉우리를 덮은 안개처럼 자욱하게 일었다지 않는가. 짙은 안개가 나오자 호메로스는 기회를 놓치지 않고 유머러스한 구절을 덧붙인다. "안개가 양치기에게는 친구가 아니지만 도둑에게는 캄캄한 밤보다 더 소중한 존재이다."

《괴테와의 대화》에서도 비슷한 예를 찾아볼 수 있다. 괴테는 선배 시인인 클롭슈토크를 떠올리면서 요한 페터 에커만에게 "시를 관장하는 독일 여신과 영국 여신의 달리기경주를 묘사한 그의 송가 같은 시가 떠오르는군. 두 아가씨가 경주할 때 다리를 힘차게 놀려서 먼지가 자욱하게 일었지"라고 말했다. 괴테의 눈에 클롭슈토크는 "처음 등장했을 때는 시대에 앞서서 시대를 끌고 갈 수밖에 없다가 이제는 시대에 의해 뒤편으로 내던져진 유형"에 속했다. 나는 클롭슈토크가 썼다는 여신의 달리기경주 시를 읽어보지 못했지만 괴테의 평가로 볼 때 해학적이고 재미있는 시일 듯싶다. 괴테는 클롭슈토크가 살아 있는 사물에 시선을 두지 않았던 게 잘못이라고 여겼다.

호메로스와 클롭슈토크의 동일한 광경이 완전히 다른 운명을 맞은 것에 대해, 나는 그 차이가 어휘에서 비롯된 게 아니라 호메로스와 클롭슈토크의 완전히 다른 서술에서 비롯된다고 생각한다. 어휘는 사람들이 공통으로 가진 경험과 상상이지만 서술은 개인의 경험과 상상이기 때문이다. 고트홀트 에프라임 레싱은 "신이 내게 진리를 준다 해도 나는 그 선물을 사양하고 내 힘으로 직접 찾을 것이다"라고 말했다. 이 말을 나는 신이 주는 진리란 어휘에 불과하고 레싱이 스스로 찾으려는 진리는 힘을 만들어낼 수 있는 서술이라고 이해했다.

시인이 언어의 소리를 어떻게 서술로 표현하는지 이해하고 나자 이번에는 음악가가 소리에 대한 느낌을 어떻게 언어로 표현하는지 논하고 싶어졌다. 나는 주저 없이 프란츠 리스트를 선택했다. 그는 글을 아름답고 풍부하게 쓰는 데다 박학다식하기 때문이다. 《이스라엘인》에서 리스트는 친구들과 비엔나의 유대교회당에서 예배를 드렸을 때 슐처가 이끄는 합창단 노래를 들었던 일을 다음과 같이 묘사했다.

그날 밤 교회당에 켜진 천여 개의 촛불은 광활한 하늘에 점점이 박힌 뭇별 같았다. 그 촛불 아래에서 절제되고 무거운 노래의 특이한 합창이 사방으로 울려 퍼졌다. 그들 한 사람 한 사람의 가슴은 지하 감옥과도 같았다. 그 가슴 깊은 곳에서 불가사의한 영혼이 빠져나오려 발버둥 치며 슬픔과 고통 중에 약속의 신을 찬미하고 굳건한 믿음으로 신을 부르고 있었다. 언젠가 약속의 신이 그들을 이 기약 없는 감금에서, 이 끔찍한 곳에서, 이 이상한 장소에서, 이 새로운 바빌론, 가장 불결한 곳에서 구해줄 것이라고. 그러면 그들은 최고의 영광을 누리며 자신의 나라에서 재결합하고 다른 민족은 그 앞에서 두려움에 떨 것이라고.

언어로 완성한 이 단락은 단순한 설명이 아니라 음악 서술의 연장으로 봐야 한다. 리스트는 정확한 묘사와 놀라운 비유로 뛰어난 언어 능력을 드러내고, 진짜 신분인 음악가의 신분으로 소리의 발원과 방향을 포착해냈다. "그들 한 사람 한 사람의 가슴은 지하 감옥과도 같았다"에서부터 "최고의 영광을 누리며 자신의 나라에서 재결합하고"로 계속 확장시킨 것은 리스트가 슐처 등의 노래를 과거부터 지금까지 겪고 있는 압박과 고난, 미래에 누릴 영광까지 모두 포함한 민족사의 서술로 보았기 때문이다. 리스트는 음표와 선율로 만들어진 풍부한 감정과 억눌린 열정, 찬란한 꿈을 귀로 들은 뒤 "불타는 화염덩어리에서 뿜어져 나오는 빛을 겉으로 드러냈다. 그런데 보통 때는 뜨거운 화염덩어리를 재로 조심스럽게 덮어놓기 때문에 우리는 그것이 차가운 줄로만 안다"고 했다. 다시 말해 유대인의 음악 예술은 방향만 제시했을 뿐이지만 리스트는 언어로 그 방향에 확실한 길을 깔아주었다.

아마 리스트 같은 음악가가 특이한 언어 지배력을 가지고 있어서 내가 '모차르트 이후의 많은 오페라 작곡가들은 왜 시인의 권리를 끊임없이 박탈했을까?'라는 생각을 했던 듯싶다. 한동안 나는 그들의 권력욕 때문이 아닐까 의심했지만 지금은 전혀 그렇게 생각하지 않는다. 내 의심은 그들의 편지와 문자 작품에서 비롯되었다. 그들이 남긴 언어 작품을 보면 누가 오페라를 주도하는지에 유난히 관심이 많았기 때문이다. 한때는 시인이 오페라를 주도했고 또 한때는 노래하는 배우가 주도했다. 바로 이런 이유로 시란 음악에 순종하는 딸이어야 한다는 모차르트의 유명한 말이 생겨났다. 모차르트는 좋은 음악이 나쁜 가사를 잊게 만들 수는 있어도 반대 경우는 찾아볼 수 없음을 증명했다.

《모차르트 전기Biographie Mozarts》의 작가 오토 얀은 모차르트의 말을 음악은 다른 예술보다 훨씬 직접적이고 강렬하게 감각을 때리고 점령할 수 있다는 의미라고 설명했다. 이때 시구의 언어가 만들어낸 이미지는 음악에 밀려날 수밖에 없고, 음악은 청각으로 다가와 설명할 수 없는 경로로 사람들의 환상과 감정에 직접 영향을 미치며, 이러한 감동의 힘은 순식간에 시의 언어적 감동을 뛰어넘는다고 보았다는 것이다. 오스트리아 시인 프란츠 그릴파르처는 한층 더 나아가 "오페라속 음악의 역할이 이미 시인이 표현한 것을 다시 드러내는데에 불과하다면 나는 음악이 필요치 않다. ⋯⋯선율이란! 구절이나 개념의 설명 없이 곧장 하늘에서 내려와 사람의 영혼을 통과한 뒤 다시 하늘로 돌아간다"라고 말했다.

재미있게도 오토 얀과 그릴파르처는 모두 작곡가가 아니다. 그들은 언어 예술의 세계에 속했지만 오페라 작곡가와 같은 생각을 가지고 있었다. 이제 나는 음악가 두 사람의 말을 인용하려 한다. 첫 번째는 독일 바이올리니스트이자 작곡가인 모리츠 하웁트만이다. 그는 오토 얀에게 보낸 편지에서 크리스토프 글루크를 비판했다. 모두가 알다시피 글루크는 모차르트와 완전히 다른 오페라 스타일을 세운 인물로, 모차르트가 가사를 존중하지 않는다는 비난을 받을 때 칭찬을 받았다. 하웁트만이 보기에 글루크는 항상 충실을 강조했지만 그것은 음악에 대한 충실이 아니라 가사에 대한 충실에 불과했고, 가사에 대한 충실은 종종 음악에 대한 불충으로 이어졌다. 하웁트만은 편지에 "가사는 간결하게 말로 끝나지만 음악은 끊임없이 맴돕니다. 음악은 영원히 모음이고 가사는 자음에 불과하지요. 그리고 중점은 언제나 자음이 아니라 모음, 표준음에 놓일 수밖에 없습니다"라고 적었다. 두 번째 사람은 영국의 작곡가 헨리 퍼셀이다. 퍼셀은 튜더 왕조 때 영국 음악을 혁혁한 위치로 올려놓은 최후의 작곡가로, 그가 죽자 영국 음악은 거의 2백 년 동안 침체되었다. 퍼셀은 아름다운 대구로 이루어진 단락을 남겼는데, 거기에서 그는 시를 산문의 어깨에 올려놓은 뒤 음악으로 다시 시의 어깨를 짓밟았다. 퍼셀은 "시가 어휘의 하모니인 것처럼 음악은 음표의 하모니이다. 시가 산문과 연설의 승화인 것처럼 음악은 시의 승화이다"라고 말했다.

내가 지금처럼 생각하게 된 것은 멘델스존 덕분이다. 어느 날 나는 그가 마크 안드레 수카이에게 보낸 편지를 읽었다. 그는 편지에 "사람들은 음악이 너무 애매모호하다고 불만을 터뜨립니다. 음악을 들으면 무슨 생각을 해야 할지 모르겠다고 말이지요. 반면 언어는 누구나 이해할 수 있다고 합니다. 하지만 제게는 완전히 반대입니다. 온전한 담화뿐만 아니라 한두 마디 간단한 말도 그렇습니다. 언어는 제게 애매하고 모호하며 오해하기 쉽습니다. 이와 달리 진정한 음악은 수천수백 가지의 아름다운 사물을 마음으로 불어넣어 주니까 언어를 능가합니다. 제가 좋아하는 음악들이 제게 보여주는 사상은 너무 모호해서 말로 나오지 못하는 게 아니라 반대로 너무 명확해서 언어가 되지 못합니다. 그리고 제가 보기에 이러한 사상을 글로 표현하면 정확한 부분도 있겠지만, 동시에 모든 글에서 그것은 제대로 표현되지 못할 수도 있습니다⋯⋯"라고 적었다.

멘델스존은 음악가의 사유가 어떻게 날아올랐다가 떨어지는지를 보여주고 언어의 활주로에서는 날아오를 수도, 내려올 수도 없다고 명확히 지적했다. 여기에서 멘델스존은 한층 더 나아가 "펜을 들었을 때 머릿속으로 무엇을 생각하느냐고 묻는다면 저는 선율 자체라고 대답할 겁니다. 제 머리에 어떤 문장이 우연히 떠오르면 노래 가사로 삼을 수도 있겠지만 저는 누구에게도 알려주고 싶지 않습니다. 동일한 어휘라도 각각의 사람들에게는 다른 의미가 될 수 있기 때문이지요. 선율만 똑같은 것을 말할 수 있고 그 사람 혹은 다른 사람의 마음에 똑같은 감정을 불러올 수 있습니다. 하지만 이 감정을 각각의 사람들에게 동일한 언어와 문자로는 전달할 수 없습니다"라고 말했다.

나는 오페라 작곡가들의 권력욕이라는 의심, 다시 말해 그들이 시인을 저평가했다는 혐의를 완전히 떨쳐내지 못했지만 그건 이미 중요하지 않다. 오랫동안 언어 문자와 함께해 온 경험으로 나는 "동일한 어휘라도 각각의 사람들에게는 다른 의미가 될 수 있다"는 멘델스존의 말을 증명할 수 있다.

동일한 어휘를 써도 구성하는 사람에 따라 서술이 달라지기 때문이다. 또한 똑같은 감정이 각각의 사람들에게 "동일한 언어와 문자로는 전달될 수 없다"는 데에도 동의한다. 한편 음악의 명확한 특성을 어떻게 대할 것인가에 대해서는 멘델스존의 말을 믿어야 한다고 스스로에게 말했다. 사람들이 권위를 믿는 까닭은 자신이 문외한이라고 느끼기 때문이며 나도 예외가 아니다.

내가 정말 하고 싶은 말은 멘델스존의 편지에서 음악가가 펜을 들 때 무엇을 찾는지 분명하게 드러났다는 점이다. 멘델스존이 찾으려 했던 것은 전적으로 개인에게 속하는 경험과 상상이었지, 누구나 공통적으로 갖는 경험과 상상이 아니었다. 음악을 시의 휘하로 예속시킨 글루크는 오페라란 소리를 키운 낭송에 불과하다고 말했지만, 정작 음악 창작에 몰입하면 그의 음악적 재능 역시 시구의 제약을 넘어서곤 했다. 사실 멘델스존이 추구했던 바는 호메로스와 단테가 펜을 들었을 때 추구했던 바와 같았다. 다시 말해 그들이 찾고자 했던 것은 음표도 아니고 어휘도 아니었다. 그것은 음표나 어휘로 이루어진 서술이었고, 그런 다음에는 퍼셀이 말한 하모니처럼 각기 다른 높낮이의 음악을 동시에 울리거나 서로 다른 의미의 어휘를 동시에 내보내려 했다. 멘델스존이 언어가 애매하고 모호하며 오해하기 쉽다고 느낀 이유는 그의 서술이 어휘가 아니라 음표로 구성됐기 때문이다. 따라서 멘델스존의 곤혹은 호메로스와 단테에게는 해방과 같았다.

글자와 음, 혹은 시와 음악은 한슬리크가 비유한 입헌정체처럼 대등한 두 세력이 영원히 경쟁하는 듯하지만, 또한 키케로가 찬미한 사냥꾼과 투사처럼 완전히 다르면서 비슷하게 강인하기도 하다. 키케로는 "사냥꾼은 눈밭에서 밤을 보내고 산 위의 뜨거운 태양을 참을 수 있다. 투사는 철피 장갑에 맞아도 신음조차 내지 않는다"고 말했다.

1999년 9월 5일

다시 읽는 차이콥스키

〈애악愛樂〉 잡지 기자와의 인터뷰

날짜: 1994년 11월 9일

장소: 베이징

기자   언제부터 서양 고전음악을 듣기 시작하셨습니까?

위화   비교적 늦게 시작했습니다. 올해 3월에야 오디오를 구매했고요. 그전에 카세트테이프를 워크맨으로 듣긴 했지만, 엄밀히 말하자면 올해 막 시작한 셈입니다.

기자   작가로서 음악이 소설보다 중요하다고 보십니까?

위화   어떤 예술 형식도 음악과 비교할 수는 없습니다.

음악과 소설 모두 서술형 작품이지만, 소설보다 음악의 서술에 신비한 체험이 훨씬 많이 필요합니다. 음악 청중도 소설 독자보다 더 많은 자질을 가져야 하고요.

기자 오디오를 구매한 지 이제 반년 남짓 지났는데 CD를 3백 여 장이나 구입하셨다고요?

위화 확실히 굶주린 상태였죠. 막 입문해서 열정이 넘치기도 했고요. 정말이지 당장 사야 할 것 같은 느낌이었습니다.

기자 그럼, 요즘 하루에 몇 시간씩 음악을 들으십니까?

위화 아침에 느지막이 일어나서 한밤중까지 계속 듣습니다. 앉아서 조용히 들을 수만 있다면요. 밤에는 헤드폰으로 듣습니다.

기자 글을 쓸 때도 들으십니까?

위화 아니요.

기자 차이콥스키 작품을 아주 높게 평가하신다고 들었습니다.

위화   저는 내면을 위해 창작하는 예술가를 좋아합니다.
제가 보기에 차이콥스키의 음악은 내적 필요에 의
해 만들어졌습니다. 평생토록 자아와 현실의 긴장
관계를 해결하려 노력했다는 점에서 그를 존경합
니다. 베토벤과 말러를 차이콥스키의 참조 대상이
라고 한다면 제 개인적 느낌과 경험은 차이콥스키
에 훨씬 가까울 겁니다. 베토벤의 교향곡에서 드
러나는 고통은 고전적 고통입니다. 우리는 늘 베
토벤 교향곡에서 고통의 소리를 듣지만 그런 고통
속에서 자아의 분열을 느낄 수는 없지요. 그래서
제가 보기에 베토벤의 고통은 격동에 가깝습니다.
혹은 고통과 격동의 조화라고 할 수 있겠군요. 베
토벤의 교향곡 중에서는 〈전원〉을 제일 좋아합니
다. 〈전원〉은 더할 수 없이 단순하거든요.

기자   베토벤을 18세기의 대표 작곡가로 보신다는 뜻인
가요?

위화   베토벤은 영웅시대의 음악을 창작했습니다. 복잡

하지 않아서, 저는 그의 단순한 작품을 더 즐겨 듣습니다. 말러 음악의 복잡한 요소를 베토벤에게서는 찾아보기 힘들지만 차이콥스키에게서는 발견할 수 있습니다. 사실 말러와 차이콥스키는 동일한 시대를 살았는데 저는 늘 차이콥스키가 말러의 선배라는 생각이 듭니다.

기자   차이콥스키의 음악은 개인의 고통만 표현하지만 말러의 음악은 모든 유대 민족과 세기말의 고통을 표현한다는 견해도 있습니다. 말러는 음악에서 고통을 초월하지만 차이콥스키는 영원히 뛰어넘지 못한다고 하지요.

위화   개인과 그가 속하는 민족, 시대 배경은 모두 연결되어 있습니다. 개인의 진짜 내면을 온전하게 드러낼 수만 있다면 모든 것을 품었다고 할 수 있지요. 사실 제가 차이콥스키 음악을 들을 때, 듣자마자 19세기 후반 러시아의 산물이라는 것을 이해할 필요는 없습니다. 제가 차이콥스키를 말러보다 선배라고 생각하는 이유는 차이콥스키의 음악에 초월이 없기 때문입니다. 왜 꼭 초월해야만 합니까? 차이콥스키의 음악에는 깊이를 가늠할 수 없는 절망이 가득합니다.

기자 절망과 절망의 초월 중 무엇이 더 낫다고 구분할 수 없다는 뜻입니까?

위화 절망에 함몰했다는 말은 절망을 초월할 수 있다는 뜻이기도 합니다. 이는 대등하지만 서로 다른 두 가지 생존 상황일 겁니다. 저는 개인적으로 절망에 더 쉽게 빨려들기 때문에 거기에서 훨씬 쉽게 감동받습니다. 절망이 초월보다 더 고통스럽기 때문이지요. 다시 말해 절망은 철저하게 감정이고 초월은 일종의 변화된 감정입니다. 차이콥스키는 고통을 적나라하게 찢어서 보여주기 때문에 저는 차이콥스키가 말러보다 19세기 세기말을 더 잘 대변한다고 생각합니다.

기자 말러를 안 좋아하십니까?

위화 　모든 작가의 창작 상황이 다르듯 모든 음악가의
　　　작곡 상황도 천차만별로 다를 겁니다. 컵과 물병
　　　에 좋고 나쁨의 구분이 없는 것처럼 그들의 좋고
　　　나쁨을 따지는 것도 너무 단순하고요. 말러의 교
　　　향곡 가운데 저는 〈교향곡 9번〉을 제일 좋아합니
　　　다. 비통함으로 세상에 작별을 고하면서 살아 있
　　　는 개인과 죽음의 관계를 매우 구체적으로 표현하
　　　지요. 이때 드러나는 강력함은 필적할 만한 게 없
　　　을 정도입니다.

기자 　말러의 〈교향곡 9번〉을 그 개인과 죽음의 대화라
　　　고 보시는 건가요?

위화 　혹은 모종의 관계, 살아 있는 사람과 죽음의 교류
　　　과정이라고 말할 수 있습니다. 처음에는 저항하다
　　　가 나중이 되면 죽음이 이미 모든 것을 주었음을
　　　발견하지요. 이 교향곡은 카라얀이 지휘한 판본이
　　　제일 감동적입니다. 그에 비해 말러의 〈교향곡 2
　　　번〉은 감정적 힘이 부족하다고 느껴집니다. 또 〈부

활〉은 일종의 사색이나 이상, 관점 같고요. 반면 〈교향곡 9번〉은 아주 구체적인 문제를 드러냅니다. 늙고 심장이 약해져 죽을 날이 가까워오자 그는 회피할 수도 초월할 수도 없으니 마주 보는 수밖에요.

기자 차이콥스키를 19세기 러시아 문학의 이반 투르게네프와 비슷하다고 여기는 사람도 있습니다. 어떻게 생각하십니까?

위화 차이콥스키는 투르게네프와 완전히 다릅니다. 그보다는 알렉산드르 보로딘이 투르게네프와 비슷하겠군요. 제가 보기에 차이콥스키는 도스토옙스키에 훨씬 가깝습니다. 두 사람 모두 19세기 말의 절망을 드러내고, 그 한없이 깊은 절망과 민족성을 모두 강렬한 개인성으로 표현하지요. 차이콥스키의 음악에는 자기 생명의 소리가 가득합니다. 비통한 회상, 심약한 감정, 외부 세계와의 강렬한 갈등, 병적인 정신 분열 등이 무척 진실하게 표현

됩니다. 차이콥스키는 자신이 입고 있던 옷을 하나하나 전부 벗어버립니다. 그런데 그가 옷을 전부 벗었을 때 드러나는 것은 그의 나체가 아니라 영혼입니다. 차이콥스키의 음악에서 우리는 갑작스러운 부조화를 자주 접합니다. 아름다운 선율이 이어지다가 갑자기 유리가 산산이 깨지는 듯하지요. 이것을 작곡 기법상의 문제로 여기는 사람도 있지만 저는 기교에 문제가 있다고 생각하지 않습니다. 〈로코코 주제에 의한 변주곡〉에서는 변주가 매우 아름답습니다. 그의 교향곡은 악기 배치나 짜임이 무척 풍부해서 저는 그의 작품 가운데 교향곡이 최고라고 생각합니다. 사실 차이콥스키의 음악 속 부조화는 자아와 현실 간의 긴장관계를 드러냅니다. 그와 현실 사이의 대치, 그 개인의 생명 속 이 부분과 저 부분 간의 대치를 남김없이 드러냅니다. 차이콥스키는 내면의 비틀림, 혹은 내적 분열을 가진 작곡가였습니다. 솔직히 그에게는 낭만이라고는 전혀 없었지요. 차이콥스키와 동시대 작곡가 중에서 그의 음악처럼 날카로운 소리를 내는 사람은 거의 없습니다. 그러한 소리는 갑자기 등장해 달콤한 장면을 끊은 뒤 메인 선율로 변합니다. 여섯 번째 교향곡인 〈비창〉만 봐도 첫 악장에서 메인 테마가 그런 부조화에 의해 여러 차례 끊어집니다. 한번은 이미 화려하게 발전한 뒤였음에도 갑자기 끊어져버리지요. 그러다 이 테마가 마지막에 상처투성이로 등장할 때 얼마나 감동적인가요. 이처럼 반복되는 끊김은 현대 영혼들의 소리와 일치합니다. 정상적인 사람이 현실과 자신의 관계 속에서 연달아 좌절하고 온갖 타격을 받다가 결국 상처투성이에 너덜너덜해지는 겁니다. 그런 다음에 지평선에 서서는 손을 흔들며 세상에 작별을 고하는 것이지요. 여기까지 들었을 때 저는 울고 싶었습니다. 차이콥스키에게 깊이가 없다고 하는 사람도 있는데 저는 그들이 말하는 깊이가 무엇인지 모르겠습니다.

기자 바로 이런 조화 속 부조화, 부조화에서 조화로의 복귀가 차이콥스키 음악의 심각성을 구성한다고 생각하십니까?

위화 차이콥스키의 심각함은 자신을 정말로 이해했다는 데 있습니다. 누구든 정말로 스스로를 이해하는 사람이라면 세상도 제대로 이해할 수 있습니다. 그리고 세상을 제대로 이해하기 때문에 지나치게 많은 진실을 용납할 수 없게 되지요. 이런 분열식 부조화 때문에 차이콥스키의 음악이 그토록 감동적인 겁니다. 부조화가 없었다면 그는 모차르트의 복제판이 되었을 가능성이 큽니다.

기자 차이콥스키와 모차르트는 어떤 관련이 있다고 보십니까?

위화 모차르트는 천사이고 차이콥스키는 지옥에 떨어진 죄인입니다. 그러니까 모차르트의 음악은 충분한 조화를 기반으로 아름답고 감동적인 선율을 추구합니다. 차이콥스키의 음악도 선율에서는 똑같이 아름답고 감동적이지만, 차이콥스키는 죄인이라 그의 음악은 늘 부조화를 기반으로 합니다. 어떤 사람들은 모차르트가 인간세상을 초월했다고 하지요. 사실 그는 인간세상을 이해하지 못한 겁니다. 천사가 인간세상을 이해할 수 있겠습니까? 반면 차이콥스키는 아는 게 너무 많아서 지옥으로 떨어질 수밖에 없었지요.

기자   차이콥스키가 말러의 선배라고 하신 것은 그의 정서 때문인지요?

위화   제가 보기에 차이콥스키는 말러보다 훨씬 자기답습니다. 혹은 스스로를 철저하게 이해했다고 할 수 있습니다. 차이콥스키는 그 자신에게서 출발합니다. 사람의 관점에서 사회로 진입하지, 사회에서 출발해 사람으로 들어가지 않는다는 말입니다. 어떤 사람들은 차이콥스키가 경박하다면서 고통이 너무 심해서가 아니냐고 묻습니다. 사실 고통의 신음은 말러의 음악도 차이콥스키보다 적지 않습니다. 그런데 이상하게도 말러를 경박하다고 하는 사람은 없습니다. 그건 말러가 음악에서 생각을 많이 하고 종교적 초월을 지향했기 때문 아닐까요? 물론 말러 음악의 종교는 브루크너 음악의 종교와 확연히 다릅니다. 말러의 음악은 세속적 힘을 가지고 있어서 그의 종교는 세속의 사다리, 천국으로 가는 사다리 같습니다. 저는 그래서 말러 음악의 종교는 생각 속 혹은 정신적 종교에 가깝고 브루크너 음악의 종교는 혈액 속 종교라고 생각합니다.

기자 차이콥스키와 브람스를 비교하면 어떻습니까? 브람스 교향곡은 이성적 사고로 충만하다는 평가를 받는데 어떻게 생각하십니까?

위화 제게 브람스는 프랑스 신소설파의 대표 주자인 알랭 로브그리예를 연상시킵니다. 이런 비교는 브람스를 깎아내리는 것이겠지만요. 브람스 교향곡을 들으면 구조가 무척 치밀하고 기교의 조합이 대단히 훌륭하다는 느낌을 받습니다. 하이든 이후 교향곡 형식을 더할 나위 없이 완벽한 수준으로 끌어올렸다고 해야 할 겁니다. 확실히 위대한 작곡가는 위대한 작가와 마찬가지로 구조의 장악을 통해 감정과 사상까지 장악하지만, 브람스는 지나치게 뛰어나 차이콥스키처럼 가깝게 느껴지지를 않습니다.

기자 브람스는 자신의 감정을 숨기거나 억누르는 식으로 구조와 독일식 이성을 추구한 게 아닐까요?

위화 브람스의 교향곡에서는 그의 생명이 지닌 자체적 열정을 포착하는 데 힘이 많이 듭니다. 문학으로 비유하자면 그의 서술은 호메로스가 아니라 단테와 비슷합니다. 사실 그의 음악적 천성은 열정으로 충만하지만 그는 그것을 억제하지요. 그래서 저는 브람스의 바이올린 협주곡을 더 좋아합니다. 모든 바이올린 협주곡 가운데 브람스의 작품이 제일 좋습니다. 브람스의 교향곡과 비교하자면 감성에 더 매료되는 것이지요. 브람스의 감정은 바이올린에 유입될 때 자유롭게 흐르면서 빛을 뿜어내는 듯합니다. 그래서 우리는 브람스의 생명이 혈관 속에서 우렁차게 흘러가는 소리를 들을 수 있고요. 저는 그의 모든 실내악 작품을 좋아합니다. 정말 최고 수준의 작품들이지요. 예를 들어 첼로와 피아노를 위한 소나타 두 곡에서 저는 진짜 브람스를 만난 기분이었습니다. 온화함 속에서 격정이, 고요 속에서 고통이 느껴졌습니다.

기자 처음 구매하신 CD가 차이콥스키의 작품인가요?

위화 아닙니다.

기자 그렇다면 초기부터 계속 차이콥스키 작품을 좋아하신 게 아니군요?

위화 완전히 반대입니다. 고전음악을 늦게 시작하다 보니 차이콥스키가 경박하다는 견해를 이미 접했었지요. 그래서 깊이 있다는 말러, 쇼스타코비치, 베

토벤, 브루크너, 심지어 바흐까지 들은 뒤 차이콥
스키에게 돌아갔습니다. 그런데 말러를 먼저 들었
기 때문에 차이콥스키를 뼛속 깊이 느낄 수 있었
지요. 차이콥스키 음악에 민족성이 없다고 비판하
는 사람들이 있지만, 그의 음악은 러시아의 특성
을 '5인방'●보다 훨씬 잘 드러냅니다. 완전한 인재
야말로 민족의 최고 축소판이 될 수 있고, 그 완전
한 개인을 통해서만 민족성이 제대로 드러날 수
있습니다. 차이콥스키의 〈비창〉은 개인의 절망은
물론 세상에 대한 인류의 절망까지 담고 있습니
다. 예술에서 가장 중요한 것은 감정의 힘으로, 그
것은 해저의 암류와 같고 기교나 사상, 신앙 등은
해수면의 파도와 같습니다. 파도의 기세는 암류에
의해 결정되지요. 차이콥스키는 개인적 각도에서

● 니콜라이 림스키코르사코프, 모데스트 무소륵스키, 알렉산드르
보로딘, 세자르 큐이, 밀리 발라키레프를 가리킨다.

볼 때, 그러니까 제 말은 자아에 대한 깊이로 볼 때 작곡가 중에서 가장 완벽한 사람일 겁니다. 그는 대단히 풍부한 교향곡뿐만 아니라 〈로코코 주제에 의한 변주곡〉처럼 아름다운 변주곡도 썼습니다. 러시아 대지의 숨결로 충만한 그의 사중주는 벨러 버르토크의 사중주와 매우 비슷하고요.

기자 차이콥스키와 벨러가 형식적으로 비슷하다고 여기십니까?

위화 제 말은 두 사람 모두 개인적 각도에서 민족 감정을 잘 드러냈다는 뜻입니다. 차이콥스키와 벨러의 사중주를 들으면 광야의 느낌이 듭니다. 물론 사중주만 놓고 보면 저는 벨러를 더 좋아합니다. 가장 감동적인 차이콥스키 작품은 〈어느 위대한 예술가의 추억〉입니다. 그는 개인적으로 한 사람을 추도하지요. 이와 달리 브루크너의 〈교향곡 7번〉은 바그너에게 헌정했지만 한 사람을 추도하는 게 아니라 한 시대를 추도합니다. 그는 자신의 시대에서 출발해 그렇게 쓰러져 내린 바그너의 시대를 추모하지요. 니콜라이 루빈시테인을 잃은 차이콥스키의 감정에서 저는 어머니를 잃은 뒤 롤랑 바르트가 썼던 "내가 잃은 것은 이미지가 아니라 살아 있는 사람이다"라는 글귀를 떠올렸습니다. 차이콥스키는 내면의 고통을 위대한 슬픔으로 변환시켰습니다. 그의 섬세하고 감동적인 피아노 소품들에는 내면의 소리가 아주 또렷하게 담겨 있지요.

기자　　그의 소품을 과자나 팬케이크에 비유하기도 하는데 어떻게 생각하십니까?

위화　　이는 어떤 예술가가 다양한 작품을 처리하는 방식에 대해 어떻게 이해하는가의 문제입니다. 차이콥스키의 소품은, 가령 〈사계〉는 어린 시절에 대한 추억을 표현합니다. 세월이 흘렀기 때문에 어린 시절의 추억에는 슬픔의 색채가 드리워진 듯하지요. 사실 차이콥스키가 드러내는 것은 많은 사람들이 스스로 느끼는 서글픔이 아니라 자기 기억

속의 현실, 혹은 사적인 비밀입니다. 제가 들은 바는 그렇습니다. 그런 과거의 시간 속 풍경, 그로 인해 연상되는 비밀스러운 생각과 감정의 변화 말입니다. 그것들은 도덕과 무관하고 사회나 민족과 무관하지만 생명과는 밀접한 관련이 있지요. 차이콥스키의 이러한 작품들에서 저는 한스게오르크 가다머 등 유명한 철학자들이 만년에 쓴 수필을 떠올렸습니다. 그 힘은 분노나 격동, 세상에 대한 분석이 아니라 마음을 파고드는 친근함입니다.

기자   요즘 차이콥스키에 대한 평가는 완전히 다른 두 가지로 나뉘는 듯합니다. 50세 이상의 중국 지식인들은 차이콥스키 음악을 자신들 음악문화의 근원으로 여기는 것 같습니다. 줄곧 그 영향권에 있었기 때문에 차이콥스키의 음악을 이미 정신문화의 일부분으로 받아들여 떼려야 뗄 수 없는 관계로 여기는 것이지요. 반면 '4인방'의 타도 이후 고전음악을 접한 40세 이하의 젊은 음악애호가들은 유럽 전체 음악을 동시에 접했기 때문에 상당수가 차이콥스키 음악을 낮은 위치에 놓습니다. 심지어 '경음악'이라고 부르는 사람도 있습니다.

위화 그럼 모차르트 음악도 '경음악'이라고 여기나요? 그렇게 비교하면 모차르트의 혐의가 훨씬 짙을 텐데요. 사실 가벼움과 무거움은 선율이나 구절을 처리할 때 동시에 등장하기 때문에, 어떤 예술가든 경중 사이에서 자신의 창작 기조를 확실히 잡아야 합니다. 상당수의 위대한 예술가들은 가벼운 방식으로 무거움을 처리했고 가장 대표적인 예가 모차르트이지요. 여기에서 그들에게 그럼 어떤 작품이 중요하냐고 묻고 싶군요.

기자 그들에게는 베토벤의 만년 작품이나 말러, 시벨리우스, 쇼스타코비치의 작품이겠지요.

● 문화대혁명 기간 권력을 장악했던 장칭, 야오원위안, 왕훙원, 장춘차오.

위화 말할 것도 없이 누구나 자신이 좋아하는 음악을 선택할 수 있습니다. 어떤 사람이 말러는 싫어하고 덩리쥔鄧麗君●은 좋아한다고 말할 때 그에게는 아무런 잘못도 없습니다. 그런데 예술 감상은 개인의 소양에서도 비롯되지만, 다른 한편으로 사회이데올로기 같은 관념의 영향을 받기도 합니다. 많은 사람들이 쇼스타코비치를 좋아하는 이유는 스탈린 시대 지식인에 대한 정신적 압박과 학대를 그의 음악이 규탄했다고 생각해서이지요. 사실 이런 평가는 쇼스타코비치에게 우호적인 게 아닙니다. 작품의 역량을 논하기에 앞서 사회와 지식인 문제를 전제로 깔았으니까요. 그렇다면 그 전제가 사라질 경우, 다시 말해 스탈린 시대가 잊히고 지식인 문제가 더는 존재하지 않을 경우 쇼스타코비

● 1970년대~1990년대에 대만, 홍콩, 중국, 일본에서 큰 인기를 누렸던 대만 여가수.

다시 읽는
차이콥스키

치는 가치를 잃지 않겠습니까? 따라서 음악의 역량은 음악 자체, 즉 내면의 역량에서 나오는 겁니다. 이러한 역량은 작곡가 자신의 변화 및 그들이 처한 시대의 변화를 따라가며 그 시대와 가장 근접한 수단을 취합니다. 오직 수단만 바뀔 뿐이지요. 쇼스타코비치 작품의 초조함, 불안, 정신적 붕괴는 상당 부분 시대적 압박에서 비롯되었지만 그보다 더 중요한 것은 그의 내적 역량입니다. 그 시대에 억압받은 예술가가 쇼스타코비치만 있는 것도 아닌데 왜 그가 가장 강력하겠습니까? 차이콥스키는 이 방면에서, 그러니까 내면을 표출할 때 강력할 뿐만 아니라 순결합니다. 제가 말하는 순결은 그의 작품에서 거의 대부분 내면과 연결되고, 이러한 순결 덕분에 그토록 감동적인 힘을 발휘할 수 있는 겁니다. 그래서 저는 차이콥스키를 민족 작곡가라고 여기는 견해가 정확하다고 생각하지 않습니다. 그는 더도 덜도 아닌 작곡가로, 작곡가라는 세 글자 앞에 붙는 말은 무엇이든 사족입니다. 요즘 아주 황당한 견해도 있더군요. 자기 감정을 성실하게 쏟아부은 작품이나 눈물을 자아내는 작품을 오히려 경박하다고 보는 겁니다. 예술이 왜 눈물을 유발하면 안 됩니까? 설마 예술에 감정의 힘이 실리면 안 된다는 말입니까? 물론 감정에는 다양한 표현 방식이 있습니다. 그런데 제가 보기에는 심신을 감동으로 몰아가고, 슬픔이나 기쁨의 눈물을 유도하는 방식이 가장 강력한 방식입니다. 우리는 감정의 깊이를 원하지, 공허한 이념적 깊이를 추구하는 게 아닙니다. 결론적으로 무턱대고 거장을 부정하는 것은, 톨스토이나 발자크, 차이콥스키, 베토벤을 아무 이유 없이 부정하는 것은 모두 20세기의 병폐에 해당합니다. 저는 왜 그토록 많은 사람들이 차이콥스키를 싫어하는지 압니다. 이 시대가 저 시대를 부정하고 한 시대가 다른 시대에 복수심을 갖는 것과 같지요. 이제 새로운 시대가 오고 있습니다. 우리 시대가 다른 시대에 밀려나면 지난 시대의 거장들에 대해 새로운 이해가 시작되겠지요. 차이콥스키, 톨스토이에 대한 다시 읽기가 필요합니다. 우리는 다시 읽기를 통해 새로운 정신적 부를 쌓을 수 있을 겁니다.

옮긴이의 말

서문에서 위화는 독서를 날개와 눈이 하나씩밖에 없는 전설의 새 '만만^{鸞鸞}'에 비유한다. 두 마리가 짝을 이루어야 비상할 수 있는 만만처럼 독자도 특정 작품과 자신만의 비행을 펼칠 때 독서가 완성된다는 의미다.

이 책은 위화 개인의 비행에 관한 글이다. 자신이 흥미롭게 읽거나 들었던 작품의 가치와 의미를 소설가 특유의 예민함과 공감 능력으로 분석한 뒤 재치 있는 비유로 본인만의 생각을 확장시켜 나간다. 가령 쇼스타코비치의 〈레닌그라드 교향곡〉과 너새니얼 호손의 《주홍 글자》를 대비시켜 서술의 클라이맥스에 대해 논하고, 가와바타 야스나리가 육체의 미궁이라면 카프카는 심리의 지옥이라며 스타일이 완전히 다른 작가도 동시에 사랑할 수 있다고 고백하고, 브루노 슐츠나 히구치 이치요가 왜 제대로 평가받지 못하는지 짚어보며 안타까움을 토로하는 식으로 다채로운 변주를 펼친다.

위화의 작품을 번역한 건 《제7일》에 이어 두 번째였는데 느낌이 완전히 달랐다. 소설과 평론에 가까운 산문이라는 점에서 당연히 다를 수밖에 없겠지만, 《제7일》이 길게 뻗은 길을 마음씨 따뜻한 동행과 끝까지 함께하는 느낌이라면 《문학의 선율, 음악의 서술》은 길이 익숙해질 때쯤 무수한 갈래로 나뉘고 그중 하나를 선택하는 순간 완전히 다른 풍경이 펼쳐지는 듯했다. 심지어 사막, 바다, 궁전, 목장, 도서관, 전쟁터 등 다양한 풍경 속에서 마주치는 사람들 또한 개성 강하고 권위 있는 대가들이었다.

문체도 많이 달랐다. 《제7일》이 부드럽고 감성적이라면 《문학의 선율, 음악의 서술》은 훨씬 개인적이고 분석적인 데다 끊임없이 등장하는 예문 자체가 각각 다른 작가의 작품이다 보니 매번 새로운 스타일의 문장을 접해야 했다. 그건 난

해한 동시에 지루할 틈이 없다는 뜻이었다. 사전 조사가 필수적이고 굽이 많은 문맥을 놓치지 않기 위해 한시도 한눈을 팔면 안 됐다. 등장하는 작품을 읽어보다가 예문의 기존 한국어 번역본과 중국어판이 완전히 다른 걸 발견할 때도 있었다. (여기서는 명백한 오류만 수정하고 중국어 번역본을 기준으로 삼았다.) 물론 그럴 때나 의미가 모호할 때는 위화에게 메일을 보내 상의했다. 본인이 생각해도 어려운 작업이고 자료 조사에 얼마나 많은 시간이 들었을지 상상이 간다면서 빠르고 친절하게 답변해주서서, 든든한 마음으로 번역을 마칠 수 있었다. 그렇게 믿음직한 안내자를 따라 보르헤스, 마르케스, 카프카, 불가코프, 매큐언 등 탁월한 작가는 물론 말러, 차이콥스키, 브람스 등 위대한 작곡가까지 두루 만났다는 게 새삼 뿌듯하기도 했다.

소설가 위화가 독자나 청자로서 또 다른 대가들의 문학과 음악을 접하며 펼친 비행은 위화의 원문과 나의 번역문 사이에서도 이루어졌다. 이번에 만난 내 만만은 비상과 교류의 폭이 유난히 넓었다. 그 덕분에 다양하고도 신비한 문장과 선율을 따라 수도 없이 오르락내리락하며 날개를 단련할 수 있었다. 이 만남이 또 다른 만만들의 즐거운 비행으로 이어지기를 바란다.

문현선

지은이　**위화**

1960년 중국 저장성에서 태어났다. 단편소설 〈첫 번째 기숙사〉
(1983)를 발표하면서 작가의 길에 들어섰다. 〈세상사는 연기
와 같다〉(1988) 등 실험성 강한 중단편소설을 잇달아 내놓으
며 중국 제3세대 문학을 대표하는 작가로 주목받기 시작했다.
이후 첫 장편소설 《가랑비 속의 외침》(1993)을 선보인 위화는
두 번째 장편소설 《인생》(1993)을 통해 작가로서 확실한 기반
을 다졌다. 장이머우 감독이 영화로 만든 《인생》은 칸 영화제에
서 황금종려상을 수상했고, 이는 세계적으로 '위화 현상'을 일
으키는 기폭제가 되었다. 이 작품은 중국 국어 교과서에 실리기
도 했으며, 출간된 지 20년이 넘은 지금까지도 중국에서 매년
40만 부씩 판매되며 베스트셀러 자리를 굳건히 지키고 있다.
《허삼관 매혈기》(1996)는 출간되자마자 세계 문단의 극찬을
받았고, 이 작품으로 위화는 명실상부한 중국 대표 작가로 자
리를 굳혔다. 이후 중국 현대사회를 예리한 시선으로 그려낸
장편소설 《형제》(2005)와 《제7일》(2013)은 중국 사회에 첨예
한 논쟁을 불러일으켰고, 전 세계 독자들에게는 중국을 이해하
는 통로가 되어주었다. 산문집으로는 《글쓰기의 감옥에서 발견
한 것》, 《사람의 목소리는 빛보다 멀리 간다》, 《우리는 거대한
차이 속에 살고 있다》 등이 있다.

옮긴이　**문현선**

이화여대 중어중문학과와 같은 대학 통역번역대학원 한중과를
졸업했다. 현재 이화여대 통역번역대학원에서 강의하며 프리랜
서 번역가로 중국어권 도서를 기획 및 번역하고 있다. 옮긴 책
으로 《제7일》, 《아버지의 뒷모습》, 《아Q정전》, 《봄바람을 기다리
며》, 《평원》, 《경화연》, 《사서》, 《물처럼 단단하게》 등이 있다.

문학의 선율, 음악의 서술

첫판 1쇄 펴낸날   2019년 9월 2일
　　　4쇄 펴낸날   2021년 12월 10일

지은이 위화
옮긴이 문현선
발행인 김혜경
편집인 김수진
편집기획 김교석 조한나 이지은 유승연 임지원 곽세라
디자인 한승연 성윤정
경영지원국 안정숙
마케팅 문창운 백윤진 박희원
회계 임옥희 양여진 김주연

펴낸곳 (주)도서출판 푸른숲
출판등록 2003년 12월 17일 제2003-000032호
주소 경기도 파주시 심학산로 10(서패동) 3층, 우편번호 10881
전화 031)955-9005(마케팅부), 031)955-9010(편집부)
팩스 031)955-9015(마케팅부), 031)955-9017(편집부)
홈페이지 www.prunsoop.co.kr
페이스북 www.facebook.com/prunsoop   인스타그램 @prunsoop

ⓒ푸른숲, 2019
ISBN 979-11-5675-793-1(03820)

이 도서의 국립중앙도서관 출판예정도서목록(CIP)은 e-CIP 홈페이지(http://seoji.nl.go.kr)와
국가자료종합목록시스템(http://www.nl.go.kr/kolisnet)에서 이용하실 수 있습니다. (CIP 2019031902)